KB021527

가녀장의 시대

가녀장의 시대

이슬아 장편소설

이야기장수

차례

태초에 가부장이 있었다 7
이 집은 딸이 사장인가봐 12
역시 성공한 애는 달라 17
우리는 테레비나 보자 24
쫓겨나기 싫으면 가만히 있어 31
복희를 공짜로 누리지 마 37
아저씨의 아름다움 42
장군 말고 장녀 48
바깥양반의 아우라 54
안 부지런한 사랑 62
충분한 데이트 69
복희식 오류 79
아쉬운 대답 드려 죄송합니다 85
복희는 된장 출장중 93
낭독회는 김장중에 시작된다 100
로즈 시절 110
사장님의 사장님 118
이기고 싶은 사람이 있어 131
딸의 예술가 친구들 143

미란이는 불시에 찾아온다 149
인쇄 전으로 되돌릴 수 있다면 158
책을 사랑하고 두려워하기 165
이유 있는 문학 174
복희는 생각한다 183
당근님들 192
가부장의 아침 201
걸레질의 왕도 207
직원 복지는 요가로 210
부엌에 영광이 흐르는가 219
남의 찌찌에 상관 마 237
혼란스러운 가부장 247
헷갈리는 식탁 예절 257
누가 여자 역할이에요? 266
어느 오후의 부녀 274
우리들의 신을 찾아서 282
출판사 지붕 위로 구름이 지나간다 298

작가의 말 310

태초에 가부장이 있었다

슬아가 태어나서 가장 먼저 배운 말은 '할아버지'였다. 할아버지는 집안의 가장으로서 열한 식구를 다스렸다. 한 명의 부인, 세 명의 아들, 세 명의 며느리, 네 명의 손주가 그의 휘하에서 지냈다.

1999년 슬아는 할아버지로부터 호칭에 관해 교육받았다. 할아버지의 큰아들은 슬아의 아빠였다. 아빠의 동생들은 삼촌인데 결혼 후에는 작은아빠로 불렸다. 작은아빠의 아내는 작은엄마였다. 슬아는 자기 엄마를 제일 좋아했다. 그러나 슬아 엄마는 여기저기 불려다니느라 바빴다. 에미야, 나와봐라. 형수, 국 좀 갖다줘요. 큰엄마, 저 오줌 쌌어요. 엄마는 이름 없이 호명되며 살림하는 자였다. 여자 어른들은 집안일을 했고 남자 어른들은 바깥일을 했으며 어린이들은 말을 배웠다. 말이란 세계의 질서였다.

할아버지는 손녀인 슬아에게만 붓글씨를 가르쳤다. 손자들은 아무도 그런 걸 배우겠다고 앉아 있지 않았다. 슬아는 할아버지의 먹물을 마룻바닥에 흘리지 않는 유일한 어린이였다. 할아버지가 먼저 화선지에 글자를 썼다.

父生我身 母鞠吾身
부생아신 모국오신

슬아는 야무지게 따라 썼다. 책을 많이 읽는 아이였다. 할아버지는 종이를 짚어가며 설명했다.

"아버지 내 몸을 낳으시고 어머니 내 몸을 기르셨느니라."

먼 옛날 할아버지의 아버지도 이렇게 가르치셨다. 할아버지의 할아버지 또한 그랬을 것이다.

슬아가 잠자코 듣더니 물었다.

"엄마가 저 낳았는데요."

할아버지가 대답했다.

"아빠 없었으면 너는 태어나지도 못했어."

"하지만 직접 낳은 건 엄만데……"

그는 어린 손녀에게 차분히 설명했다.

"생각해봐라. 땅만 있으면 거기에서 곡식이 자라겠니? 씨앗을 심어야 자라잖아. 씨앗이 없으면 땅에서는 아무 일도 안 일어나는 거야."

"그치만 씨앗도 땅이 없으면……"

슬아가 반론을 제기하자 둘 사이의 정서적 거리가 청계천만큼 벌어졌다. 할아버지는 서둘러 다음 문장을 가리켰다.

爲人子者 曷不爲孝

위인자자 갈불위효

"사람의 자식 된 자로서 어찌 효도를 하지 않으리오."

할아버지가 근엄하게 해설했고 그것은 가부장의 말이었다. 감히 내 말을 부정하는 것이냐는 질문과도 같았다. 말은 우리를 '마치 ~인 듯' 살게 만든다. 언어란 질서이자 권위이기 때문이다. 권위를 잘 믿는 이들은 쉽게 속는 자들이기도 하다. 웬만해선 속지 않는 자들도 있다. 그러나 속지 않는 자들은 필연적으로 방황하게 된다.* 세계를 송두리째로 이상하게 여기고 만다. 어린 슬아는 선택해야 했다. 속을까 말까.

* 자크 라캉의 말.

그는 빠르게 속기로 한다. 화선지에 바르게 '아들 자'와 '놈 자'와 '효도 효' 같은 글자를 쓴다. 효녀인 듯 유년기를 보낸다. 어쨌거나 할아버지를 좋아했기 때문이다.

가부장은 슬아에게 커다란 사랑을 먼저 주었다. 아름다운 이름을 지어주었고 슬아가 자랄 터전을 제공했다. 집과 계단과 방과 식탁과 텔레비전과 화분 등은 모두 가부장의 것이었다. 그는 손녀에게 가르쳤다. 절은 어떻게 하는 건지, 자축인묘 진사오미 신유술해가 각각 어떤 동물을 의미하는지, 고기는 어떻게 삶아야 하는지, 계절별로 무슨 과일을 챙겨 먹으면 좋은지…… 할아버지에게 딸자식이란 결국 다른 집 며느리가 될 여자였으나, 그는 슬아가 남다르게 총명하다고 생각했다. 그래서 어딜 가든 슬아를 데리고 다녔다. 할아버지가 자전거를 몰면 슬아는 뒷자리에 앉아 그의 허리를 꼭 붙들었다. 가부장의 등에 기댄 채로 스쳐가는 세상을 보았다. 그곳은 남자 상인들의 거리였다. 골목마다 남자들이 몸과 머리를 써서 무언가를 팔고 있었다. 손녀를 자전거에 태운 할아버지가 지나가면 그들은 일하다 말고 알은체를 했다.

"사장님, 어디 가세요?"

할아버지는 청년 시절 무일푼으로 상경하여 가게를 일군 남자였다. 그의 자수성가 스토리를 골목 사람들은 다 알았다. 사장이자 가부장인 할아버지가 대답했다.

"손녀 딸내미랑 우동 먹으러 가지."

그는 손녀와의 외식을 즐겼다. 할아버지와 슬아는 집안에서 가장 자유롭게 외출하는 두 사람이었다. 가부장의 편애를 받는 손녀는 며느리나 할머니보다도 커다란 권력을 갖게 되기 마련이다.

우동집에서 할아버지는 물었다.

"너는 커서 뭐가 될 거니?"

슬아는 면발을 들이켜며 집안 여자 어른들의 얼굴을 떠올렸다. 나도 커서 며느리가 되나. 엄마를 보면 고생길이 훤한데. 아니면 할머니가 되나. 할머니는 딱히 중요한 일을 하고 있지 않은데. 문득 맞은편 할아버지의 얼굴을 물끄러미 바라보았다. 그는 건강했고 자신 있었고 가진 것도 많았다. 슬아가 아는 어른들은 모두 그의 말을 따랐다.

"저는 사장님이 되고 싶어요."

슬아의 대답에 가부장이 크게 웃었다.

"무슨 장사를 하려고?"

슬아는 모르겠다고 대답했다. 그는 아직 가녀장이 아니었다.

이 집은 딸이 사장인가봐

세월이 흘러 삼십대가 된 슬아는 방 한가운데에서 물구나무를 서고 있다. 바닥에 정수리를 대고 곧게 버티며 할아버지를 생각한다. 그는 늘 당부했다.

"큰일은 복근으로 하는 거다. 배 나오면 끝장이다."

이제 팔십대가 되었건만 그의 배에는 왕王자 모양 근육이 여전하다. 슬아는 심호흡을 하며 자세를 풀고 자신의 복근을 살핀다. 슬아의 몸도 다부지지만 할아버지의 기운을 따라가려면 아직 멀었다.

슬아가 방에서 걸어나오자 집이 온통 어수선하다. 거실이 박스로 가득하고 모든 가구며 살림살이가 잡다하게 늘어서 있다.

오늘은 큰일을 해야 한다. 바로 이삿날인 것이다. 이삿짐센터 직원들이 분주히 움직인다. 그 사이로 복희가 신문지로 부엌 식기를 포장하고 웅이는 냉장고가 트럭에 잘 실리는지 살핀다. 두 사람은 오십대 중반이다. 아주 젊지도 아주 늙지도 않았다. 운동복 차림으로 돌아다니는 슬아는 확실히 젊다. 당장이라도 조깅하러 나갈 듯한 생활체육인처럼 보인다. 그는 집문서와 도장 따위를 꼼꼼히 챙기고 있다. 짐 나르는 남자들이 힘을 쓰며 수군거린다.

"책이 왜 이렇게 많아?"

"출판사래."

"이 집은 딸이 사장인가봐."

"왜?"

"다 시키잖아."

모든 살림이 슬아의 지휘 아래 옮겨지는 중이다. 슬아는 얼음물과 음료수를 사와서 일꾼들에게 돌린다. 감사하다고, 끝까지 잘 부탁드린다고 인사하는 것을 잊지 않는다. 짐을 가득 실은 화물차 두 대가 출발한다. 짐들은 영문을 모른 채 새집으로 간다.

복희와 웅이가 화물차를 따라간 사이 슬아는 옷을 갈아입는다. 좋아하는 셔츠에 타이를 매고 긴 머리를 싹 묶은 뒤 차를 몰아 부동산으로 향한다. 이사와 동시에 최종 계약이 진행될 것이다. 부동산 가는 길에 꽃집에 들른다. 아름다운 꽃다발을 사고 카드에 짧은 메시지도 쓴다.

여러 명의 어른이 부동산 테이블에 둘러앉아 있다. 공인중개사들이 커피를 탄다. 슬아는 영명해 보이는 중년 여성과 대화를 나눈다. 그가 오늘의 매도인, 즉 집주인이다. 집주인이 묻는다.

"부모님은 안 오셨어요?"

슬아가 대답한다.

"네. 짐 나르고 계세요."

중개인이 묻는다.

"작가님 혼자 진행하셔도 괜찮으시겠어요?"

슬아가 힘차게 고개를 끄덕인다. 테이블 위로 계약서가 놓인다. 집을 사고파는 것에 대한 중개인들의 설명이 이어지고 슬아는 집중해서 듣는다. 도장 찍을 곳이 많다. 붉은 인주를 묻히는 동안 슬아의 손이 미세하게 떨린다. 사실은 생애 첫 부동산 매매 계약이기 때문이다. 이 순간이 믿기지 않아서 조금 울고 싶다. 눈물을 참으며 도장을 꾹 찍는다. 복근에 힘을 주고 확실하게 찍는다. 결연하게 계약서를 작성하는 슬아를 보며 중개인이 중얼거린다.

"이렇게 젊은 나이에……"

집주인도 한마디한다.

"그러니까요. 얼굴도 아직 앳되잖아."

도대체 어떻게 돈을 번 건지 다들 궁금한 눈치다. 정적이 흐르고 슬아가 계약서에 자신의 이름을 적는 소리만이 사각사각 들린다. 집주인이 정적을 깨며 속시원히 묻는다.

"아니 근데 요즘 세상에 글써서 집 사는 게 말이 돼?"

중개인들이 맞장구친다.

"출판계가 불황이라는데. 책 읽는 인구도 많이 줄었다 하고."

모두 슬아의 대답을 기다리고 있다. 슬아가 눈을 내리깔고 주민등록번호를 적으며 입을 연다.

"제가 글을……"

시선들이 슬아에게로 향한다. 슬아는 천천히 대답을 이어간다.

"조금 많이…… 열심히 썼어요."

중개인과 매도인이 웃는다.

"운도 좋았고요."

슬아가 덧붙인다. 그는 이미 천운을 다 썼다고 생각하고 있다. 계약이 완료되자 슬아가 집주인에게 꽃다발과 카드를 건넨다.

"좋은 집 물려주셔서 감사합니다."

집주인이 놀라며 기뻐한다.

"집 팔면서 꽃 받은 적은 처음이네."

"저렴하게 팔아주신 거 알고 있어요. 제가 잘 가꾸면서 살게요."

집주인도 중개인도 이 계약을 잊지 못할 것이다.

슬아는 그렇게 집을 산다.

집을 사기까지 아주 많은 일들이 있었으나 그것은 차차 알아가도록 하자.

한편 새집에서는 어수선한 이삿짐들 속에서 웅이가 일하고 있다. 그는 창밖에 슬아가 주차하는 소리를 듣는다.

"집주인 왔다."

웅이가 속삭이자 복희가 땀을 닦으며 내다본다. 비장한 음악과 함께 슬아가 등장한다. 그는 신발장 앞에서 모부에게 외친다.

"큰일하고 왔습니다."

복희와 웅이가 입을 모아 말한다.

"축하드립니다."

큰일을 마치긴 했으나 새집엔 할일이 태산처럼 쌓여 있다. 다 정리하려면 한참 걸릴 것이다. 슬아는 짐들 사이에서 네모난 간판을 찾는다.

"이것부터 박읍시다."

낮잠 출판사의 간판이다. 슬아는 맘 편히 못질할 수 있는 집에 한 번도 살아보지 못했다. 현관 앞에 서서 위치를 정하고는 말한다.

"여기에 박아주세요."

가녀장의 지령이다. 웅이가 망치를 들고 오더니 벽에 쾅쾅 못질을 한다. 슬아는 카타르시스를 느끼며 그것을 지켜본다.

역시 성공한 애는 달라

마감이 있는 삶과 마감이 없는 삶으로 인간계를 나눈다면 서른 살의 이슬아는 전자의 삶을 성실히 수행한 작가로 널리 알려져 있다. 그는 스물두 살에 데뷔한 이후 지난 팔 년간 밥먹듯이 원고 마감을 해온 자다. 문제는 그가 너무 많은 마감을 반복한 나머지 대부분의 마감에 둔해졌다는 점이다. 마감날 아침은커녕 점심까지도 별생각이 없으며, 보통은 해 질 무렵까지도 태평하게 다른 일을 한다. 요가, 메일 답장, 출판사 업무, 글쓰기 강의, 인터뷰, 온라인 회의, 스쿼트, 낮잠 등의 일과로 그의 낮은 분주히 흐른다. 그가 슬슬 고통스러워하기 시작하는 건 저녁밥을 먹고 나서다. 아무것도 안 적힌 빈 화면을 모니터에 띄워놓고서 그는 이런 혼잣말을 해본다. 모든 게 잘될 거야. 하지만 스스로도 믿을 수 없다. 그는 이렇게 다시 말한다. 모두가 실망할 거야. 이쪽이 훨씬 설득력 있게 들리는 것만 같다. 아직도 첫 문장은 쓰이지 않았다.

이슬아는 후회한다. 아침부터 글을 쓰지 않은 것을 후회하고, 자신을 과대평가하며 저녁때까지 딴짓한 것을 후회하며, 필연적으로 평가받는 직업을 선택한 것을 후회한다. 후회를 하거나 말거나 마감 시간은 째깍째깍 다가오고 있다. 그는 꼭 수명이 줄어드는 듯한 느낌을 받는다. 그러다 검색창에 갑자기 '작가 수명'을 검색해본다. 2011년에 발표된 통계 자료에 따르면 직업별 평균 수명 조사 결과 가장 장수하는 직업 1위는 종교인이다. 2위와 3위에는 정치인과 교수가 각각 자리잡고 있다. 한편 작가의 위치는 맨 마지막에서 두번째다. 이 통계의 하위권에는 연예인, 예술인, 체육인, 작가, 언론인이 순서대로 나열되어 있는데 이슬아는 그 다섯 가지 정체성 모두 자신과 무관하지 않다고 느끼며 절망한다. 수명이 길지 않기로 확인된 직종에 두루 걸쳐 있는 것이다. 이렇게 된 이상 지금이라도 종교인의 정체성을 추가하여 기대수명을 메꾸는 수밖에 없지 않나. 그는 문득 비구니 스님이 된 자신의 모습을 상상한다. 사제복을 입은 자신의 모습도 상상한다. 아직도 첫 문장은 쓰이지 않았다. 말없이 모니터 앞에 앉아 있는 이슬아에게 웅이가 다가온다.

쉰다섯 살의 웅이는 슬아의 부친이자 피고용인이다. 작년까지는 일용직으로 일하다가 올해부터 비정규직 사원이 되었다. 낮엔 슬아의 출판사를 위해 청소와 운전, 배달, 택배 발송, 세금 처리 등의 업무를 성실히 수행하지만 퇴근 이후에는 자유의 몸이다. 웅이의 오른손엔 반건조 노가리가, 왼손엔 콜라가 들려 있다. 그걸 들고 넷플릭스를 보러 가려는 참이다. 그러다 거실에서 마감중인 딸의 수심 깊은 뒷모습을 보고 잠깐 멈춰 선 것이다. 그는 슬아에게 부드럽게 말한다.

"글이 잘 안 써지면 잠깐 집밖에 나가서 산책을 해. 바람도 좀 쐬고…… 나무도 좀 보고…… 손으로 풀도 좀 만져보고……"

슬아는 웬일로 웅이가 이렇게 서정적인가 싶어 잠자코 듣는다. 웅이는 계속 위로하듯 말한다.

"걸으면서 심호흡도 하고…… 그렇게 차분히 시간을 보내다가 다시 책상 앞에 돌아오면 딱…… 이런 생각이 들 거야."

슬아가 묻는다.

"어떤 생각?"

웅이가 대답한다.

"씨바, 그냥 아까 쓸걸."

웅이는 인터넷에서 본 농담을 슬아에게 써먹으며 낄낄댄다.

슬아는 분노한다. "씨바……"

웅이는 룰루랄라 안방으로 들어간다. 해야 할 마감이라곤 아무것도 없는 웅이의 뒷모습은 홀가분해 보인다. 그는 이제 노가리를 먹으며 넷플릭스를 보다가 잠들 일만 남았다. 슬아는 문득 웅이의 삶이 좋아 보인다. 문예창작과에 다니다가 중퇴하여 문학과는 동떨어지게 된 삶, 몸 쓰는 노동으로 정직하게 돈을 버는 삶, 비정규직으로나마 딸의 출판사에 취직하여 가장 잘하는 일을 가뿐히 수행하는 삶.

한편 쉰다섯 살의 복희는 안방에 누워 웅이를 기다리고 있다. 복희는 슬아의 모친이자 피고용인이다. 웅이와 달리 그는 슬아의 출판사에서 정규직으로 일한다. 마트 직원, 식당 종업원, 빵집 점원, 구제옷 장수 등의 직업을 거쳐 오십대 초반에 접어들었을 때 복희는 집 앞 기사식당에 취업할지 말지 고민중이었다. 그 무렵 독립출판으로 홈런을 쳐서 자신의 출판사를 차린 스물여덟 살의 슬아가 복희에게 말했다. "엄마, 기사식당 말고 내 출판사에서 일해." 모녀 기업의 역사는 그렇게 시작되었다. 하지만 출판사 일을 같이한다고 글도 같이 쓸 수 있는 건 아니다. 이 밤, 모부들은 그저 넷플릭스를 보는 사람들일 뿐이다. 그들의 딸 이슬아는 성실한 작가로 널리 알려져 있다. 사실 그것은 루머 같은 소문에 가까웠지만 소문은 사람을 꽤나 바꿔놓는 법이다. 이슬아는 과대평가받음으로써 강제로 조금씩 더 부지런해졌다. 어쨌거나 자정 무렵엔 뭔가를 완성하긴 한다.

시간이 흐르고, 이슬아는 글을 쓴다. 자정이 다가올수록 놀라운 속도로 빠르게 쓴다. 그것은 이슬아가 쓰는 글이라기보다는 마감이 쓰는 글이다.

고통의 밤을 지나 원고를 발송하고 난 뒤, 이슬아는 의기양양하게 안방으로 들어가서 말한다.

"모부들아, 난 다 썼다."

누워서 넷플릭스를 보던 모부는 건성으로 박수를 치며 말한다.

"대표님, 수고하셨습니다."

그러고선 자기들끼리 중얼거린다.

"역시 성공한 애는 달라."

이 대사는 그들 사이의 유행어다. 부지런함을 뽐내며 거들먹거리는 이슬아를 비아냥거릴 때 주로 쓰는 대사다. 이슬아는 아랑곳하지 않고 계속해서 거들먹거린다. 글을 다 쓴 뒤엔 유능감에 취해 있기 때문이다. 마감을 마친 작가에게는 아드레날린이 돈다. 출판계에서는 그것을 마드레날린이라고 한다. 슬아는 마드레날린으로 약간 흥분해 있다. 그는 모부에게 시건방진 말투로 묻는다.

"당신들도 성공하고 싶어? 그럼 아침 일찍 일어나서 요가를 해."

그러자 복희가 대답한다. "아니. 우리는 성공 같은 건 하기 싫어."

웅이도 대답한다. “맞아. 우리는 지금 이대로가 좋아.”

슬아는 답답하다.

“당신들도 빚 갚고 집 사고 해야 할 거 아니야. 언제까지 내 집에 같이 살 수는 없어.”

복희는 대답한다.

“우린 집 안 사도 돼. 네가 내쫓으면 쬐그만 빌라 월세나 전세 얻어서 살 거야.”

웅이도 거든다.

“너는 성공해서 부자지만 우리는 아니잖아.”

복희가 슬아에게 묻는다.

“근데 우리 언제 내쫓을 거야?”

슬아는 고민하다 대답한다. “일 년 뒤?”

웅이가 놀란다. “그렇게 빨리?”

복희가 웅이에게 말한다. “자기야, 우리 지금 열심히 하자.”

웅이가 복희에게 중얼거린다. “우리가 잘하면 쟤 마음이 바뀔 수도 있어. 계속 같이 살게 해줄지도 몰라.”

복희도 웅이에게 중얼거린다. “맞아. 쟤는 바빠서 집안일할 팔자가 아니야. 옆에서 청소하고 밥 차리고 도와주는 사람 있어야 해. 게다가 쟤 된장국 없으면 밥 안 먹는 스타일이잖아.”

웅이가 슬아를 보고 말한다. “그냥 우리를 입주 가사도우미라고 생각해줘.”

복희도 슬아를 보고 말한다. "일하는 아줌마랑 아저씨한테 방 하나 주는 셈이라고 쳐."

슬아가 묻는다. "더 넓은 집에 따로 살고 싶지 않아?"

복희가 대답한다. "쓸데없이 넓어서 뭐해. 우리는 방에 이불이랑 테레비만 있으면 돼."

"아무쪼록……" 중얼거린 뒤 웅이가 슬아에게 말한다.

"잘 부탁드립니다."

그들의 집에는 가부장도 없고 가모장도 없다. 바야흐로 가녀장의 시대가 시작되었다.

우리는 테레비나 보자

비가 오나 눈이 오나 마감이 있으나 없으나 하루도 빼놓지 않고 2층에서 혼자 요가를 하는 슬아를 보며 복희와 웅이는 수군댄다.

"대단하다."

"역시 성공한 애는 달라."

둘은 교실 뒤쪽의 낙제생들처럼 쿡쿡대며 웃는다. 그러고선 덧붙인다.

"솔직히 하나도 안 부러워."

"나도."

슬아는 별 대꾸 없이 그들 옆을 유유히 지나친 뒤 식물성 프로틴을 물에 타 마신다.

복희가 웅이에게 묻는다. "우리는 테레비나 볼까?"

웅이는 대답한다. "그러자."

그들은 안방으로 들어가 TV를 본다. 슬아는 집에 TV를 들인 적이 없다. 서울에서 혼자 살아온 십 년 동안 그랬다. 그러다가 모부와 살림을 합치니 예능 프로그램의 산만한 음성과 복희와 웅이의 웃음소리가 집안을 울린다. 거실에서 곤히 자던 고양이 자매가 화들짝 깰 정도로 큰 소리다. 슬아는 서재를 등지고 모부의 박장대소를 들으며 원고를 쓰기 시작한다. 슬아도 웃고 싶지만 빈 화면 앞에서는 울기도 웃기도 애매하다. 그저 무미건조한 표정으로 쓴다. 팝콘 터지는 듯한 웃음소리가 안방에서 들려온다. 밤이 깊어간다.

웅이가 라면을 끓이러 나온다. 복희 몫까지 두 개를 끓인다. 슬아에겐 물어보지 않는다. 어차피 안 먹을 것이기 때문이다. 슬아는 야식과 거리가 먼 인간이다. 그러거나 말거나 복희와 웅이는 밤 열한시에 라면을 먹는다. 안방에서 TV를 보면서 먹는다. 웃으면서 국물도 마신다. 그릇을 다 비우고 나서는 후식으로 몽쉘도 한 봉지씩 뜯는다. 몽쉘을 우물거리며 복희와 웅이는 한담을 나눈다.

"자기야, 이거 옛날에는 '몽쉘'이 아니라 '몽쉘통통'이었지?"

"맞아. 그랬어. 그땐 이게 더 통통하고 컸던 것 같은데. 갈수록

양이 적어지는 것 같네."

그들은 갑자기 추억에 잠긴다. 몽쉘이 지금보다 통통했던 시절의 일들을 회상한다.

슬아가 잠시 안방에 들어온다. TV와 빈 라면 그릇, 빈 몽쉘 껍질을 앞에 둔 복희와 웅이를 본다. 그들은 좀 궁색해 보이는 자세로 바닥에 앉거나 누워 있지만 별다른 걱정거리는 없어 보인다. 적당한 포만감 속에서 나른한 모습이다. 어쩐지 야만적이고 쾌락적이다. 슬아가 물끄러미 바라보자 복희가 묻는다.

"왜?"

슬아는 수심이 깊은 얼굴로 말한다.

"당신들이라도 행복하니까 됐어."

그러고선 글을 마저 쓰러 간다. 모부는 다시 TV를 본다. 웃는다. 웃다가 잠에 든다.

마감이 없는데 늦게까지 깨어 있는 밤도 있다. 그런 밤에 슬아는 아이맥 화면을 보며 뭔가를 더듬더듬 열심히 말한다. 화면 속 누군가와 영어로 대화하는 중이다. 안방에서 복희가 웅이에게 수군댄다.

"쟤 영어 공부해?"

웅이도 잘 모른다.

"그런가본데?"

"왜 갑자기 영어를 배우지?"

"몰라."

"역시 성공한 애는 달라."

"그러네."

잠깐의 침묵 뒤에 복희는 말한다.

"우리는 테레비나 보자."

둘은 TV를 본다. 뺑튀기 기계처럼 펑펑 웃음을 터뜨리며 본다.

TV를 보지 않는 밤도 있다. 그런 밤에 웅이는 넷플릭스를 보고 복희는 유튜브를 본다. 한방에 누워서 보지만 서로의 시청을 방해하지 않도록 각자 이어폰을 낀다. 복희는 아직도 이어폰이 익숙하지 않다. 이어폰을 낀 채 자기도 모르게 입으로 소리를 낸다. "우와~" "그렇구나~" "말도 안 돼!"와 같은 추임새를 크게 내뱉으며 유튜브를 시청한다. 웅이는 그 소리에 놀라 이어폰을 뺀다.

"뭐라고 했어?"

그 소리에 복희도 놀라 이어폰을 뺀다.

"내가 뭐?"

웅이는 어이가 없다.

"방금 뭐라고 중얼거렸잖아!"

복희도 어이가 없다.

"내가?"

웅이는 한숨을 쉬며 다시 이어폰을 낀다. 복희도 다시 유튜브에 집중한다.

유튜브에는 셀 수도 없이 많은 선생님들이 있다. 그중에서도 요새 복희가 관심 있게 보는 것은 산야초를 캐고 민간요법 정보를 공유하는 선생님의 채널이다. 그 채널의 동영상을 한참 보다가 복희는 거실로 나가 슬아에게 말을 건다.

"유튜브한테 메일 보낼 수 있어?"

마감중인 슬아는 화면에서 시선을 떼지 않은 채 대답한다.

"유튜브가 아니고 유튜버겠지."

복희는 무슨 차이인지 모르겠다.

"유튜버……? 아무튼 그거한테 메일을 보내고 싶은데 어떻게 해?"

"꼭 메일로 보내야 해? 궁금한 거 있으면 댓글로 남겨도 되잖아."

복희는 난생처음 해보는 고민에 빠진다.

"댓글로 남기면…… 다른 사람들이 그게 나라는 걸 알아?"

"엄마 아이디가 뭐냐에 따라 다르겠지. 아이디 뭐야?"

"내 아이디가…… 뭐더라?"

복희는 그런 것을 기억할 필요가 없는 삶을 살아왔다. 슬아는 마감하다 말고 아이디를 찾아준다. 찾아주며 중얼거린다.

"사람들은 엄마가 누군지 딱히 관심 없지 않을까? 아주 이상한 댓글을 남기지만 않으면 말이야. 뭐라고 쓸 건데?"

"아니 그냥…… 궁금한 거 물어보려고 했지. 근데 내가 쓴 글이 사람들한테 다 보여?"

"그 영상의 댓글창을 클릭한 사람한테는 보이겠지?"

복희는 곤란하다는 표정을 짓는다.

"좀 그렇다."

"좀 그래?"

"응. 테레비나 볼래."

그러고서 복희는 TV를 켠다.

그는 불특정 다수를 본능적으로 조심하는 자다. 잘 모르는 사람들 앞에서는 익명으로라도 말을 아낀다. 누군가에게 실례가 될 수도 있고 스스로가 수치스러워질 수도 있기 때문이다. 게다가 글은 기록으로 남지 않나. 기록된 글이 얼마나 세상을 떠돌며 이리저리 오해될지 복희는 두렵다. 작은 오해라 해도 말이다. 복희는 그런 것이 내키지 않는다. 댓글 따위 안 남겨도 상관없다.

많은 사람이 복희처럼 인터넷을 사용한다면 세계가 지금보다 좋아질지도 모르겠다고 슬아는 생각한다. 자신도 복희처럼 보는 건 많고 쓰는 건 없는 사람이 되고 싶다고 생각한다. 집 바깥 사람들의 이야기를 잔뜩 보고 들은 뒤 집안사람들에게만 공유하고 싶다고도 생각한다. 언젠가 그런 시절이 슬아에게도 올지 모른다. 일단은 코앞에 닥친 원고를 쓴다. 불특정 다수를 상상하며 쓴다. 그런 슬아를 보며 복희는 말한다.

"역시 성공한 애는 달라."

복희는 콧노래를 흥얼거리며 안방으로 들어간다. 성공 같은 건 전혀 하고 싶지 않다는 얼굴로 테레비나 보러 간다. 기록하지 않는 자유와 기록되지 않는 자유 속에서, 하루하루를 시냇물처럼 졸졸 흘려보내며 그는 TV를 본다.

쫓겨나기 싫으면 가만히 있어

그들이 일하는 작은 회사의 이름은 낮잠 출판사다. 아무리 바빠도 낮잠은 꼭 챙기는 슬아가 운영한다. 출판사 대표인 그가 좋아하는 것은 책등 색깔별로 정리된 책꽂이, 서재에서 하는 실내 흡연, 더이상 교정교열할 것이 없는 원고, 벽돌색 립스틱, 치실질, 셔츠와 넥타이, 포마드로 머리 넘기기 등이다.

슬아는 두 명의 직원을 두었다. 바로 복희와 웅이다. 슬아의 모부이기도 하다. 동갑내기 부부인 그들은 자식들을 몹시 사랑하였으나 교육에는 크게 관심이 없었다. 그도 그럴 것이 자기들 앞가림하기에도 너무 바빠서였다. 블루칼라 노동자인 모부가 열다섯 번 정도 직업을 바꾸며, 가끔 사기를 당하고 빚을 지며 생계를 부양하는 동안 딸아들은 알아서 무럭무럭 자랐다. 모부의 적당한 무관심 속에서 딸은 들풀 같은 작가가 되고 아들은 들개 같은 음악가가 되었다. 딸아들은 일찌감치 분가하여 각자 독립적으로 지냈는데, 서른 살이 되던 해에 슬아는 돌연 모부와 합가를 하기로 다짐한다. 출판사를 가족 사업으로 만들기 위해서였다. 그는 자신의 새집을 출판사 겸 가정집으로 꾸몄다.

웅이는 낮잠 출판사의 말단 직원이다. 주로 작업용 멜빵바지를 입고 일한다. 그가 좋아하는 것은 슬아 차 세차하기, 청소기를 다 돌려놓은 방바닥에서 쉬기, 비누로 머리 감기, 웃긴 고양이 영상 보기, 포크로 롤케이크 먹기, 젤로 머리 넘기기 등이다.

복희는 낮잠 출판사의 중견사원이다. 주로 잔꽃무늬 원피스를 입은 채로 일한다. 복희가 좋아하는 것은 박장대소하기, 찬물로 마무리하는 샤워, 보너스 월급, 남이 쓰던 휴지 내 것처럼 슬쩍 쓰기, 한입 가득 쌈 싸 먹기, 이불 위에서 과자 먹기 등이다.

한편 웅이는 이불에 떨어진 과자 부스러기를 끔찍이 싫어한다. 푹 쉬려고 누웠는데 버석거리는 부스러기가 등에 닿을 경우 정말이지 짜증스럽다. 또한 그는 끝까지 봐도 이해할 수 없는 유럽 영화를 좋아하지 않는다.

복희가 좋아하지 않는 것은 양이 모자란 식사다. 할인에 인색한 당근마켓 거래자도 싫어한다. 복희는 화통한 성격을 지녔다.

듬뿍 먹고 듬뿍 주고 듬뿍 말하고 듬뿍 웃는다. 그러나 복희가 너무 크게 웃으면 슬아는 일하다 말고 미간을 찌푸린다. 마감중에는 소음에 극도로 예민하다. 모부가 별것도 아닌 문제로 옥신각신할 경우 슬아는 대표로서 말한다.

"소란스럽네요. 내려가서 싸우세요."

그럼 직원들이 순순히 내려가서 마저 싸운다.

그 밖에도 슬아가 싫어하는 것은 원고료를 명시하지 않은 청탁 메일, 공인인증서 갱신 등이다.

지난 몇 년간 슬아는 놀라운 생산력으로 여러 권의 양서를 출간해왔다. 슬아가 만든 책을 관리하는 게 복희와 웅이의 일이다. 해가 뜨면 모부는 각종 서점에서 들어온 도서 주문을 확인하고 발주를 넣는다. 재고도 파악하고 파본도 회수하고 독자 문의 메일에 답장도 쓰고 회계 장부도 적는다. 낮잠 출판사의 잡무를 모부가 맡아주는 덕분에 슬아는 창작에 집중할 수 있다.

사실 슬아의 능력은 어딘가 불균형적이다. 그는 훌륭한 작가지만 숫자에 취약하다. 0이 여러 개 붙은 금액을 잘 읽지 못한다. 백만 원을 천만 원으로 착각하여 심각한 실수를 저지른다. 그럼 복희와 웅이가 수군댄다.

"재 바보 아냐?"

"가끔 보면 좀 모자란 것 같아."

대표에 대한 뒷담화는 안방에서만 이루어진다.

안방은 지하에 위치해 있다. 낮잠 출판사의 맨 아래층이다. 맨 위층에는 슬아의 고풍스러운 서재와 침실이 있다. 그 아래엔 출판사 사무실이 있고 더 아래엔 슬아의 옷방이 있다. 복희와 웅이의 공간은 가장 아래로 내려가야 한다. 슬아의 공간들에 비해 어딘가 남루하다. 언젠가 웅이는 영화 〈기생충〉을 보다가 기시감을 느끼고선 중얼거렸다.

"우리집 구조랑 비슷하네."

낮잠 출판사는 그다지 수평적이지 않은 직장이다. 집 구조도 위계질서도 수직적인 편에 가깝다.

이 집안의 가장인 슬아는 집안 어디에서나 실내 흡연을 한다. 주로 서재에서 글을 쓰며 담배를 피우는데 써야 할 문장이 도저히 떠오르지 않아 초조할 경우 온 집안을 서성이며 담배를 피운다. 그의 아빠인 웅이 역시 흡연자이지만 집밖에서 담배를 피워야 한다. 실내에서 흡연할 권리에 대한 의사 결정권은 오직 슬아에게 있다. 슬아는 자신이 전자담배를 하루에 다섯 개비씩 피우는 반면 웅이는 연초를 하루에 한 갑씩 피운다는 이유로, 그리고 이 집이 자신의 소유라는 이유로 웅이의 실내 흡연을 엄격히 금지하였다. 집안에 심각한 우환이 있는 날에는 암묵적으로 웅이의 실내 흡연도 잠시 허용되지만 그런 일은 매우 드물다.

웅이는 추운 겨울에도 담배를 피우러 나가기 위해 패딩을 챙겨입어야 한다. 조금은 귀찮고 서럽다. 투덜대며 외출하는 웅이를 복희가 바라본다. 복희는 이불 위에서 과자를 먹으며 조언한다.

"쫓겨나기 싫으면 가만히 있어."

모부에겐 나가서 살 돈이 없다. 서울은 집값이 말도 안 되게 비싼 도시이며, 요즘 같은 시절에는 새 직장을 구하기도 어렵다. 웅이도 그걸 잘 알기에 조신히 실외 흡연을 한다.

집밖에서 바라보면 가녀장의 서재에는 밤늦도록 불이 켜져 있다. 그곳에서 반복하는 노동이 세 사람 몫의 생활비가 된다. 웅이는 새삼 겸허해진다. 담배를 다 피우고선 조용히 서재 문을 노크한다. 슬아가 모니터에서 고개를 돌리지 않은 채로 대답한다.

"왜요?"

웅이가 묻는다.

"차 드릴까요?"

"네."

"둥굴레차요?"

"생리중이니까 쑥차 주세요."

"알겠습니다."

웅이는 주방에 가서 쑥차를 데운다. 뜨끈뜨끈한 쑥차를 차받침과 함께 예쁘게 가져다준다. 무슨 글을 쓰고 있는지 얼마큼 썼는지 절대로 묻지 않는다. 그 질문은 이 집에서 금기다. 마감중인 가녀장의 심기를 거스르지 않도록 주의하며 그는 까치발로 안방에 내려간다.

복희를 공짜로 누리지 마

아침나절부터 맨손체조에 열심인 딸을 보며 복희는 문득 시아버지를 생각했다. 시아버지도 꼭 저렇게 아침을 시작하는 자였다.

그는 복희가 예전에 모신 가장이다. 떠나온 지 오래되었지만 복희의 젊은 시절은 그 가장의 집에서 죄다 흘러갔다. 부지런하고 꼼꼼한 가장이었다. 실은 피곤할 정도로 꼼꼼했다. 가장의 지휘 아래 밥하고 설거지하고 빨래하고 청소하다보면 복희의 하루가 끝나 있었다. 제사도 계절마다 지냈다. 며느리들이 다 차려놓은 제사상에서 남녀가 겸상을 안 했다. 복희는 결혼 후 십 년을 그렇게 보냈다.

시부모로부터 독립한 건 2000년도의 일이다. 주위를 둘러보니 대가족이 해체되면서 4인 규모의 핵가족이 흔해지고 있었다. 삼대가 모여 사는 가족이 등장하는 TV 드라마도 점점 줄었다. 온 식구를 죄다 데리고 살고 싶어하는 시아버지의 특성상 분가는 요원해 보였으나, 복희는 자유를 갈망하며 웅이를 설득하였다. 독립하면 시아버지로부터 경제적 지원을 받을 수 없겠지만 분명히 더 행복할 것이었다.

복희 부부와 자식들이 모든 짐을 챙겨 떠나기 전날, 집안의 가장 큰 어른인 시아버지는 혼자서 맥주를 여섯 병이나 마셨다. 토끼 같은 손주들을 매일 볼 수 없다고 생각하니 가슴이 미어졌다. 그는 손녀딸을 앉혀놓고 당부했다.

"기지배야, 나를 잊지 마라……"

아홉 살 슬아가 할아버지를 물끄러미 바라보았다. 동그란 이마, 홑꺼풀 눈, 얇은 입술…… 슬아는 자신과 그의 유사성을 일찌감치 알았다.

한편 같은 날 밤 복희는 꿈에서 솥뚜껑을 타고 날았다. 내일부터 팔자가 한결 나아질 것임을 무의식도 짐작했던 것이다.

분가와 함께 복희는 11인분의 가사노동으로부터 자유로워졌다. 이제 4인분의 가사노동만 책임지면 되었다. 부엌의 주인은 자신이었다. 주도권을 가지게 되자 그는 새삼 부엌일을 좋아한다는 걸 깨달았다. 남편과 어린 자식 둘을 먹이기 위한 수고 정도는 누워서 떡 먹기였다. 열한 명이 먹을 밥을 삼시 세끼 차리는 수고에 비하면 말이다. 복희는 아이들이 학교 간 사이 설거지를 뚝딱 마치고선 운전면허를 땄다. 차를 몰기 시작했고 아파트 단지에서 에어로빅을 배웠다. 친구들을 사귀었고 호프집에서 맥주도 마셨다. 시아버지의 집에서는 꿈도 못 꿀 일상이었다. 복희는 자기가 흥이 아주 많은 사람이라는 사실에 놀랐다.

시아버지 중심의 가부장 체제를 벗어나자 서로의 특성이 더 잘 보였다. 웅이는 집안의 남자 어른이었으나 그다지 가부장적인 인물은 아니었다. 부부는 모든 것을 상의해서 결정했고 맞벌이로 일했다. 대학을 졸업하지 않은 공동 가장으로서 여러 험한 일을 했다. 그러면서 자신들이 얼마나 강한지 배웠다. 웅이는 생계를 위해서라면 바다에도 뛰어들 수 있는 사람이었다. 복희 역시 생계를 위해서라면 쓰레기 산에도 오를 수 있는 사람이었다.

슬아는 모부가 거쳐온 지난한 노동의 역사를 지켜보며 어른이 되었다. 어른이란 노동을 감당하는 이들이었다. 어떤 어른들은 많이 일하는데도 조금 벌었다. 복희와 웅이처럼 말이다. 가세를 일으키고자 하는 열망이 슬아의 가슴속에서 꿈틀거렸다.

스물두 살의 슬아가 작가로 데뷔했을 때 할아버지로부터 전화가 왔다. 그는 상인들의 집안에서 작가가 나왔다고 기뻐하였다.

"여류 작가가 되었구나."

할아버지에게 작가란 기본적으로 남자였다. 슬아는 담담하게 대답했다.

"이제 시작일 뿐이에요."

슬아의 꿈은 개천에서 난 용이 되는 것이었다.

그후로 팔 년이 흘렀다. 집안은 슬아 중심의 가녀장 체제로 재배치되었다. 오늘날 복희와 웅이는 슬아 밑에서 일한다. 출판사 업무뿐 아니라 집안일도 부부의 몫이다. 웅이가 주로 청소와 빨래를 하고 복희가 부엌일을 책임진다. 복희의 월급은 웅이 월급의 두 배다.

"엄마의 노동이 아빠의 노동보다 대체 불가하기 때문이야."

가녀장이 말했다. 이에 관해 웅이는 어떠한 불만도 없다.

삼십 년 전이나 지금이나 복희의 노동은 크게 다르지 않다. 날마다 밥을 하고 설거지를 한다. 장을 보고 냉장고를 경영하고 식재료를 다듬는다. 시아버지랑 살 때도 그렇게 했고 지금도 그렇게 한다. 무엇이 달라졌는가?

가부장제 속에서 며느리의 살림노동은 결코 돈으로 환산되지 않는다. 슬아는 복희의 살림노동에 월급을 산정한 최초의 가장이다. 살림을 직접 해본 가장만이 그렇게 돈을 쓴다. 살림만으로 어떻게 하루가 다 가버리는지, 그 시간을 아껴서 할 수 있는 일이 얼마나 많은지 알기 때문에 그는 정식으로 복희를 고용할 수

밖에 없었다. 복희는 음식을 만드는 데만은 천재다. 슬아는 복희의 재능을 사서 누린다. 복희는 가장 잘하는 일로 돈을 번다.

잊을 만할 때쯤 한 번씩 그는 시아버지에게 안부전화를 건다. 시아버지도 어느새 많이 늙었다. 그래도 매일 아침 운동하는 건 여전하다고 한다. 복희 주변에 그런 사람은 딱 둘뿐이다. 복희는 자신에게도 남편에게도 없는 기질을 딸이 가졌다고 느낀다. 딸에게는 주인의식이 있다. 손님처럼 살지 않는다. 집안의 대소사를 책임지고 감당하기 위해 자기 몸을 엄격히 관리한다. 그건 시아버지의 훌륭한 점이기도 했다. 좋은 점만을 빼닮은 게 복희로선 신기하다. 인간은 세대가 거듭될수록 훌륭해지는지도 모르겠다고 복희는 생각한다.

"아이폰도 갈수록 좋아지잖아."

가녀장이 말했고 복희가 고개를 끄덕인다.

이들에겐 좋은 것만을 반복하려는 의지가 있다. 반복하고 싶지 않은 것을 반복하지 않을 힘도 있다.

아저씨의 아름다움

웅이는 금요일마다 복권을 이만 원어치 산다. 마흔 살 때부터 그랬으니 십 년도 넘었다.

"그 돈을 매주 저금했다면 벌써 천만 원 넘게 모았을 텐데요."

슬아가 가녀장으로서 한마디한다. 그는 주식도 코인도 복권도 일절 사지 않는 젊은이다. 잔소리를 듣던 웅이가 입을 연다.

"누가 복권에 당첨되는지 아세요?"

업무중에 존댓말로 대화하는 건 낮잠 출판사의 규칙 중 하나다. 슬아가 심드렁히 되묻는다.

"누가 당첨되는데요?"

웅이는 차분하게 응수한다.

"복권을 사는 사람이 당첨돼요. 사지 않으면 당첨될 수가 없어요."

당연하고도 빈약한 논리에 슬아는 할말을 잃는다. 웅이가 덧붙인다.

"대표님은 성공하시고 집도 사셔서 잘 모르시겠지만 저는 입장이 달라요. 사정이 그리 여의치 않아요."

복권에 당첨되기만 한다면 웅이도 내 집 마련의 꿈을 실현할 것이다. 어쩌면 한국을 뜰지도 모른다. 출판사 같은 건 훌훌 관둬버리고 하와이나 괌에 가서 서핑하고 살아도 좋을 테다.

그러나 아직 복권에 당첨되지 않았기 때문에 웅이는 말단직원으로서 일을 시작한다. 앞머리를 젤로 넘기고 멜빵바지를 입은 뒤 위층으로 출근한다. 그의 오전 업무 중 하나는 출판사 청소다. 온 집안을 돌며 청소기를 민다. 이틀에 한 번씩 물걸레질도 한다. 맨 아래층부터 꼭대기층까지 꼼꼼하게 청소하려면 여간 힘든 게 아니다.

웅이가 진땀 흘리며 청소기를 미는 동안 복희는 밥을 하고 슬아는 서재에서 메일 답장을 한다. 서재에서 일하다보면 웅이의 청소기 소리가 점점 가까워져온다. 그러거나 말거나 슬아는 자신의 일에 집중한다. 소음이 코앞에 들이닥칠 때까지 미동도 않는다. 슬아 주변만 빼고 모든 바닥에 청소기가 지나간 뒤에야 미세하게 움직인다. 의자에 앉은 채로 발을 삼 초쯤 드는 것이다.

그사이 웅이가 부리나케 의자 밑을 청소한다. 슬아가 다시 발을 내리며 인사한다.

"수고하세요."

웅이는 "네"라고 대답한 뒤 묵묵히 일한다.

출판사를 둘러싼 작은 마당을 관리하는 것 역시 웅이 몫이다. 마당엔 길고양이 세 분이 상주한다. 그들은 자유로운 신분이지만 하루에 한 번씩 웅이가 주는 사료를 얻어먹으러 행차하곤 한다. 웅이는 그들을 위한 밥뿐 아니라 물도 챙긴다. 겨울철에는 물이 얼지 않게 온수를 섞어서 내놓는다. 웅이의 밥그릇과 물그릇은 고양이뿐 아니라 동네 새들에게도 인기가 많다. 비둘기와 까마귀와 참새 등이 사료를 주워 먹고 날아간다. 동물들은 웅이의 호의를 알아본다.

아점 밥상에서 문득 가녀장이 말한다.

"아빠도 조금은 비건이에요."

쿨럭. 웅이가 국을 넘기다 말고 기침한다. 복희와 슬아는 비건이지만 웅이는 비건이 아니다. 그는 탕수육과 돈까스를 좋아한다. 출판사 식탁에는 비건 메뉴와 논비건 메뉴가 동시에 오른다. 서로에게 식습관을 강요할 수는 없으니까. 한데 어째서 웅이가 조금은 비건이란 말인가.

"동물 복지에 일조하잖아요. 그리고 엄마랑 저에게 협조적이죠. 비건을 돕는 사람은 논비건이더라도 비건 지향적이라고 볼 수 있어요."

웅이는 잠자코 듣는다. 얼추 맞는 말인 것 같기도 하다. 당장 고기를 끊을 엄두는 안 나지만 말이다. 슬아는 장기적인 계획을 가지고 있다. 웅이가 자신의 속도대로 비건에 가까워지기를 바라기 때문이다. 가랑비에 옷 젖듯 부친을 격려하며 비거니즘을 묻히는 것이 슬아의 방식이다.

식사를 마치고 웅이는 다시 일한다. 차리는 일만큼이나 치우는 것도 만만찮은 노동이다. 마당에 내놓은 음식물 쓰레기통을 씻을 때가 됐다. 어느 집 앞에나 음식물 쓰레기통이 있고 그 안은 쉽게 더러워진다. 봉지에서 새어나온 국물이 통에 고이기 일쑤다. 그는 고무장갑을 끼고 마음의 준비를 한 뒤 마당으로 나간다. 네모난 뚜껑을 열자 다소 역겨운 냄새가 난다. 시큼하고 짭조름한 냄새다. 수돗가로 들고 가서 고인 물을 버린다. 숨을 참으며 박박 세척한다. 통을 다 씻어낸 웅이가 집에 들어와서 중얼거린다.

"어른이 된다는 건 말이에요."

한숨을 쉰 뒤 덧붙인다.

"더러움을 참을 줄 알게 된다는 거예요."

슬아는 모니터에서 시선을 떼지 않은 채로 감사 인사를 건넨다.

"고생 많으셨어요."

복희도 설거지를 하며 웅이에게 말한다.

"자기야, 더 어려웠던 시절을 생각해."

웅이는 신발장에 서서 생각에 잠긴다. 그리고 다시 겸허하게 일을 하러 간다.

웅이의 또다른 업무는 가녀장을 차로 모시는 일이다. 슬아가 바깥일을 하러 나갈 때 그는 미리 시동을 걸어놓고 기다린다. 차 안에서 슬아는 업무전화를 주고받는다. 통화가 끝나면 웅이는 하고 싶었던 얘기를 건넨다.

"저 타투할까봐요."

가녀장이 대답한다.

"하고 싶으면 하세요."

그는 아직 고민이다.

"무슨 모양을 새길지 모르겠어요."

슬아가 잠시 생각해본 뒤 말한다.

"세 보이려는 타투는 오히려 더 약해 보여요. 아름다운 아저씨가 되는 건 쉽지 않은 일이죠. 아빠 같은 중년 남자일수록 겸손한 귀여움을 추구하는 게 현명한 선택이에요."

며칠 뒤 웅이는 슬아가 직접 그려준 도안을 들고 타투숍에 간다.

몇 시간 후 오른팔에는 청소기를, 왼팔에는 대걸레를 새긴 웅이가 집에 돌아온다.

웅이가 즐거운 얼굴로 양팔을 내밀자 복희가 화들짝 놀란다.

"자기야! 너무……"

복희는 고민하며 할말을 고른다.

"너무…… 성실해 보인다!"

가녀장이 서재에서 내려온다. 웅이를 발견하고 한마디한다.

"섹시하네."

복희가 묻는다.

"섹시해?"

슬아가 대답한다.

"이런 타투 새긴 젊은이 있으면 나는 바로 청혼했어."

웅이는 다시 청소를 하러 간다. 청소기와 대걸레가 새겨진 양팔을 흔들며 걷는다. 치울 거리는 날마다 생겨나기 마련이다. 웅이는 하루치 체력이 아침해와 함께 차오르는 것을 안다. 복권에 당첨되기 전까지 그의 노동도 계속될 것이다.

장군 말고 장녀

슬아의 동갑내기 사촌들은 곤란한 일이 생기면 웅이한테 전화를 건다. 웅이는 운전을 하거나 청소기를 돌리던 중에 전화를 받는다. 사촌들이 묻는다.

"큰아빠, 오토바이 타다가 접촉사고가 났는데요."

"얼마나?"

"심하진 않고 수리비가 좀 들 것 같아요."

웅이는 현장의 누군가가 다치지는 않았는지 확인한 뒤 보험 처리 과정을 알려주고 정비소에서 바가지를 쓰지 않도록 당부하고 어떤 부품을 교환해야 하는지 확인한다. 그러고선 퉁명스레 묻는다.

"니네 아빠한테 물어보지 왜 나한테 전화하냐?"

"그냥요."

"다음부턴 알아서 해결해라."

웅이가 귀찮다는 듯이 통화를 종료해도 사촌들은 다음에 또 전화를 건다.

슬아의 사촌뿐 아니라 친구들도 곤란한 일이 생기면 웅이에게 전화를 건다. 하루는 전구를 갈던 슬아의 친구 미란이로부터 전화가 왔다.

"웅이씨, 제가 전구를 가는데 갑자기 펑 하면서 온 집안의 전기가 나갔어요."

웅이는 운전을 하는 동시에 딸 친구의 두꺼비집 상태를 상세히 듣고 파악한 뒤 차분하게 설명한다.

"합선돼서 퓨즈가 나간 거야. 철물점 가서 퓨즈 하나 사 와. 오래된 집이니까 구형 퓨즈로 사면 돼. 갈아 끼우는 건 간단해."

"퓨즈는 얼마예요?"

"오백 원."

"오백 원밖에 안 들어요? 수리공 불러야 되는 줄 알고 긴장했는데 다행이네요."

"근데 왜 나한테 전화하냐? 애인보고 해결해달라고 하면 되지."

"이미 물어봤죠. 모른대요."

"그럼 보고 배우라고 해."

"제 옆에서 지금 스피커폰으로 듣고 받아 적고 있어요."

"다음부턴 돈 내고 전화해라."

"얼마씩요?"

웅이는 "오백 원"이라고 대답하며 통화를 끝낸다. 그 옆에서 슬아는 조수석에 앉아 핸드폰으로 메일 답장을 쓴다. 웅이가 모는 차에 안전하게 실려가는 중이다.

웅이와 슬아 두 사람은 차에서 자주 시간을 보낸다. 강연과 행사가 많은 시즌에는 특히 그렇다. 슬아도 운전을 할 줄 알지만 행사 앞뒤로 준비할 것이 많아서 웅이에게 운전을 맡긴다. 웅이는 몹시 미더운 운전자다. 차에서 둘은 대체로 별말을 안 한다. 웅이는 몇 시간이고 입을 다물고 있어도 편한 상대라는 이유로 고용되었다. 태어나기 이전부터 함께였던 웅이 옆에서 슬아는 말하기와 듣기와 쓰기를 멈춘 채 쉰다.

신호 대기중에 웅이는 차창 밖 풍경을 바라본다. 한층 한층 쌓여가는 콘크리트 건물, 시멘트 가루와 물을 빙글빙글 섞어가며 주행하는 레미콘, 이삿짐을 올리는 사다리차, 저멀리 공장 굴뚝에서 나오는 흰 연기. 슬아에게 말해주고 싶은 것들이 웅이의 머릿속에 생겨난다. 저것이 어떻게 작동하는 기술인지, 인부들은 어떻게 일하는지, 일당이 얼마인지, 얼마나 힘들거나 위험한지, 어떤 사고가 날 수 있는지, 저 현장의 흥미로운 점은 무엇인지…… 웅이가 그런 것들을 설명할 때면 슬아는 한참을 듣다가 묻는다.

"아빠는 그런 걸 언제 다 알게 됐어?"

웅이는 별일 아니라는 듯 대답한다.

"살다보니까 알게 됐어."

그 말은 다사다난한 노동의 역사를 품고 있다. 한때 웅이는 자동차 부품 상가의 직원이었고 수영 강사였고 노가다꾼이었고 목공소의 일꾼이었고 벽난로 시공자였고 산업 잠수사였고 대리운전 기사였고 트럭 운전사였다. 그 모든 일을 몸에 익히자 웬만한 현장에 바로 투입될 수 있는 사람이 되었다. 그런 사람이 되기 전에 웅이는 문학청년이었다. 복희도 슬아도 웅이 자신마저도 잊고 지내지만 말이다. 문예창작과 학부생으로서의 한 학기와 만능 노동자로서의 삼십 년 사이에는 무슨 일이 있었던 것일까?

그사이 웅이는 운전병이었다. 군복무중에 사성장군을 모셨다. 별 네 개를 단 장군의 이동을 책임지려면 몹시 철저하고 엄격하게 일해야 했다. 일정에 차질이 생기거나 장군의 심기를 불편하게 해서는 안 됐다. 장군은 주로 뒷좌석에 앉았다. 그 차에서 웅이는 룸미러를 일부러 떼어낸 채로 운전했다. 룸미러에 비친 장군의 얼굴을 바라보는 게 너무 무서워서였다. 운전을 방해하는 긴장 요소는 하나라도 줄이는 게 상책이었다. 그 시절 웅이는 높은 직급의 인간을 모시는 각종 노하우를 익혔다.

또한 그 시절 웅이는 가장 중요한 타인과 사랑을 했다. 그 타인은 바로 복희다. 복희를 만나다가 슬아가 탄생했고 슬아가 탄생하자 그는 본격 노동자가 되었다. 잘하는 일과 못하는 일을 가리지 않고 하다보니 어느새 할 수 있는 일이 아주 많아진 사람이 되었다. 문학 같은 건 안중에 없어진 지 오래였다. 온갖 직업을 전전한 그는 이제 출판사 직원 겸 운전기사로 일한다. 슬아가 웅이에게 묻는다.

"장군보다는 내가 낫지 않아?"

웅이는 잠시 생각한 뒤 대답한다.

"꼭 그렇지만도 않아."

슬아에게도 장군 못지않은 고유한 지랄성이 있기 때문이다. 룸미러에 비친 슬아의 얼굴이 무섭지는 않지만 슬아는 슬아 나름대로 몹시 예민하다. 하지만 사성장군을 모셔본 경력은 슬아의 운전기사로 일하는 내내 알게 모르게 도움이 된다. 웅이는 지난 세월의 모든 노동이 이렇게 귀결되는 듯한 느낌을 받는다. 결국 딸을 잘 모시려고 그 모든 일을 해온 것만 같다.

슬아는 장군과 달리 자신의 신용카드를 차에 두고 내린다. 웅이가 운전병이던 시절 사성장군은 밥을 사 먹으라며 늘 만 원짜리 지폐 한 장만을 차에 두고 내렸는데, 돌아올 때마다 꼭 거스름돈을 확인하였다. 거스름돈을 정확히 돌려줘야 하는 웅이는 눈치가 보여서 늘 저렴한 메뉴를 사 먹을 수밖에 없었다. 끼니를 대충 때우고는 타이어와 보닛을 광나게 닦으며 장군을 기다렸다. 슬아를 기다리면서는 그러지 않아도 된다. 맘 편히 슬아의 카드로 밥을 먹고 간식을 사고 기름을 넣고 세차를 하고 넷플릭스를 시청하며 대기한다. 장군을 모시던 웅이는 이제 장녀를 모신다. 장녀와 맞담배를 피우면서 차를 몰고 퇴근한다.

웅이가 훌훌 떠나보낸 문학을 슬아는 힘껏 붙들고 있다. 슬아를 모시는 게 어쩌면 문학을 간접적으로 사랑하는 방식일지도 모르겠다고 웅이는 생각한다.

바깥양반의 아우라

이 집안의 바깥양반은 슬아다. 슬아는 주로 집에서 글을 쓰지만 원고료 수입이 들쭉날쭉하기 때문에 바깥일도 열심히 병행해야 한다. 슬아의 대표적인 바깥일은 글쓰기 수업과 강연이다.

그는 소싯적부터 어린이들을 평정한 글쓰기 과외 선생으로 이름을 날렸다. 학부생 시절 슬아가 아파트 단지에 글쓰기 과외를 한다고 전단을 돌렸을 때 대부분의 모부들은 그가 다니는 그저 그런 대학과 별것 없는 경력을 확인하고는 별다른 관심을 두지 않았다. 글쓰기를 싫어하는 아이에게도 글쓰기의 즐거움을 선물하겠다는 어린 교사의 광고 카피에 반응하는 건 소수의 모부들뿐이었다. 글쓰기에 대한 낭만을 가진 모부들만이 슬아에게 자신의 아이를 맡겼고 그렇게 맡게 된 제자를 슬아는 극진히 모셨다. 자신이 가진 글쓰기의 연금술을 초등학생들에게 행사한 것이다.

그러자 초등학생들의 필력은 매주 폭발적으로 성장하였고, 모부들은 자녀가 작문 천재임을 진작 알아보지 못한 자신들의 무심함에 통탄했다. 글에 관심도 없던 아이가 매주 거르지 않고 이슬아 글방에 다니는 모습을 목격한 모부들이 감동의 입소문을 내자 아이의 친구, 아이의 친구의 친구, 친구의 친구의 친구까지 합류하며 이슬아 글방은 몇 달 만에 인산인해를 이뤘다.

목동과 판교, 영등포와 전라도 여수까지 평정한 명강사 이슬아의 지론에 따르면 글쓰기에 관해 천재가 아닌 아이는 없었다. 동시에 계속해서 천재인 아이 역시 없었다. 꾸준히 쓰지 않는 이상 말이다. 반복하지 않으면 재능도 빛을 잃을 뿐. 즐기면서 계속 쓰라! 그는 아이들에게 탁월함과 성실함 그리고 즐거움이라는 세 가지 가치를 주입식으로 교육하며 수많은 십대 작가를 배출하기에 이른다.

가녀장이 되어 한 가정을 책임지게 된 지금, 슬아는 조금 더 큰 강연 무대를 돌아다니며 일하고 있다. 도서관, 백화점, 문화센터, 구청과 시청, 대학교, 심지어 군부대까지 행차하여 글쓰기의 순기능을 설파하는 것이다. 슬아의 강연은 평균 칠 분 내로 매진되고 수강생들의 만족도 역시 높다. 그 비결을 분석해보도록 하자.

슬아는 강연장에 한 시간 반 전에 도착한다. 찾아오는 동선을 미리 살피고 혹시나 독자들이 헤매지 않도록 미리 안내판을 확인해둔다. 강연장의 빔프로젝터, 마이크, 스피커 체크를 마친 뒤에는 좋아하는 음악을 틀어둔다. 일찍 온 독자들이 정적 속에서 강연을 기다리다가 뻘쭘해지지 않도록 말이다. 독자들의 의자에도 미리 앉아보는 편이다. 혹시나 삐걱거리거나 불편한 의자가 있으면 모두 새것으로 교체해둔다. 그리고 화장실에 가본다. 화장실에 휴지가 떨어졌을 경우 담당자에게 연락해 채워둔다. 강연장의 조명 또한 보기 좋게 조절한다. 형광등은 죄다 끄고 편안한 색상의 무드등을 밝힌다.

강연은 정보 전달 이상의 기능을 해야 한다. 각자의 일로 분주했을 독자들이 집에서 발 뻗고 쉬는 대신 작가의 이야기를 듣겠다고 교통체증도 감내하며 찾아온 자리다. 이 시공간은 독자에게 어떤 식으로든 특별한 경험이어야 할 것이다. 슬아는 강연자로서의 자신을 반쯤은 공연자로 인식하고 있다. 그러므로 멋지게 입고 강연장에 간다.

아우라는 강연자의 필수 덕목이다. 지나치게 긴장한 강연자는 아우라를 뿜을 수 없다. 긴장감에 관해 슬아는 오랫동안 탐구해왔다. 어릴 적 그는 발표만 시키면 울먹거리는 아이였다. 하지만 살다보면 좋으나 싫으나 여러 무대를 겪게 된다. 그런 무대 경험의 반복을 통해 긴장을 다루는 법을 점차 익혔다. 성인이 된 후에는 무대 위에서도 무대 아래에서와 비슷한 편안함을 유지하며 말하는 단계에 이르렀는데, 그건 누드모델로 일했던 역사와 관련이 깊다. 어떤 무대든 알몸으로 서는 것보다는 쉬우니 말이다. 좋아하는 옷을 입고선 하고 싶은 말과 하지 말아야 할 말을 차분히 구분하며 강연을 진행한다.

이때 강연자는 주인공이기도 하고 아니기도 하다. 어떤 청중이 듣고 있느냐에 따라 강연이 다르게 흘러가기도 한다. 슬아는 청중과 함께 흔들리는 강연을 선호한다. 질의응답 시간을 길게 갖는다는 뜻이다. 일방적인 이야기는 한 시간 내로 마치고 질의응답에 삼십 분 이상 할애한다. 사람 많은 곳에서 손들고 질문하는 것을 꺼리는 한국인의 특성상 대부분의 강연에서 질의응답은 썰렁하게 끝나기 일쑤지만 그의 강연은 그렇지 않다. 객석 사이로 마이크가 활발히 돌며 수많은 질문과 사연이 무대로 모인다. 모든 청중이 슬아만큼이나 유구한 이야기를 품고 있기 때문이며, 누구든 진정으로 듣는 상대를 알아볼 수 있기 때문이다. 슬아의 역할은 훌륭한 스피커보다 훌륭한 모더레이터에 가까워진다. 청중 대다수가 한 번씩 주인공이 되고 집에 돌아간다. 그들이 던진 질문에 슬아는 아는 만큼 성심성의껏 대답한다. 필요할 경우 청중에게 되묻고 지혜를 나누기도 한다. 슬아는 그들을 잠재적인 동료라고 생각하고 있다. 훗날 그들 중 일부는 정말로 동료 작가가 된다. 슬아 역시 좋아하는 작가의 강연을 열심히 들으러 다니는 청중 중 하나였다.

무대가 크고 음향시설이 좋을 경우 슬아는 기타를 들고 강연장에 간다. 보너스로 노래를 부르기 위해서다. 노래에 관해 그는 커다란 부담을 가지지 않는다. 노래를 본업으로 삼지 않은 자가 가질 수 있는 자유다. 슬아는 청중이 가볍게 반길 만한 노래를 준비한다. 그 노래를 고유하게 부른다. 가진 만큼의 재주를 바치는 것이다. 그럼 강연장의 온도가 따뜻해진다. 책이 일본에 출간되어 일본 독자들과 행사를 했을 때에도 슬아는 노래를 준비했다. 아름다운 일본 노래를 일주일 동안 연습해서 유창하게 외워 불렀다.

どうしてだろう 人は人を傷付け
왜일까 사람은 사람을 상처 입히고
大切なものをなくしてく
소중한 것을 잃게 돼
いつも味方をしてくれてた おばあちゃん残して
언제나 내 편이 되어주던 할머니를 남기고
ひとりきり 家離れた
혼자서 집을 나왔지*

그 노래를 부르던 슬아의 머릿속에 불현듯 할아버지 얼굴이 떠올랐다. 오래전에 떠나온 할아버지의 집도 생각났다. 그 집에서 할아버지는 어린 슬아에게 많은 것을 가르쳤다. 하루는 그가 『도덕경』을 펼쳐놓고 이렇게 말했다.

지자불언 언자부지

知者不言 言者不知

“아는 자는 말하지 않고 말하는 자는 알지 못한다.”

그렇게 가르치면서도 그는 참 많은 말을 했다. 최고의 권력은 발화권력인 법. 집안에서 제일 많이 말하는 사람도 할아버지였다. 슬아는 어느새 말과 글이 본업인 인생을 살아가고 있다. 수다쟁이 가부장으로부터 조기교육을 받고 자란 가녀장이 말의 딜레마에 빠지는 것은 필연일지도 모른다. 슬아는 번뇌 속에서 사인을 하러 간다. 사인 받기를 원하는 독자들이 무대 아래에 줄을 서 있다. 그는 겸허히 사인한다. 모든 독자에게 감사 인사를 건네고 안부를 묻는다. 그러느라 강연을 마치고도 한 시간 넘게 자리를 지킨다.

⁂ 우에무라 카나植村花菜의 노래 〈화장실의 신トイレの神様〉 중에서.

웅이는 그동안 무얼 하는가?

슬아의 피고용인이자 운전기사인 웅이 말이다.

그야 물론 웅이는 주차장에서 대기한다. 운전석에 앉아 넷플릭스를 보며 가녀장의 바깥일이 끝나기를 기다리는 것이다. 슬아는 예상했던 시간보다 늘 늦게 나타난다. 일이란 건 툭하면 길어지기 마련이다. 늦은 밤이 되어서야 슬아가 녹초가 되어 나타난다. 웅이는 조수석 문을 열며 인사한다.

"수고하셨습니다."

그리고 시동을 건다. 차가 주차장을 빠져나간다. 슬아가 담배에 불을 붙이는 건 이때다. 웅이도 기다렸다는 듯 담배에 불을 붙인다. 슬아의 차에서 원래 흡연은 금지되어 있다. 하지만 퇴근한 슬아가 예외적으로 한 대를 피울 때면 웅이에게도 덩달아 피울 권한이 잠깐 생긴다. 웅이가 담배 첫 모금을 맛있게 빨며 묻는다.

"피곤하시죠?"

슬아가 첫 모금을 맛있게 뱉으며 대답한다.

"너무 많은 말을 한 것 같습니다."

웅이는 심심한 위로를 건넨다.

"그러라고 돈을 받으신걸요."

슬아는 한동안 침묵한다. 그러다가 마음을 다잡고 말한다.

"어쨌거나 일이 있다는 사실에 감사합시다."

슬아의 어깨는 작지만 단단하다. 그것이 바로 가녀장의 어깨일 것이다. 웅이가 운전석과 조수석의 창문을 동시에 내린다. 부녀는 연기를 내뿜으며 밤길을 달려 집에 돌아온다.

안 부지런한 사랑

서른 살의 이슬아는 글쓰기뿐 아니라 집안일에도 성실한 작가로 널리 알려져 있다. 대외적으로는 그렇다. 실제로는 헛소문이다. 그가 집에서 손에 개수대 물 한 방울 묻히지 않은 지도 벌써 삼 년째다. 혼자 살던 시절엔 청소와 빨래와 부엌일을 척척 해내며 낡은 월셋집을 모델하우스처럼 꾸며놓던 이슬아였으나 모부와 합가하면서부터는 모든 살림노동을 외주화했다.

외주노동자는 복희와 웅이다. 그들은 출판사 잡무와 집안일을 대행함으로써 딸로부터 매달 월급을 받는다. 정기적인 보수는 매달 말일에 지급되며, 비정기적인 상여금으로는 추석 보너스, 설 보너스, 성탄 보너스, 지방 출장 보너스, 김장 보너스 등이 있다. 딸이 모부를 직원으로 뽑는 건 특수고용관계에 해당되기 때문에 제도상 4대 보험 가입은 불가능해서 2대 보험을 들어놓은 상태다.

그들이 함께 사는 출판사 겸 가정집에 아침이 밝아오면 가장 먼저 일어나는 것은 웅이다. 웅이는 일어나자마자 반려묘 자매 숙희와 남희의 밥을 챙긴 뒤 복희를 위한 커피와 슬아를 위한 차를 준비한다. 그러고선 온 집안의 바닥 청소를 한다. 청소기와 혼연일체되어 바닥의 먼지와 부스러기를 제거하며 움직인다. 그리고 마당에서 담배를 한 대 태운다. 담배를 피우고 집에 들어온 웅이의 다음 일정은 설거지다.

웅이가 설거지를 끝낼 때쯤 복희와 슬아가 기상한다. 복희는 서점과 거래처로부터 들어온 도서 주문 요청을 확인하고 발주를 넣는다. 그런 뒤에 깨끗한 부엌에서 아침을 차리기 시작한다. 그동안 슬아는 무얼 하는가. 자기 관리다. 요가와 스쿼트를 한 뒤 잠시 책을 읽는다. 오직 자기 자신만을 위한 아침을 보내는 사람은 이 집에서 슬아뿐이다. 세 사람 몫의 월급을 벌며 생계를 책임지는 자의 특권인 셈이다. 책을 다 읽을 때쯤 식탁에는 복희표 아침밥이 뚝딱 차려져 있다. 셋은 아침식사를 함께한다. 밥을 먹으며 그들은 주간 일정을 공유한다. 이를테면 이번 주에 슬아는 강연 세 건, 인터뷰 두 건, 원고 마감 다섯 건, 중쇄 제작 한 건을 수행할 예정이다. 그는 두 명의 직원에게 지시를 내린다.

"오후에 잡지 인터뷰가 하나 있습니다. 거실에서 진행할 거예요. 에디터 한 분과 사진가 두 분을 위한 차와 간식을 준비해주시면 감사하겠습니다."

복희가 묻는다.

"간식은 두릅전을 할까요, 유부 떡볶이를 할까요, 아니면 간단히 과일만 준비할까요?"

슬아는 딴생각을 하느라 메뉴를 결정하는 것이 귀찮다.

"복희님 마음대로 해주시면 감사하겠습니다."

이번엔 웅이가 말한다.

"욕실 보수 공사를 해야 해서 수리업체를 고민중인데, 어느 업체를 쓸지 고민중입니다."

그 결정 역시 귀찮다. "제가 직접 하기엔 너무 사소한 고민이군요. 그 정도는 웅이님께서 알아서 비교하고 결정하신 뒤 제 카드로 결제하시기 바랍니다."

슬아가 직접 결정해야 할 일은 산더미처럼 쌓여 있다. 웅이는 세금신고 관련해서 슬아와 상의할 것들을 열거하기 시작한다. 그 와중에 밥상에 놓인 슬아의 핸드폰은 온갖 업무 알림으로 계속해서 진동하는 중이다. 때때로 슬아는 아무것도 생각하고 싶지 않다. 그래서 웅이의 말을 끊는다.

"세금에 관해서는 내일 얘기해봅시다."

빈 밥그릇과 국그릇을 개수대에 퐁당 빠뜨린 뒤 식탁을 떠나며 슬아가 새로운 지시를 한다.

"저는 이제부터 한 시간 동안 낮잠을 잘 것입니다. 인터뷰 십오 분 전에 깨워주시기를 바랍니다."

복희와 웅이는 각각 "네"라고 대답한다. 침실로 가는 길, 아주 미세한 고양이 오줌 냄새가 슬아의 코를 찌른다.

"숙희와 남희의 화장실 청소를 깜빡하셨나봐요. 곧 손님이 오시니 빠른 처리 부탁드립니다."

고양이 화장실 청소를 담당하는 웅이가 대답한다.

"안 그래도 밥 먹자마자 하려던 참이었습니다."

슬아는 형식적으로 인사한다.

"늘 감사드립니다."

웅이도 형식적으로 인사한다.

"저야말로 늘 감사드립니다."

부엌에 둘만 남겨지자 복희와 웅이는 쑥덕거린다.

"재는 아침까지 자놓고 왜 점심에 또 잔대?"

"내 말이."

"은근 게을러."

"원고도 맨날 지각하잖아."

"책 제목은 '부지런한 사랑'인데."

"지가 부지런하고 싶을 때만 부지런한 거지."

복희는 식탁을 치우고 웅이는 고양이 화장실 뚜껑을 열어 숙희와 남희 자매가 싸놓은 똥오줌을 치운다. 숙희와 남희는 이 집에서 웅이를 가장 좋아한다. 밥을 주고 똥오줌을 치워주기 때문이다. 웅이 다음으로 좋아하는 건 복희다. 가끔씩 간식을 주고 털도 빗겨줘서다. 한편 그들에게 슬아는 좋지도 싫지도 않은 존재다. 밥을 주지도 물을 주지도 똥오줌을 치워주지도 않으니 딱히 고마울 이유는 없다. 고양이들과 슬아는 서로 데면데면하다.

인터뷰 십오 분 전 복희가 슬아를 깨운다.

"대표님, 일어나실 시간입니다."

간식 준비는 이미 다 되어 있다. 슬아는 지체 없이 일어나서 세수하고 옷 입고 선크림을 바른다. 십 분 만에 아주 말끔한 사회인의 모습이 된다. 잠시 후 초인종이 울리자 친절하고 건실한 작가로서 손님들을 맞이한다. 그는 복희가 이미 다 준비해놓은 차와 간식을 거실로 내어간다. 손님들은 기쁘게 대접받는다. 슬아가 그들에게 웅이와 복희를 소개한다.

"저랑 같이 출판사를 운영하는 복희님과 웅이님이세요."

손님들이 반갑게 인사를 하면 그들도 수줍고 공손하게 인사를 한다. "먼길 오시느라 고생하셨어요"라고 복희가 말하면 웅이는 묵묵하게 서 있다가 "저는 직원 남편이에요"라고 말한다. 그럼 손님들이 꺄르륵 웃는데, 웅이는 그 순간을 조금 즐긴다.

거실에서 딸의 인터뷰가 시작되면 모부들은 부엌에서 쭈뼛쭈

뺏 뭔가를 한다. 사실 부엌에서 당장 해야 할 일은 없다. 안방에 들어갈 타이밍을 놓쳐버렸을 뿐이다. 에디터가 슬아에게 질문한다.

"글을 쓰다가 막히면 청소를 하거나 주변을 정리한다고 책에서 읽었어요. 원래 그렇게 부지런한 편이신가요?"

슬아는 잠시 고민하다가 어릴 적부터 부지런한 편이었던 것 같다고 대답한다. 십대 때 다닌 글쓰기 수업에서도 가장 잘 쓰는 학생은 아니었지만 가장 성실하게 쓰는 학생이기는 했다고 덧붙인다. 완전한 구라는 아니지만 어느 정도는 구라다. 복희와 웅이가 부엌에서 잠자코 듣고 있다. 슬아는 그들이 신경쓰인다. 진실을 아는 자들의 존재는 부담스럽기 마련이다.

에디터가 다음 질문을 건넨다.

"작년에 출간하신 『부지런한 사랑』을 정말 감명 깊게 읽었어요. 가르치는 학생들과 주변 인물들을 어쩜 그렇게 부지런히 사랑하실 수 있나요? 작가님의 그런 성실함의 원동력은 뭐라고 생각하세요?"

부엌에서 웅이가 헛기침하는 소리가 들린다. 복희는 개수대 앞에서 입을 가리고 있다. 슬아는 핸드폰을 꺼내 들고 업무연락을 확인하는 척하며 에디터에게 양해를 구한다.

"잠시만요. 급한 답장 하나만 보내고 말씀드릴게요."

슬아는 세 사람이 함께 있는 가족채팅방에 들어가 딱 세 글자의 카톡을 전송한다.

'들어가'

웅이와 복희는 카톡을 확인한 뒤 조용히 안방으로 들어간다.

그들은 인터뷰가 끝날 때까지 안방에서 넷플릭스를 본다.

두 시간 뒤, 촬영과 인터뷰를 모두 마친 슬아가 안방 문을 두드린다.

"이제 나오셔도 됩니다."

웅이와 복희는 거실로 나와 손님들이 떠난 다과상을 치운다. 슬아는 건조한 표정으로 안락의자에 앉아 멍을 때린다. 창밖을 보며 저녁부터 시작될 두 개의 원고 작업을 생각한다. 그 원고들을 마감하려면 고도의 집중력이 필요할 것이다. 지금 한껏 게을러야 그때 부지런해질 수 있다는 게 슬아의 생각이다. 부엌에서 들려오는 설거지 소리를 들으며 슬아는 가만히 있는다. 최대한 아무것도 하지 않고 그저 가만히 있는다. 복희와 웅이만이 집안을 돌아다니며 부지런한 사랑을 몸소 실천하는 중이다.

충분한 데이트

"젊음이 흘러가고 있어."

주말 아침. 슬아가 아침밥을 먹다 말고 혼잣말을 한다. 눈빛엔 초점이 없다. 지난 며칠간의 과로로 퀭해진 얼굴이다. 맞은편에서 모발 뿌리 쪽에 염색약을 발라놓은 채 국을 들이켜던 복희가 시답잖다는 듯 대꾸한다.

"아직 정정하세요, 대표님."

쉰다섯 살의 복희는 흰머리를 가리기 위해 보름에 한 번씩 헤나 염색을 한다. 슬아와 찬희 남매를 낳고부터 흰머리가 우후죽순 자랐던 것이다. 아직 서른 살인 슬아의 머리칼은 칠흑 같고 풍성하다. 그런데도 뭔가 억울하다는 듯 중얼거린다.

“일만 하다가 젊음이 흘러가고 있다고.”

세 사람이 앉은 식탁 옆 벽면에는 월간 일정표 두 개가 걸려 있다. 두 달 치 일정표의 거의 모든 칸이 빽빽하게 찼다. 마감, 마감, 마감, 강연, 행사, 북토크, 인터뷰, 미팅, 회의, 워크숍, 마감, 마감, 마감…… 주말도 예외는 아니다. 슬아는 일정표를 보며 탄식한다.

“문란하게 살고 싶었는데……”

그 말을 하는 슬아의 모습은 누가 봐도 집사람이다. 그는 대체로 파자마나 트렁크 팬티를 입고 일한다. 데이트 상대는커녕 친구를 만나지 않은 지도 오래되었다. 밥그릇을 다 비운 웅이가 말한다.

“아직 늦지 않았어요.”

슬아가 잠자코 생각하더니 고개를 든다.

“아빠 말이 맞아요. 아직 늦지 않았어.”

슬아는 몹시 오랜만에 데이팅 어플을 켠다. 그는 한때 데이팅 어플 중독자였으나 가녀장이 되면서 자연스레 끊었다. 가녀장의 삶은 아주 바쁘기 때문이다. 하지만 바쁘게 지내다가도 그는 문득 자신이 젊다는 걸 알아차린다. 그럴 때마다 갑자기 데이팅 어플에 몰두한다. 복희와 웅이는 이때의 슬아를 성수기의 슬아라고 부른다. 비수기의 슬아가 일만 하느라 바쁘다면 성수기의 슬아는 일과 데이트를 병행하느라 두 배로 분주해진다. 잠을 줄여

가며 새로운 사람을 만난다.

어플에 접속한 지 얼마 되지 않아 슬아는 외출 준비를 하러 2층으로 올라간다. 그의 외출 준비는 몹시 빠르다. 쿽 샤워 후 청바지와 티를 입고 선크림만 바르면 끝이다. 십 분 만에 집사람에서 바깥사람이 된 슬아가 통보한다.

"데이트하러 가겠습니다."

복희는 우려한다.

"이따가 온라인 회의랑 마감하셔야 할 텐데요?"

슬아가 운동화를 신으며 대답한다.

"다녀와서 할 거예요. 금방 돌아와요."

웅이가 묻는다.

"누구 만나시는지 여쭤봐도 되나요?"

"저도 처음 보는 사람이라 잘 몰라요."

"뭐하는 사람인데요?"

"팀닥터요. 축구팀에서 일한대요. 글쓰는 사람만 안 만나면 돼요."

"글쓰는 사람은 왜?"

"징그럽잖아요."

슬아는 현관문을 밀치고 나간다. 현관문 바깥에서 차 시동 거는 소리가 들린다.

한나절이 흐른다. 금방 돌아온다던 슬아는 정말로 금방 돌아온다. 데이트가 예측 가능했다는 의미다. 다시 신발장에 들어서는 슬아의 동태만 보아도 복희와 웅이는 그 만남의 온도를 예측할 수 있다. "다녀왔습니다" 인사한 뒤 곧장 파자마로 갈아입는 슬아. 바로 업무를 시작한다. 아무 일도 없었던 것처럼 스탠딩데스크 앞에 서서 빠르게 집중하고 처리한다. 평소처럼 줌 회의를 하고 잡지에 기고할 글을 쓰는 사이 해가 저문다.

마감이 끝나고 나면 어느새 늦은 저녁이 되어 있다. 비수기의 슬아라면 녹초가 되는 시간이다. 하지만 성수기의 슬아는 피로를 모른다. 이걸로는 충분하지 않아서다. 마감을 끝내자마자 다시 데이팅 어플에 몰두한다. 피식피식 웃으며 가끔은 미간을 찌푸리며 어플 속 상대와 채팅을 주고받는다. 그러느라 늦게 잔다. 하지만 놀랍게도 다음날 일찍 일어나 요가를 한다.

요가 후 아침 식탁에 앉은 슬아의 얼굴은 어제처럼 퀭하지만 어딘가 생기 있다.

"점심에 워크숍 하나가 있고 저녁에 마감 하나가 있습니다. 그 사이 데이트를 하겠습니다."

복희가 고개를 갸우뚱거린다. "그게 가능해요?"

슬아는 대답한다. "가능합니다."

"오늘도 팀닥터 만나나요?"

웅이가 묻자 슬아가 대답한다.

"아뇨. 인공지능 과학자 만납니다."

복희는 놀라울 따름이다.

"도대체 그런 사람들은 언제 어디서 알게 되는 거야?"

"어플에서요."

"어플에 괜찮은 사람 많아?"

"없어요. 거의 멸종 직전이에요."

"그런데 어떻게 찾았어?"

슬아는 한숨을 쉰다.

"존나게 열심히 찾으면 나와요."

"그렇게까지 노력해야 돼?"

"노력해야죠."

단호하게 대답하고선 밥그릇과 국그릇을 개수대에 담아놓는다. 외출 준비는 역시 십 분 만에 마친다. 오늘은 원피스를 입었다.

"다녀오겠습니다."

저녁 메뉴를 미리 고민중이던 복희가 묻는다.

"몇시쯤 귀가하시나요?"

슬아가 어제처럼 운동화를 신으며 대답한다.

"내일 아침에 귀가할 확률이 높습니다."

웅이와 복희는 대답한다.

"알겠습니다."

슬아가 차를 몰고 떠나자 현관문 안쪽에서 복희와 웅이가 중얼거린다.

"'부지런한 사랑' 맞네."

"책 제목에 걸맞은 인생이네."

둘은 슬아가 떠난 집에 남아 각자의 일을 한다.

퇴근 시간이 가까워질 무렵 웅이가 신나는 얼굴로 제안한다.

"대표도 없는데 저녁은 밖에서 먹을까?"

복희도 덩달아 신이 난다.

"그럴까?"

둘에게 외식은 가끔 돌아오는 이벤트다. 집밥을 선호하는 대표 때문에 외식할 기회는 잦지 않다. 대표가 데이트하러 나간 김에 그들도 간만에 밖에서 저녁을 사 먹는다.

슬아는 외박중에도 별 탈 없이 마감을 마치고는 예정대로 다음날에 돌아온다. 외박을 하고 오면 묘하게 차분해져 있다. 이 정도면 충분하다는 듯, 속세에 별다른 미련이 없다는 듯 요가를 하고 책을 읽고 업무에 집중한다. 곧은 자세로 스탠딩데스크 앞에 선 슬아의 뒷모습을 보며 복희와 웅이는 또다시 중얼거린다.

"역시 성공한 애는 달라……"

그렇게 하루이틀이 조용히 지나간다.

하지만 성수기의 슬아는 아직 지치지 않았다. 역시 이걸로는 충분하지 않다는 태도다. 며칠 뒤 아침밥상에서 그가 다시 일정을 공유한다.

"오늘은 마감 하나와 북토크 하나가 있습니다. 이 두 가지를 무사히 마친 뒤 데이트를 할 것입니다."

웅이가 일정표를 보며 염려한다.

"북토크가 밤 아홉시에 끝나는데요?"

슬아는 문제없다는 듯 대꾸한다.

"그래서 밤에 저희 집으로 부를 거예요."

복희가 염려하며 묻는다.

"안전한 사람인가요?"

슬아가 한숨을 쉬며 대답한다.

"좀 지루할 정도로 안전합니다."

복희와 웅이는 얼굴을 모르는 슬아의 데이트 상대를 상상하며 약간 긴장한다. 마주칠 생각을 하니 부담스러운 심정이다. 최대한 동선이 겹치고 싶지 않은 웅이가 묻는다.

"저희는 오늘 밖에서 잘까요?"

슬아는 태연하게 대답한다.

"집에 계셔도 됩니다. 저는 당신들이 부끄럽지 않거든요."

"하지만 저는 부끄러워요. 그 사람도 피차 부끄러울 거예요."

복희가 곤란한 얼굴로 말하자 슬아가 제안한다.

"그럼 하루쯤 외박하시면 어떠세요? 제가 숙박비를 지원하겠습니다."

이곳은 슬아의 집이므로 복희와 웅이는 그편이 합리적일 것 같다는 판단을 내린다. 복희가 살짝 상기된 말투로 웅이에게 제안한다.

"자기야, 넷플릭스 나오는 모텔로 가자."

웅이는 대답한다.

"난 효자손이랑 전기장판만 있으면 돼."

슬아가 모부에게 자신의 카드를 넘긴다.

"좋은 곳에서 주무세요. 내일 아침에 맛있는 것도 사 드시고요."

각자의 하루가 흘러간다. 슬아는 마감과 북토크를 차례로 수행한 뒤 데이트 상대를 집에 데리고 온다. 그사이 복희와 웅이는 출판사 잡무와 집안일을 마친 뒤 외박을 하러 나간다. 다행히 서로 동선이 겹치지 않는다. 넷플릭스가 나오는 모텔로 가는 길에 웅이가 복희에게 묻는다.

"오늘은 누구 만난대?"

"나도 몰라."

"피곤하지도 않나?"

"젊잖아."

해가 지고 다시 뜬다. 그들은 낯선 곳에서 자고 일어난다. 아침으로 콩나물국밥을 사 먹는다.

집에 돌아오자 딸은 바닥에 사지를 툭 늘어뜨린 채 누워 있다. 요가를 마치고는 사바아사나 자세로 쉬는 중이다. 슬아는 미동 없이 모부를 맞이한다.

“즐거우셨나요?”

“네. 대표님은요?”

“나쁘지 않았습니다.”

대답하는 슬아의 얼굴은 지쳐 있다. 그는 이제야 조금 피곤해 보인다. 웅이가 공손하게 말한다.

“원하시면 다음에 또 데려오셔도 돼요. 우리는 밖에서 자는 것도 좋거든요.”

누운 슬아가 대답한다.

“어제 데려온 사람을 다시 데려올 것 같지는 않습니다. 새로운 상대가 나타나면 말씀드릴게요.”

그렇게 말해놓고 슬아는 설렘이 아닌 피로를 느낀다. 머리가 살짝 지끈거리는 것 같기도 하다. 그래서 자리에서 일어나 등 말고 정수리를 바닥에 굴린다. 굴리며 중얼거린다.

“젊음은 괴로워…… 너무 많은 가능성이 있거든.”

복희가 묻는다.

“그게 행운이지, 왜 괴로워?”

정수리를 굴리던 슬아가 대답한다.

"다 해봐야 할 것 같잖아. 안 누리면 손해인 것 같잖아."

복희는 다 해볼 수는 없다고 말하려다가 만다. 슬아도 이미 알 것이기 때문이다. 그는 그저 이렇게만 말한다.

"인생에서 손해 같은 건 없어."

정말 그런가, 하고 슬아는 생각한다.

"누굴 얼마나 만나봐야 진짜 충분하다고 느낄까."

복희는 그런 충분함 같은 건 영원히 없다고 말하려다가 만다. 슬아의 앞날엔 아직도 무수한 데이트가 남아 있을 테니까.

복희식 오류

모든 단어를 조금씩 틀리게 말하는 사람이 있다. 슬아의 모친 복희가 바로 그런 사람이다. 그가 뭔가를 잘못 말할 때마다 슬아는 즉시 정정해준다. 딴 데 가서 똑같은 말실수를 할까봐 걱정되기 때문이다. 그럼 복희는 볼멘소리로 중얼거린다.

"작가라 그런지 예민해~"

하지만 복희의 실수를 알아채는 건 슬아가 작가라서도 아니고 예민해서도 아니다. 그냥 누가 들어도 명백히 이상하다고 느낄 말들이라서다. 하루는 웅이가 샤워를 하고 머리를 젤로 싹 넘긴 뒤 안경을 쓴 채 등장했다. 노안 때문에 맞춘 안경이었다. 남편의 안경 쓴 모습을 처음 본 복희가 말했다.

"자기야, 안경 쓰니까 인테리어 같다!"

웅이는 잠시 붙박이장처럼 서 있다가 대답했다.

"인텔리겠지."

그럼 복희는 자신의 두 눈알을 하늘 쪽으로 반 바퀴 굴리며 생각에 잠긴다.

복희의 기억력은 고유명사일수록 취약해지는 듯하다. 거래처 송승언 선생님을 송승헌 선생님이라고 부르거나 슬아 친구 새롬이를 초롱이라고 부르거나 숙희를 숙자라고 부르는 식이다. 최근 아침식사 중에는 트럼프 대통령마저도 새롭게 호명했다.

"어제 뉴스 보니까 트렁크 대통령 개 진짜 미쳤더라~"

너무 자연스럽게 지나가서 웅이도 슬아도 못 알아챌 뻔했다. 한끗 차이인데 치명적인 실수는 지치지도 않고 계속된다.

"슬아 친구 중에 미란이 있잖아. 걔 아만다 사이프러스 닮았어."

트럼프도 트렁크라고 하는 마당에 아만다 사이프리드 같은 이름을 복희가 제대로 말할 리 없다.

반면 이름 말고 이목구비에 대한 기억력은 몹시 뛰어난 편이다. 한 번 본 사람의 인상은 결코 잊지 않는다. 실제로 만난 인물뿐 아니라 영화 속 인물들도 말이다. 사실 복희는 살면서 정말 많은 영화를 봐왔다. 그 모든 영화의 이야기와 배우를 죄다 기억한다. 그저 제목과 이름을 기억하지 못할 뿐이다. 그런 사람은 필연적으로 지시대명사와 인칭대명사를 남발하게 되어 있다.

“그거 뭐더라. 낮에는 버스 기사로 일하는데 퇴근하고 시 쓰는 사람 나오는 영화 있잖아.”

슬아는 원고 마감을 하며 대충 대답한다.

“〈패터슨〉 말하는 거지?”

“어. 그거! 거기 나오는 개 이름 뭐였더라? 키 크고, 코 크고, 웃기게 생긴 것 같으면서도 잘생긴 그 남자 있잖아. 이름에 ‘아담’이 들어갔던 것 같은데…… ‘뭐뭐뭐 아담’인가? 그런 식의 이름이었어. 아닌가. ‘아담 뭐뭐뭐’인가?”

“아담 드라이버야.”

“맞다 맞다~”

복희는 그렇게 답답함을 해소한 뒤 두 다리 쫙 뻗고 금세 잠에 든다. 자기 전에 난데없이 그게 왜 궁금했는지. 왜 틈만 나면 어떤 영화의 명장면들이 아른거리는 것일까. 몇 년 전엔 영화 〈님아, 그 강을 건너지 마오〉를 오열하며 본 뒤 전화해서 이렇게 말하기도 했다.

“나 방금 〈강을 건너지 마시오〉 봤는데 너무 슬펐어……”

어쨌든 그의 마음속에는 천 편 넘는 영화가 출렁이고 있다. 비록 교통안내 표지판 같은 제목으로 왜곡할지라도 아름다운 영화를 아름다웠다고 기억하긴 하는 것이다.

복희가 언어를 받아들이고 기억 속에 입력하는 방식이 슬아는 흥미롭다. 어느 날 차를 타고 가던 중 복희는 웅이에게 물었다.

"자기야. 메탄올이랑 에탄올 중에 뭐가 위험한 거더라? 하나는 엄청 치명적인 독이 있다고 들었는데?"

이번에 웅이는 잠자코 있었다. 복희가 스스로 생각해서 답을 알아낼 때까지 기다리기 위해서였다. 말을 배우기 시작한 아이에게 기회를 주듯 말이다. 복희는 혼자서 중얼거리기 시작했다.

"메탄올…… 에탄올…… 뭐가 더 나쁘지? 메탄…… 에탄…… 뭔가 이응은 부드럽고 긍정적인 발음인데 미음은 좀 나쁜 어감도 있는 것 같아. '메친 놈' 할 때도 미음이잖아. '메야?' 하고 화낼 때도 미음이고…… 영어로 매드Mad도 미쳤다는 뜻이잖아! 전 세계적으로 '에'보다는 '메'가 어감이 좀 그러네. 역시 메…… 메…… 메탄올이 치명적인 건가보다!"

이렇게 놀라운 방식으로 위험한 단어를 가려내는 복희였다.

그는 뉘앙스의 세계에서 사는 것이 분명하다. 정확한 철자를 외우는 건 차치하고 언어가 풍기는 대략의 분위기만을 감지한다. '느낌적인 느낌'만 살려 말하다가 튀어나오는 복희식 오류가 슬아는 몹시 익숙하다. 그의 딸로 태어난 슬아의 역할은 무엇인가. 복희가 맡은 언어의 냄새를 최대한 추측하여 그가 진정으로 무슨 말을 하고 싶은 건지 알아맞히고 정정해주는 것이다.

"슬아야, 그거 뭐지? 내가 밤마다 누워서 하는 거 있잖아. SNL

인가?"

"SNS겠지."

"거기 어디더라? 화장품 많이 파는 데 있잖아. 영일레븐이었던가?"

"올리브영이야."

"외국 음식 중에 그거 이름이 뭐더라? 햄을 막 짜게 저며가지고 얇게 썰어주는 거 있잖아. 하몽하몽인가?"

"하몽 말하는 거지? 하몽을 두 번 말하지 말고 한 번만 말하면 돼."

"그 책 제목이 뭐더라. 네가 좋아하는 박완서 작가 나오는 인터뷰집인데. 제목이 '박완서의 말말말'인가?"

"왜 세 번씩이나 말해? 그냥 '박완서의 말'이야."

"아휴, 딸기잼이 삼각지대에 있어서 찾느라 한참 걸렸어."

"삼각지대가 아니라 사각지대야."

복희와의 인생은 이런 대화를 하루도 거르지 않으며 흘러간다. 그는 틀려도 개의치 않는다. 개떡같이 말해도 찰떡같이 알아

듣는 딸이 있기 때문이다. 또한 자신에게 너그럽기 때문이다. 그런 사람은 세상과 타인에 관해서도 너그럽기 마련이다. 친절하게 정정해주면 그는 기뻐한다.

"딸이 작가라서 살기가 좋네~"

그의 말을 고쳐주기 위해 딱히 작가의 지성이 필요하지는 않지만 슬아는 그냥 가만히 있는다. 앞으로도 그가 너그럽고 편안한 마음으로 지내기를 바란다. 어느새 온 거리에 벚꽃이 피는 계절이다. 흩날리는 벚꽃잎을 바라보며 복희는 웅이의 팔짱을 낀다. 그리고 말한다.

"자기야, 지금 꼭 그거 같다. 일본 애니메이션 중에 막 되게 아름다운 거 있잖아. 시속…… 시속 5센티미터?"

웅이는 더이상 놀라지 않고 대답한다.

"〈초속 5센티미터〉겠지."

복희는 푸하하 하고 웃는다. "5센티미터라도 맞춘 게 대단하다~"라고 말하며 침이 튀도록 웃는다. 웅이는 복희에게 팔짱 끼워진 채로 말한다.

"침이 많네. 건강한가봐."

그럼 복희는 더 많은 침을 튀겨가며 웃는다. 그는 수없이 틀리며 아름다운 계절을 통과하고 있다.

아쉬운 대답 드려 죄송합니다

이슬아가 출판사를 설립한 건 삼 년 전의 일이다. 딱히 출판사 대표가 될 생각은 없었으나 제멋대로 만든 독립출판물이 어쩌다 대박을 치는 바람에 부랴부랴 사업자 등록을 하러 구청에 갔다. 출판사 신고 서류 앞에서 스물일곱 살의 이슬아는 고민했다. 출판사 이름을 뭘로 짓지? 십 초쯤 생각해본 뒤 그가 서류에 적은 이름은 '낮잠 출판사'다. 그야 물론 낮잠 자는 걸 너무나 좋아해서였다. 출판이든 문학이든 꼭 낮잠을 자가면서 해나가겠다는 의지를 담은 이름이다. 아무리 중요한 일이더라도, 아니 중요한 일일수록 잠깐씩 낮잠을 자며 일해야 한다고 이슬아는 생각했다. 늘 밤잠을 설치니 말이다. 자신이 쓴 글을 후회하느라 베개에 머리를 대고 누워도 쉬이 잠이 오지 않았고 새벽에도 눈이 번쩍번쩍 떠지곤 했다.

그후로 삼 년 동안 낮잠 출판사는 몇 권의 책을 출간했다. 그 중 어떤 책은 작품상을 받았고 어떤 책은 독보적인 디자인으로 주목받았다. 기세를 몰아 더 많은 책을 부지런히 선보일 수도 있었지만 이슬아는 슬렁슬렁 움직였다. 출판사 이름에 걸맞도록 태평하게 일했다. 하지만 복희와 웅이는 안다. 대표의 태평을 위해서는 직원들이 매우 서둘러야 한다는 점을. 대표가 낮잠을 잔다고 해서 직원들까지 잘 수는 없음을. 점심마다 낮잠을 사수하는 슬아를 보며 복희와 웅이는 신분 상승을 꿈꾼다.

낮잠 출판사의 주요 업무 중 하나는 거절 메일을 쓰는 것이다. 작가 겸 대표인 슬아를 향해 날마다 수많은 메일이 출판사 메일함으로 날아온다. 메일의 내용은 원고 청탁, 추천사 청탁, 강연 의뢰, 북토크 의뢰, 출간 제의, 원고 투고, 인터뷰 요청 등이다. 그중에서 이슬아가 수락할 수 있는 일은 아주 일부다. 그의 몸은 하나뿐이기 때문이다. 아무리 부지런하게 산대도 혼자서 해낼 수 있는 일의 양은 한계가 있는 법이다. 게다가 이슬아가 사실 그렇게까지 부지런하지는 않다는 사실을 고려하면 받을 수 있는 일의 양은 더욱 줄어든다. 무엇보다 슬아는 돈 얘기가 적혀 있지 않을 경우 일을 받지 않는다.

"일간지에서 고정 필진 요청이 들어왔는데 어떻게 할까요?"

아침식사중에 복희가 묻는다. 슬아는 페이부터 체크한다.

"원고료가 명시되어 있나요?"

"'소정의 원고료'라고만 적혀 있습니다."

"낡은 방식으로 청탁을 하는군요. 거절하세요."

"네."

이번엔 웅이가 슬아에게 묻는다.

"스타트업 패션 브랜드에서 콜라보레이션 제안이 왔는데 어떻게 할까요?"

콜라보레이션이라는 말을 대체로 불신하는 슬아가 묻는다.

"내용이 뭔데요?"

"자기 브랜드의 옷을 입고 인스타그램에 포스팅해달라는 내용이에요."

"단순 광고 요청을 콜라보레이션이라는 말로 번지르르하게 포장했군요. 돈을 아주 많이 주지 않는 이상 광고 일은 안 받는데요. 페이는 적혀 있나요?"

"안 적혀 있습니다."

"거절하세요."

그런 식으로 슬아는 숱한 거절 지시를 내린다. 그리고 드물게 한두 가지의 일을 수락한다. 그가 수락하는 일들은 다섯 가지의 주요 동기 중에서 최소 두 가지를 충족하는 일이다. 돈, 재미, 의

미, 의무, 아름다움. 한 가지만 충족하거나 아무것도 충족하지 않는 일은 빠르게 거절한다. 그는 꼭 해야 할 일과 하고 싶은 일과 안 하는 게 좋은 일을 단번에 구분할 수 있다. 프리랜서로 8년을 지내다가 자연스레 그렇게 되었다. 정식 업무 요청 이외에도 다양한 메일이 낮잠 출판사에 도착하는데 오타 제보, 항의 메일, 취업 문의, 진로 상담, 악성 비방 등 종류도 다양하다. 그 모든 메일에 슬아가 직접 답장하다보면 도저히 원고를 마감할 수 없다. 메일 답장만 하다가 하루가 다 흘러가버린다.

그래서 슬아는 메일 답장 업무를 복희와 나눠서 한다. 대표로서 직접 답장해야만 하는 메일은 직접 쓰고 나머지는 복희에게 맡긴다. 그런데 쉰다섯 살의 복희는 이메일이라는 것에 적응한 지 얼마 안 됐다. 복희가 사무직으로 일해본 건 삼십오 년 전 자동차 부품상가에서 경리로 지낼 때가 마지막이다. 모든 걸 종이에 적던 시절이었다. 이메일 따위는 사용하지 않았다. 그런 복희에게 슬아는 스마트폰 메일 앱 사용법을 숙지시키고 이메일식 글쓰기의 구조와 문법을 가르친다.

오후마다 복희는 돋보기안경을 쓰고 자신의 책상에 앉아 메일함을 연다. 거절 메일을 써야 할 때면 곤란한 표정이 된다. 거절 메일이 수락 메일보다 세 배쯤 까다롭게 느껴진다. 미안하기 때문이다. 자신의 딸에게 관심을 가지고 시간과 마음을 들여 요청 메일을 쓴 이메일 너머의 상대에게 송구스러운 마음이 든다. 복희가 엄마의 심정으로 쓰는 거절 메일은 꽤나 구구절절해진다.

안녕하세요, ○○○님. 낮잠 출판사의 장복희 팀장입니다. 이슬아 작가가 여러 일로 분주하여 제가 대신 답장 드리게 되었습니다. 보내주신 메일 감사히 받았습니다. 이슬아 작가의 활동을 지켜봐주시고, 귀한 지면에 실을 원고를 청탁해주셔서 진심으로 감사드립니다.

그런데 이슬아 작가는 현재 〈일간 이슬아〉 연재를 하고 있습니다. 출판사 업무와 일간 연재를 병행하다보니, 한동안은 도저히 외부 요청들을 수락할 여력이 없습니다. 저는 이슬아 작가가 그저 병이 나지 않고 무사히 연재를 마칠 수 있기만을 바랄 뿐입니다……

여기까지 써놓고 복희는 자신 없는 목소리로 슬아에게 묻는다.

"이렇게 쓰면 돼요?"

슬아는 쓱 훑어보고 건조하게 대답한다.

"도입부는 좋아요. 그런데 두번째 문단부터 너무 감정적이고 사적이에요. 상대방 입장에서는 TMI일 수 있어요."

"티엠아이……? 그게 뭐예요?"

"투 머치 인포메이션. 너무 과한 정보. 굳이 알고 싶지 않은 이야기라는 뜻이에요."

"아~"

복희는 곰곰이 생각하며 지나치게 사적이라고 느껴지는 문장들을 검지로 지운다. 지우면서 중얼거린다.

"딸이라고 생각하고 쓰면 안 되는구나. 남이라고 생각하고 써야 되는구나."

"맞아. 우리는 업무 시간에는 남남이에요. 그래야 일을 더 효율적으로 처리할 수 있어요."

복희는 문장을 고치면서 새로운 질문을 한다.

"'어려울것같습니다' 할 때 '어려울' 띄고 '것같습니다'라고 쓰면 맞아요?"

슬아는 자신의 모니터를 바라보며 다른 메일에 답장을 쓰는 동시에 복희에게 설명한다.

"'것'과 '같습니다'도 띄워야 해요. '것'은 대체로 혼자 있다고 생각하면 돼요. 하지만 어려울 것 같은 게 아니라 진짜로 어렵기 때문에 '어렵습니다'라고 확실하게 써주면 좋아요. 불필요하게 우유부단한 문장은 군더더기로 느껴져요. 상대에게 괜한 여지를 줄 수도 있고요."

"그렇구나! 알겠어요."

복희의 세번째 문단은 다음과 같이 수정되었다.

그런데 이슬아 작가는 〈일간 이슬아〉 연재와 출판사 업무를 병행하느라 몹시 분주한 나날을 보내고 있습니다. 한동안은 외부 요청을 수락할 여력이 없어서 제안하신 청탁을 받기가 어렵습니다.

"이다음엔 뭐라고 써야 해요?"
"아쉬운 대답 드려 죄송하다고 쓰면 좋아요."
"아쉬운 대답 드려 죄송하다~ 좋다!"
"왜냐하면 진심이기 때문이에요."
슬아의 말에 복희가 격하게 고개를 끄덕인다.
"맞아. 진심으로 죄송해~"

복희는 송구스러운 표정으로 그 문장을 적는다. "아쉬운 대답 드려서 진심으로 죄송합니다." 슬아가 생각하기엔 그것은 여러 의미로 쓰일 수 있는 문장이다. 어렵사리 제안해주셨는데 응하지 못해 죄송합니다, 바빠서 죄송합니다, 몸이 하나라서 죄송합니다, 돈을 밝혀서 죄송합니다, 까다로워서 죄송합니다, 오후 강의보다 낮잠을 더 중요하게 여겨서 죄송합니다 등 다양한 상황에 적용 가능하면서도 어쨌거나 만족스러운 대답을 드리지 못하는 스스로에게 가벼운 유감을 표하기에 적절하다. 아쉬운 대답 드려서 죄송하다는 말까지 써놓고 복희가 또 묻는다.
"이제 어떻게 마무리하지?"

"거기서부터는 복희씨의 재량이에요."

직원의 역량을 키우려는 대표의 대답이다. 그 결과 복희에겐 몇 가지 맺음말 레퍼런스가 생겨났다. 계절감이 느껴지는 문장들이다.

"모쪼록 몸 마음 잘 돌보시면서 산뜻한 봄날 보내시면 좋겠습니다."

"무더운 이 여름 건강하게 보내시기를 소망합니다."

"추운 날씨와 바이러스로부터 몸과 마음 잘 지키시기를 바랍니다."

그날의 날씨와 기분에 따라 맺음말을 쓴 뒤 복희는 슬아에게 최종 컨펌을 받는다. 슬아가 오케이를 하면 그는 "감사한 마음을 담아, 낮잠 출판사 장복희 드림"이라고 마지막으로 적는다. 그리고 발송 버튼을 누른다. 그렇게 발송한 메일이 수백 통이다. 복희의 인생에서 지금처럼 많은 글을 쓰는 시기는 또 없었다. 거절하는 노동을 복희가 나눠서 해주는 덕분에 슬아는 상냥함을 잃지 않고 원고를 마감한다. 복희가 답메일 보내기를 멈춘다면 슬아의 일간 연재는 금세 펑크날 것이다. 인내심을 잃은 까칠한 거절 메일을 혼자서 다 쓰다가 평판이 나빠져버릴 것이다. 자신보다 넉넉하게 상냥한 직원을 두어서 정말 다행이라고 슬아는 생각한다.

복희는 된장 출장중

여느 회사들처럼 낮잠 출판사에도 상여금 제도가 마련되어 있다. 설날, 추석, 여름휴가, 성탄절, 생일을 맞이한 직원에게 보너스를 지급한다.

그 밖에도 몇 가지 특수한 상여금을 추가로 지급하는데, 이를테면 사내 커플인 복희와 웅이의 결혼기념일에 보너스를 준다. 두 직원 사이의 분쟁이 잦을 때면 대표가 MT를 다녀오도록 권유하며 여행 경비를 지원하기도 한다. 직원들은 MT에서 멤버십을 돈독히 다지고 돌아온다. MT의 기간은 최대 3박 4일까지이고 장소는 국내 및 동남아시아로 한정되어 있다.

낮잠 출판사의 상여금 제도에서 특히 눈여겨봐야 할 것은 아래 두 가지 항목이다.

1. 된장 보너스
2. 김장 보너스

이중 된장 보너스에 관해 먼저 알아보겠다.

슬아와 복희의 식생활은 지극히 된장적이다. 된장이 없다면 그들은 무언가 크게 잘못되었다고 느낄 것이다. 된장국 혹은 된장찌개를 거의 매일 끓여 먹어서다. 복희는 평생을 그렇게 살아왔고, 그가 해준 밥을 먹으며 자란 슬아 역시 복희의 식습관을 빼닮았다. 한편 웅이는 된장 없이도 문제없이 살아갈 자다. 그러나 집안의 과반수 이상이 된장적인 입맛을 지녔기 때문에 별다른 불평 없이 식사에 동참한다. 집밥이 곧 직원 식사이므로 낮잠 출판사의 능률은 복희의 부엌에서 샘솟는다.

이 집안을 먹여 살리는 된장은 어디로부터 오는가?

복희네 모부로부터 온다.

복희 엄마의 이름은 존자, 복희 아빠의 이름은 병찬이다. 칠십대 노부부라 몸 여기저기가 성치 않은데 아직도 일을 다니고 농사도 짓는다. 그들의 시골집 마당에는 항아리가 많다. 그중 몇 개는 된장을 위한 항아리다.

오십대 중반의 복희는 어느 날 문득 된장을 전수받아야겠다고 다짐했다. 이전까지는 모부가 해놓은 된장을 듬뿍 받아먹기만 했으나 영영 그럴 수는 없다. 모부는 나이들고 있고 된장을 담글 정신과 기력도 점점 약해질 것이다. 그들에게 아직 힘이 있을 때 배워놓아야 한다. 친정의 장 담그는 비법을 상세히 물려받을 필요가 있다.

복희가 된장을 배우러 가기 위해 일박 휴가를 신청하자 가녀장인 슬아는 그것을 출장으로 인정했다. 그가 배워서 담가온 된장으로 일 년을 먹고살 것이므로 당연한 처사였다. 낮잠 출판사는 슬아의 필력뿐 아니라 복희의 살림력으로 굴러가는 조직이다. 슬아는 복희의 된장 연수를 된장 출장으로 명명한 뒤 출장 수당을 지급했다. 수당은 회당 이십만 원씩이고 그것이 바로 된장 보너스다.

복희는 일 년에 세 번씩 된장 출장을 나간다. 계절의 변화, 콩의 수확 시기, 그리고 기후에 따라 출장 날짜는 매년 조금씩 달라진다. 1차 출장은 10월 중순경이다. 존자와 병찬이 직접 키운 해콩을 수확해놓은 뒤 자신들의 딸 복희를 부른다.

복희는 아침 일찍 시골집으로 향하는데, 아무리 서둘러 가도 언제나 모부보다는 한발 느리다. 동틀 무렵부터 모부는 커다란 가마솥에 전날 불려놓은 콩을 삶고 있다. 잘 삶아지도록 불과 물을 조절하는 역할은 병찬이 담당한다. 타지 않게 나무를 적당히 때야 하고, 혹여나 콩물이 넘치려고 하면 솥뚜껑에 물을 끼얹어 온도를 섬세히 맞춰야 한다. 그 옆에서 존자와 복희는 큰 대야와 천 몇 겹을 준비한다. 콩이 다 삶아지면 천에 옮겨서 잘 묶은 뒤 대야로 옮긴다.

복희의 역할은 그 위에 수건을 얹고 발로 밟는 것이다. 콩반죽이 되도록 한참 밟아야 한다. 물컹거리는 콩 때문에 복희는 자꾸 중심을 잃는다. 복희가 넘어지지 않도록 존자가 옆에서 몸을 받쳐주는데 이때 모녀는 간지럼 타듯이 웃는다. 서로 뒤뚱거리며 배꼽을 잡는다.

이제 자근자근 밟아진 콩반죽을 메주틀에 넣을 차례다. 따뜻한 방에는 볏짚이 넓게 깔려 있다. 병찬이 미리 만들어둔 메주틀에 반죽을 넣어 직육면체 모양으로 성형한다. 틀에서 빠져나온 메주들이 볏짚 위로 나란히 눕는다. 복희는 여기까지 열심히 도운 뒤 1차 출장을 마친다. 복희가 돌아가면 그의 모부가 메주를 뒤집어가며 말린다. 볏짚과 메주 사이에 하얀 곰팡이균이 올라오면 뒤집기 좋은 시점이다. 여섯 개의 면 중 네 개의 면에 하얀 균이 생길 때까지 방안에 보관한다. 일주일 뒤부터는 메주를 묶어서 띄운다. 양지바른 곳에 지푸라기로 묶어 매단 뒤에 건조하는 것이다. 해와 바람을 맞게 하며 한 달 동안 바싹 말린다.

2차 출장은 음력 정월 무렵이다. 말날午日에 존자와 병찬이 다시 복희를 호출한다. 잘 띄워진 메주들이 복희를 기다리고 있다. 2차 출장에서는 메주를 된장 겸 간장으로 숙성시키는 밑작업을 한다. 커다란 항아리에 소금물을 담는다. 알맞은 염도의 소금물을 만들어야 한다. 병찬의 경우 물 20리터당 소금 3되를 넣고 희석한다. 알맞은 소금물인지 확인하려면 계란이 필요하다. 소금물에 날계란을 띄웠을 때 수면 위로 떠 있는 면적이 백 원짜리 동전만큼이면 적당한 염도다. 소금물을 맞췄으니 그 안에 메주를 차곡차곡 넣는다. 맨 위에는 숯, 마른 고추, 대추, 볶은 참깨를 얹은 뒤 항아리 뚜껑을 닫는다.

복희가 3차 출장을 가는 건 두세 달 뒤다. 이제 최종 작업만이 남았다. 그사이 메주는 항아리 안에서 충분히 숙성되었다. 뚜껑을 열면 까맣게 변한 소금물이 보인다. 메주의 콩 단백질이 소금물과 함께 발효되어 간장과 된장을 만든다. 복희는 모부와 함께 항아리에서 메주 건더기를 건져낸다. 그것이 바로 된장이다. 큰 대야에 된장을 담고 절구로 빻는다. 복희가 열심히 빻는 동안 존자는 표고버섯 가루와 마른 고추씨를 넣으며 된장을 완성한다. 옆에서 병찬은 된장을 보관할 항아리를 소독한다. 지푸라기를 태워서 항아리 안을 훈연하며 소독하는 것이다. 잘 소독된 항아리 가득 된장을 채운다. 그렇게 금단지 같은 된장독이 만들어진다.

한편 아까의 항아리에는 검은 간장물만이 남아 있다. 숯과 고추 등은 다 건져내서 버렸다. 간장은 항아리 안에서 반년 정도 더 발효시킨다. 그것이 바로 이 집안의 조선간장이다. 간장은 복희의 거의 모든 요리에 간으로 쓰인다.

세 번의 출장을 마치고 나면 복희는 된장과 함께 돌아온다.

출판사 현관에 들어서는 복희의 얼굴은 피로와 보람으로 가득차 있다. 그를 위한 출장 수당은 몹시 지당할 것이다. 슬아는 지체하지 않고 복희 계좌로 보너스를 입금한다. 그럼 낮잠 출판사 부엌에 된장이 넉넉히 쌓인다. 슬아는 삶의 여러 노동을 집안 어른들에게 의탁하며 살아간다. 노동의 대가를 돈으로 지급하지만 어떤 것들은 돈 주고도 사기 힘든 노동이다.

슬아는 개미처럼 글을 쓰면서도 된장은 담글 줄 모른다. 복희는 글을 쓸 줄은 알지만 그걸 하느니 차라리 된장을 담그겠다고 말할 것이다. 복희의 엄마 존자는 된장 담그기에 도가 텄지만 글을 읽고 쓸 줄 모른다. 각자 다른 것에 취약한 이들이 서로에게 의지한 채로 살아간다.

복희가 죽으면 어떡하지? 그것은 슬아의 오랜 질문이다. 복희는 영원히 살지 않을 텐데, 복희가 죽으면 된장은 누가 만들 것인가. 중년이 된 슬아가 노년의 복희로부터 된장을 전수받을 것인가. 아니면 마트에서 파는 된장을 사 먹으며 엄마와 외할머니를 그리워할 것인가. 그러다 목이 메어 눈물을 훔칠 것인가.

알 수 없는 노릇이다. 삼십대의 슬아는 손에 물 한 방울 묻히지 않은 채로 글을 쓰고 있다.

낭독회는 김장중에 시작된다

대학을 못 다닌 것에 관해 복희는 유감이 없다. 오래된 일이기 때문이다. 국문과에 합격했던 열아홉 살의 자신과 등록금을 내줄 수 없어서 울던 가난한 모부의 시절로부터 긴 세월이 흘렀다. 복희의 삶은 대학과 상관없는 일들로 채워지며 깊어져왔고 이제 그는 손주가 생겨도 이상하지 않을 나이다.

그러나 아직까지 한을 품은 사람이 있으니 바로 존자다. 합격해도 대학에 보낼 수 없을 정도로 가난했던 처지가 두고두고 미안한 것이다. 1948년생 존자는 글을 읽고 쓰는 법을 배우지 못했다. 사는 내내 그게 불편하고 부끄러웠다. 자식들만은 배움에 아쉬움 없이 살았으면 했다. 복희가 시골집에 들를 때마다 존자의 하소연은 지치지도 않고 반복된다.

“복희가 대학만 갔어도 인생이 달라졌는디…… 속상해서 워쪄……”

그 얘기를 듣는 오십대 중반 복희의 입에선 헛웃음만 나온다.

“우리 엄마 또 시작이네.”

복희 딸 슬아가 대학 졸업하고 학자금 대출을 다 갚은 지도 오래되었건만 존자의 서러움은 어제 일처럼 생생한 모양이다. 복희는 존자의 말을 흘려들으며 할일을 한다. 오늘은 김장 출장의 날이다.

복희네 가족은 매년 초겨울마다 이 중대한 행사를 치른다. 모부인 존자와 병찬, 그리고 복희, 영희, 윤희 자매가 모여 김치를 담그느라 분주하다. 마당에는 백이십 포기의 배추가 쌓여 있다. 존자와 병찬이 직접 농사지은 배추들이다. 자매들은 수돗가에 앉아 배추를 다듬는다. 씻고 썰어낸 뒤엔 소금물에 흠뻑 적신다. 적신 배춧잎 사이에는 굵은소금도 켜켜이 넣어야 한다. 배추를 절이는 건 그렇게 징한 작업이다. 마당에 부는 겨울바람이 차다. 그들은 모두 기모바지를 입고 일한다.

다른 한쪽에서 존자는 배춧속에 들어갈 재료를 준비하고 있다. 양념은 내일 버무릴 테지만 그 안에 들어갈 채소가 워낙 많아서 전날에 다듬어놔야 한다. 무, 양파, 쪽파, 대파, 미나리, 갓 등이 존자의 도마에서 서걱서걱 썰려나간다. 상당한 양이다. 그 옆에서 병찬은 양념에 넣을 풀을 쑨다.

노동은 해질녘이 되어서야 얼추 마무리된다. 복희가 먼저 부엌에 들어가 저녁을 차린다. 존자의 부엌이지만 복희가 온 날이면 존자는 요리를 쉰다. 복희는 존자가 부엌을 믿고 맡길 수 있는 유일한 사람이다. 저녁이 차려지는 사이 나머지 식구들은 뒷정리를 한다. 다들 코가 빨개진 채로 집안에 들어온다. 보일러와 음식의 열기로 집안이 후끈하다. 다섯 명은 동그란 좌탁에 옹기종기 모여 밥을 먹는다.

밥을 먹으며 존자가 아들 이야기를 한다. 존자의 하나뿐인 아들이다. 아들은 바빠서 김장하러 오지 않았다. 딸들도 바쁘긴 하지만 말이다. 화두는 손주들로 넘어간다. 존자에겐 손주가 여섯이나 있다. 그중 슬아가 가장 큰 손녀다.

"우리 슬아는 워찌 지내냐? 아픈 데는 없는겨?"

밥상에서 존자가 묻고 복희가 대답한다.

"엄청 바빠. 정신없어."

그렇게 말하면서 복희는 오늘 아침에 받은 김장 보너스를 생각한다. 정신없는 와중에도 가녀장은 상여금 주는 걸 잊지 않았다. 존자는 슬아를 걱정한다.

"우래기 글써서 돈 버니라구 월매나 욕볼겨. 참말루다가 장햐……"

존자의 목소리를 듣던 복희 머릿속에 문득 책 한 권이 떠오른다. 그러고 보니 슬아가 외할머니 드리라고 가방에 챙겨줬다. 중장년의 노동과 생애를 담은 인터뷰집이다. 그 책에는 존자와 병찬의 이야기도 실려 있다.

지난여름 슬아로부터 인터뷰 요청을 받았을 때 존자는 손사래를 치며 이렇게 말했다.

"나는 아무것도 모르는 멍청이여~!"

그 말에 슬아는 바람 빠진 풍선처럼 웃고는 긴 인터뷰를 진행했다. 지난 70년간 어떤 일을 하며 살아왔는지 묻자 존자와 병찬의 입에서 별별 사연이 강물처럼 흘러나왔다. 슬아의 책은 그것을 열심히 듣고 적은 결과다. 복희는 가방에서 책을 꺼낸 뒤 존자에게 건넨다.

"이게 시방 슬아 책이냐? 워매, 예쁘다 야……"

존자는 고마워하고 어색해하며 책을 만진다. 낯선 물건처럼 어정쩡하게 쥔다. 복희는 존자가 등장하는 페이지를 찾아준다. 존자의 초상 사진이 여러 장 실려 있다. 존자는 책에 나온 자기 모습이 쑥스럽고도 반갑다. 사진들 사이로 존자에 관한 슬아의 글이 빽빽하게 이어진다.

존자는 그것을 읽을 수 없다. 그는 손녀딸이 자신에 대해 뭐라고 썼는지 알지 못한다.

복희가 용기를 내어 묻는다.

"엄마, 내가 읽어줄까?"

존자가 놀란다. 그리고 기뻐한다.

"우래기가 읽어주면 나는 너무 좋지."

복희가 책을 쥔다. 식구들이 저녁상을 물리지 않은 채로 복희의 낭독을 듣는다. 슬아가 쓴 존자 이야기는 이렇게 시작된다.

1900년대 초중반에 태어난 여자아이에게는 자子로 끝나는 이름을 지어주는 경우가 흔했다. 향자, 미자, 순자, 혜자, 명자, 숙자, 희자…… 그중에서도 유독 강렬한 우리 외할머니 이름은 '존자'다. 있을 존存과 아들 자子. 태어나보니 아들이 아니어서 붙여진 이름이다. 자기가 아닌 다음 남자아이를 희망하는 이름으로 평생 살아온 존자씨의 기구함에 대해 나는 종종 생각한다. 막상 존자씨는 웃으며 이렇게 말한다. "이제 와서 워쩔겨~ 뭘 그런 걸 가지구 그랴. 시방 코앞에 할 일이 태산인디~"

복희가 충청도 사투리로 존자를 흉내내며 읽자 모두가 깔깔댄다. 존자도 부끄러워하며 웃는다. 복희는 밥상에서 낭독을 이어간다. 존자의 집, 존자의 텃밭, 존자가 그릇을 정리하는 방식이 슬아의 시선으로 묘사되어 있다. 자신을 꼼꼼하게 바라본 문장을 듣다가 존자의 얼굴이 기쁨으로 달아오른다. 다음 페이지부터는 대화가 쭉 적혀 있다. 슬아와 존자와 병찬이 주거니 받거니 하는 대화다. 복희는 혼자서 1인 3역을 하며 그 문장들을 읽는다.

슬아 두 분이 열여덟, 열아홉 살쯤이었죠?

병찬 그랬지. 일단 우리집 형편이 어렵다고 솔직하게 얘기해야 될 것 같았어. 그래서 이렇게 말했지. "나한테 시집을 오면 조밥을 잡수실 거예요."

슬아 조밥이요?

존자 아가, 잔잔한 좁쌀 있자녀. 옛날에 가난한 사람들은 그걸로 지은 밥만 먹었거든.

슬아 청혼 멘트 빡세다. 조밥을 잡수시게 될 거라니……

병찬 할머니가 뭐라고 대답했는지 아냐? 그 말은 난 지금도 생생햐.

슬아 뭐라고 하셨어요?

병찬 "밥사발에도 눈물이 있고 죽사발에도 웃음이 있으니, 죽을 먹어도 웃을 수 있다면 살겠다"라고 말하는 거야. 내가 열아홉에 그 말을 듣고 감동을 받아버린겨.

슬아 결혼해보니까 어떠셨어요?

존자 해보니까, 안 한 것만 못햐……

식구들은 배를 잡고 웃는다. 복희는 세 사람 몫의 성대모사를 거뜬히 해내고 있다. 무엇이 슬아의 대사이고 무엇이 존자와 병찬의 대사인지 말하지 않아도 다 알아채게끔 읽는다. 영희와 윤희는 익히 알아온 자신들의 모부가 새삼 웃겨 죽겠다. 존자와 병찬은 그날의 대화를 어렴풋이 회상하며 이어질 이야기를 기다린다. 자기들 이야기인데도 너무 궁금하다. 복희는 능숙한 연극인처럼 낭독을 이어간다. 사람들 앞에서 이렇게 오랫동안 글을 읽은 건 고등학교 때 이후로 처음이다. 모두 복희를 바라보고 있다. 집안의 열기가 뜨겁다. 책 속에서 존자는 가난에 대해 말하는 중이다.

존자 한번은 복희가 대학 합격했는디 입학금을 내일까지 내야 된댜. 복희가 나한테 사정을 해. 엄마가 입학금만 내주면 자기는 분명 선생님이 될 거래. 학비는 아르바이트해서 어떻게든 낼 테니까 입학금만 도와달래. 선생님이 되어서 다 보답할게, 엄마한테 잘해줄게, 하고 막 사정을 하고 울더라구, 아침에. 그거를 뿌리치고 출근을 했어. 돈이 없으니께 나도 방법이 없어. 밤에 퇴근하고 돌아가니까 복희가 얼마나 울었는지 두 눈이 퉁퉁 부어서 뜨지를 못해. 얼마나 억울하겄어. 그만큼 공부를 했는디 입학금을 못 넣어서 학교에 못 들어가는 게 얼마나 분하고 슬프겄어. 다 무효가 되었으니 복희는 복희대로 다락에서 울고 나는 나대로 부엌에서 울었지.

복희가 낭독을 멈춘다. 목이 메어서다. 이제 와서는 억울할 것도 없지만 그 시절의 자신들이 새삼 안쓰럽다. 복희가 눈물을 훔치자 존자도 눈물을 훔친다. 영희와 윤희의 눈시울도 붉어진다. 다락에서 한참 울고 내려와 경리로 취직하던 스무 살 언니의 모습이 기억난다.

쉰다섯 살의 복희가 목을 가다듬는다. 낭독이 계속된다. 책 속에서 병찬은 책꽂이가 필요한 복희를 위해 박스를 구한다. 돈이 없으니 박스로라도 서재를 만들어주고 싶었던 것이다. 그러던 중 그는 박스 도둑으로 몰린다. 훔치려던 게 아닌데 오해를 받고 직장에서 잘린다. 박스가 지금보다 귀했던 시절의 이야기다. 낭독을 듣던 영희와 윤희가 한숨을 쉰다. 고작 박스 때문에 그런 일을 겪었다. 정말이지 모든 게 부족한 때였다.

이야기는 어느새 존자와 병찬이 크게 아프던 시절로 넘어간다. 두 사람 다 험한 일을 많이 해서 병치레가 잦았다. 앓느라 고생하고 간병하느라 고생이었다. 의사는 병찬을 두고 회복하기 어려울 거라고 말했다. 존자는 희망이 있는지 없는지도 모르는 채 3년 넘게 병찬을 돌봤다. 병원비가 값비싼데 언제까지 입원생활을 계속해야 하는지도 모를 노릇이었다. 책 속에서 존자는 가슴속에 묻어둔 비밀을 병찬에게 고백한다. 너무 힘들었다고.

괴롭고 죄스러워서 당신 안락사하는 상상했었다고. 많이 미안하다고. 병찬은 책 속에서 그 이야기를 차분히 듣는다. 그리고 존자에게 말한다. 나를 살린 건 당신이여.

현재의 존자가 훌쩍훌쩍 울며 듣는다. 옆에 있던 병찬도 말없이 눈가를 훔친다. 낭독을 잇는 복희의 목소리가 흔들린다. 애쓰며 사는 이야기가 계속된다. 슬아가 인터뷰를 마치면서 쓴 문장들을 복희가 읽는다.

한 고생이 끝나면 다음 고생이 있는 생이었다. 어떻게 자라야겠다고 다짐할 새도 없이 자라버리는 시간이었다.

고단한 생로병사 속에서 태어나고 만난 당신들. 내 엄마를 낳은 당신들. 해가 지면 저녁상을 차리고 이야기를 지어내는 당신들. 계속해서 서로를 살리는 당신들. 말로 다 할 수 없는 생명력이 그들에게서 엄마를 거쳐 나에게로 흘러왔다.

알 수 없는 이 흐름을 나는 그저 사랑의 무한반복이라고 부르고 싶다. 이들이 나의 수호신들 중 하나였음을 이제는 알겠다. 기쁨 곁에 따르는 공포와, 절망 옆에 깃드는 희망 사이에서 계속되는 사랑을 존자씨와 병찬씨를 통해 본다.*

* 이슬아 인터뷰집 『새 마음으로』(헤엄출판사, 2021) 중 「나를 살리는 당신」에서 인용.

복희가 책을 덮었다. 다 아는 이야기인데 웃음이 나고 울음이 났다. 이 자리에 모인 다섯 명은 그 세월을 같이 겪은 이들이었다.

"슬아가 태어나기도 전의 일들인데."

윤희가 말했고 영희가 고개를 끄덕였다. 직접 겪지 않은 사람이 그 세월에 대해 가장 자세히 썼다는 게 신기했다. 존자는 좋아하는 드라마를 시청하듯 자신의 이야기를 들었다. 딸이 들려준 글은 딸의 딸이 쓴 문장이었다. 존자 혼자서 푸념처럼 늘어놓던 과거가 삼대를 거쳐 슬아의 버전으로 되돌아왔다. 그것은 존자의 이야기이기도 하고 아니기도 했다. 슬아의 기억과 복희, 영희, 윤희, 병찬의 기억이 뒤섞인 편집본이었다. 존자는 이야기의 주인이 여럿임을 알게 되었다. 존자의 삶은 존자만의 이야기일 수 없었다.

자신에 관한 긴 글을 듣자 오랜 서러움이 조금은 남의 일처럼 느껴졌다. 슬아의 해설과 함께 어떤 시간이 보기 좋게 떠나갔다. 이야기가 된다는 건 멀어지는 것이구나. 존자는 앉은 채로 어렴풋이 깨달았다. 실바람 같은 자유가 존자의 가슴에 깃들었다. 멀어져야만 얻게 되는 자유였다. 고정된 기억들이 살랑살랑 흔들렸다.

존자에 관한 여러 개의 진실이 시골집 거실에 차곡차곡 놓였다. 마당에서는 배추들이 절여지는 중이었다.

로즈 시절

“왜 엉덩이가 갈수록 네모나게 처지지?”

전신거울 앞에서 복희가 투덜댄다. 거울에 비춰본 자신의 뒤태가 맘에 들지 않는 것이다.

“옛날엔 동그랗고 빵빵했는데……”

복희는 엉덩이를 손으로 꽉 쥔 채 추켜올린다. 그렇게 하면 잠깐 힙업이 되는 듯 보이지만 손을 떼자마자 원래대로 돌아온다. 때마침 슬아가 옆을 지나간다.

“운동해야 안 처지지.”

그렇게 말하는 슬아의 엉덩이는 매우 탄력적이다. 얼마나 딴딴한지 보라며 슬아가 엉덩이를 내민다. 복희가 슬아의 엉덩이를 찰지게 때려보고 놀란다.

"와씨, 무슨 운동 해야 되는데?"

슬아는 곧바로 스쿼트와 덩키킥을 시전하며 말한다.

"이거 맨날 해."

복희는 부담스러워하며 중얼거린다.

"힘들어 보이는데……"

"아무 노력 없이 아름다움이 유지되지는 않아."

슬아가 잔소리하자 복희가 빈정댄다.

"잘났어."

슬아는 퉁명스레 수긍한다.

"맞아. 잘났어."

그러고선 서재로 올라간다. 멀어지는 슬아를 향해 복희가 소리친다.

"나도 삼십대 땐 로즈 시절이었어~"

슬아가 뒤도 돌아보지 않고 정정한다.

"리즈 시절이겠지……"

복희는 헷갈리는 얼굴로 생각에 잠긴다.

"그게 그거 아닌가?"

"전혀 달라."

복희는 웬만해선 삐지지 않는다. 잘 잊기 때문이다. 짜증나는 일도 쪽팔린 일도 금방 까먹는다. 특히 자주 까먹는 건 단어다.

부엌에서 밀가루 반죽을 발효시키다가 이렇게 말하는 식이다.

"이거 완전 천연호모빵이야."

지나가던 슬아가 정정한다.

"천연효모빵이겠지……"

"비슷한 거 아니야?"

"전혀 달라."

그러거나 말거나 복희는 별다른 근심 없이 빵을 완성한다. 다 구워진 빵에 무화과잼을 바르면 맛있다.

"너도 먹을래?"

권유해보지만 슬아는 단호히 거절한다.

"탄수화물 많이 먹으면 졸려서 일 못 해."

복희가 고개를 절레절레 젓는다.

"진짜 맛있는데…… 안 먹으면 지 손해지 뭐."

그러고선 맨손으로 빵을 집어들고 한입 크게 베어 문다. 우물우물 복스럽게 먹어치우는 복희 주변에 웅이가 나타난다. 웅이는 노심초사하며 묻는다.

"그릇에 좀 받치고 먹으면 안 될까?"

복희가 무구하게 질문한다.

"왜?"

"가루 떨어지잖아."

바닥 청소를 담당하는 자의 호소다. 그는 각종 부스러기를 발견할 때마다 스트레스를 받으며 청소기를 밀어댄다. 복희는 부스러기 따위에 스트레스를 받지 않는 자다. 자유로이 빵을 씹으며 집안을 누빈다. 그러다가 딸의 서재에도 들어가본다.

서재에서 슬아는 분주히 키보드를 두드리고 있다. 답장 메일을 쓰는 모양이다. 복희는 태평하게 서재를 둘러본다.

"작가라 그런지 확실히……"

딸의 책장 앞에서 그가 중얼거린다.

"책이 많네……"

서먹한 손님처럼 당연한 소리를 한다. 책들이 낯설게 보여서 그렇다. 죄다 딸이 산 것들이다. 생각해보니 슬아 초등학교 때 이후로는 책을 안 사준 것 같다. 그보다 더 어렸을 때는 복희가 책을 소리내어 읽어준 적도 있다. 유치원생 슬아에게 읽어준 책은 『작은 아씨들』이었다. 애를 재우려고 펼쳐든 책인데 그걸 낭독하면서 자꾸 자기가 울었다. 가난하지만 사랑 넘치는 네 자매의 생애가 남 일 같지 않았던 것이다. 책을 읽어주다가 훌쩍거리는 젊은 복희 옆에서 어린 슬아가 무럭무럭 조숙해졌다. 슬아는 어른도 약하다는 것을 일찌감치 배웠다.

현재의 슬아는 별다른 감정 기복 없이 글을 쓰고 있다. 복희가 이제 와서 보니 슬아는 네 자매 중 명백히 조랑 닮았다. 슬아도 조처럼 야무지고 어딘가 고집스럽다. 복희는 어떠한가? 스스로 느끼기엔 메그와 조와 베스와 에이미의 특징을 모두 가진 것 같다. 복희는 딸의 책상에 기대어 감상에 잠긴다. 그리고 이렇게 혼잣말한다.

"난 약간 그런 스타일인 것 같아. 외향적이면서도…… 내향적인 스타일."

슬아가 노트북에서 시선을 떼지 않은 채로 시니컬하게 묻는다.

"안 그런 사람도 있어?"

슬아의 시니컬과 상관없이 복희는 하고 싶은 얘기를 맘껏 한다.

"사람들이랑 잘 어울리면서도 혼자만의 시간을 즐기는…… 그런 스타일 있잖아."

슬아는 키보드를 두드리며 복희를 평가한다.

"내 생각에 엄마는 약간 그런 스타일이야."

복희가 궁금한 얼굴로 묻는다.

"어떤 스타일?"

슬아가 대답한다.

"좀 시끄러운 스타일."

복희가 인상을 쓰며 빵을 크게 베어 문다.

"잘났어."

그는 툴툴대며 내려간다.

복희가 떠난 서재에서 슬아는 묵묵히 일을 한다. 그러다가 자기가 조금 못됐다고 생각한다.

급한 업무를 마친 뒤에 그는 안방으로 내려간다. 그리고 복희에게 제안한다.

"새로운 걸 배우러 다니는 게 어때?"

이제 와서 뭘 배우냐고 복희가 묻고, 배움은 죽을 때까지 계속되는 거라고 슬아가 대답한다. 복희는 다시 한번 툴툴댄다. "잘났어." 그렇게 말해놓고 뭘 배울지 적극적으로 고민해본다. 슬아가 권유한다.

"몸 쓰는 걸 배우면 좋겠어. 춤이랄지."

복희가 풉, 하고 웃는다. 춤추는 자신을 상상하면 조금 부끄럽다. 동시에 조금 두근거린다.

"나는 약간 느린 춤이 어울리는 스타일이야."

복희의 자기 객관화에 슬아가 순순히 고개를 끄덕인다.

"배우고 싶은 춤이 생기면 말해. 내가 등록해줄게."

슬아는 그것을 낮잠 출판사의 직원 복지비로 지출할 계획이다.

일주일 뒤부터 복희는 훌라 교실에 다니기 시작한다. 하와이에서 훌라춤을 배워온 여자가 가르치는 곳이다. 첫 수업을 다녀온 복희가 이렇게 푸념했다.

"오십대는 나밖에 없더라. 다 젊고 예뻐."

슬아가 원고 마감을 하며 대답한다.

"걔네들도 나중에 늙을 거야."

복희는 약간 풀이 죽었지만 오늘 배운 동작을 되새기며 연습

한다. 엉덩이를 좌우로 씰룩거리고 손을 파도처럼 흐느적거린다.

"선생님이 그러는데 훌라는 자기 안에 있는 바다를 불러오는 춤이래."

데드라인이 얼마 남지 않은 슬아가 키보드를 두드리며 대충 대답한다.

"좋네."

슬아 주위로 복희가 스텝을 밟으며 돈다. 동그랗고 서툰 몸짓이다.

"선생님이 또 뭐라고 했냐면…… 훌라에서 틀린 건 없대. 그냥 모두에게 각자의 훌라가 있는 거래."

복희는 그 말에 감명을 받은 듯하다. 그래서인지 설거지를 하다가도 엉덩이를 씰룩거리고 샤워를 하다가도 손을 흐느적거린다.

그는 매주 빠지지 않고 훌라 교실에 나간다.

훌라를 배우는 날에는 평소보다 일찍 퇴근한다. 저녁을 일찍 차려놓은 뒤 훌라 치마를 입고 단장하느라 바쁘다. 누워서 텔레비전을 보던 웅이가 무심히 말한다.

"열심히 다니네."

복희가 머리에 꽃을 꽂으며 대답한다.

"내가 또 그런 스타일이잖아. 막상 시작하면 열심히 하는 스타일."

웅이가 복희를 쳐다본다. 머리에 너무 큰 꽃이 달려 있다.
“그거 꽂고 가게?”
복희는 아랑곳하지 않는다.
“다들 이렇게 하고 춰. 선생님 꽃은 이거보다 더 크더라고.”
웅이는 아내의 행색이 조금 걱정스럽다.
“미친 여자처럼 보이지 않을까?”
복희가 쩌렁쩌렁하게 웃는다. 미친 여자처럼 보이는 것을 왠지 조금 좋아하기 때문이다. 복희 엉덩이에 힘이 들어간다. 그는 과할 정도로 발랄한 모습으로 집을 떠나고 있다. 떠나기 전에 취미생활비를 지원해주는 가녀장에게 인사를 건넨다.
“다녀오겠습니다, 대표님.”
슬아가 복희를 본다. 머리엔 꽃을 단 엄마가 치마를 펄럭이며 현관을 나선다. 어쩐지 만개한 사람 같다.
“로즈 시절이네.”
슬아가 중얼거린다. 복희가 총총 멀어진다. 그의 전성기가 지금일 수도 있겠다는 생각이 이제서야 든다.

사장님의 사장님

토요일과 일요일은 낮잠 출판사 휴무일이다. 서점들도 주말에는 출판사와의 거래를 쉬어간다. 그렇다고 주말이 한가롭지는 않다. 슬아는 신문 칼럼을 마감해야 한다. 평일에 미처 쓰지 못한 원고가 얄짤없이 그를 기다린다. 한편 웅이는 아침부터 작업복을 챙겨입는다. 주말마다 투잡을 뛰기 때문이다. 평일에 하는 일로 출판사에서 월급을 받지만 그것만으론 부족하다. 웅이에게는 갚아야 할 대출금이 있다. 세상은 부를 타고 나지 않은 서민이 빚을 지지 않을 도리가 없게끔 굴러간다. 살다보니 웅이도 대출받을 일이 왕왕 생겼다. 삼십대 때 받았는데 오십대인 지금까지도 다 못 갚았다. 슬아가 작가로 활동하며 가세를 일으키긴 했으나 슬아 역시 자기 빚을 갚느라 바쁘다. 학자금 대출보다 더 커다란 주택담보 대출이 남았다. 가녀장은 유능하지만 집안의 모든 빚을 청산할 만큼 부자는 아니다. 따라서 웅이는 투잡을 뛴다.

웅이의 두번째 직업은 트럭 일이다. 1톤 트럭에 온갖 물건을 싣고 전국을 누빈다. 그가 싣고 달리는 물건들은 무엇인가? 행사용품들이다. 웅이는 이벤트 장비 렌털 업자로서 일한다. 웬만한 행사에 필요한 모든 장비가 웅이의 트럭에 실려 있다. 천막, 테이블, 의자, 앰프, 체육대회 용품, 발전기, 온풍기, 전기 릴선…… 행사란 각종 잡동사니를 사용하며 진행되기 마련이다. 웅이는 그것들을 배송하고 설치하고 운용하고 철수한다. 무거운 짐이 많아서 죄다 혼자 해낼 수는 없다. 그에겐 조수가 필요하다. 착실하고 민첩하고 힘 좋은 조수 말이다.

최근 웅이는 철이를 고용했다. 철이는 스물세 살의 빡빡머리 사나이로서 다부진 체격을 지녔다. 그는 주말마다 웅이 밑에서 일하며 일당을 받는다. 철이를 처음 본 날 웅이는 생각했다. '잘 깎아놓은 밤처럼 생겼네.' 무심히 야외활동을 해온 자처럼 피부가 까무잡잡한 동시에 매끈하고 윤이 났다. 젊음의 윤기였다. 우락부락하지는 않았지만 잔근육이 많았고 몸의 균형이 좋았다. 이런 몸을 가진 사람은 일하다가 다칠 확률이 낮다. 경험이 부족하니 한동안은 허둥대겠지만 말귀를 잘 알아듣기만 한다면 금세 실력이 생길 터였다. 웅이는 철이를 조수석에 태워 다니며 일을 가르쳤다. 화물차 모는 방법, 장비 종류와 용도, 설치와 철수에 관해 설명했다. 가장 중요한 부분은 상하차 요령이었다. 트럭 짐칸에 물건을 싣고 내릴 때 어떤 것을 고려하며 배치해야 하는지 조수가 이해해야 했다.

"짐을 꺼내야 할 순서를 생각해보고 그것의 역순으로 싣는 거야. 순서가 엉키면 골치 아프거든. 무거운 건 아래에 두고 가벼운 걸 위에 둬야 해. 공간이 남지 않게 잘 채워서 실어봐. 테트리스 한다 생각하고."

웅이는 모든 과정을 꼼꼼하고 조리 있게 설명하는 사장님이었다. 양팔에 재밌는 문신을 새긴 아저씨이기도 했다. 철이는 자신보다 서른 살쯤 많은 어른에게 골똘히 일을 배웠다. 웅이 옆 조수석에 앉아 사사로운 대화를 나누는 게 철이의 주말 일과였다. 그리 길지 않은 생애 동안 그는 앞으로 뭐하고 살 거냐는 질문을 많이 받았다. 그런 질문에 곧장 대답하는 애들이 철이로서는 늘 신기했다. 진로라는 말을 들으면 멍하니 구름이나 바라보게 되었던 것이다. 뭐가 되고 싶은지 어떻게 살고 싶은지 누굴 닮고 싶은지 어떻게 벌써 정하겠는가. 철이가 좋아하는 것은 침착맨 유튜브 채널과 참깨라면, 싫어하는 것은 흐린 날씨와 긴급재난문자였다. 그 문자메시지는 너무 많이 와서 무엇이 진짜 긴급한 일인지 알 수 없게 된다.

철이는 일단 이번주에 하고 싶은 일과 해야 할 일 정도를 생각하며 살았다. 웅이는 미래 계획에 관해 딱히 묻지 않는 보기 드문 어른이었다. 미래에 관해 오리무중인 것은 웅이도 마찬가지였기 때문이다. 그저 과거에 터득한 기술들을 활용하여 오늘의 노동을 할 뿐이었다. 웅이에겐 잡다한 기술이 있었다. 직업으로 내세우긴 뭐하지만 어느 일터에 투입되든 현명히 임기응변할 수 있을 만큼의 능력치였다.

"이런 걸 언제 다 배우셨어요?"

전기난로를 뚝딱 수리하는 웅이를 보며 철이가 물었다.

"살다보니까 알게 됐어."

많은 노동 현장을 전전하다보면 모르려야 모를 수 없게 되는 지식이 있다. 웅이는 그중 쉽고 유용한 팁들을 철이에게 전수했다. 철이는 웅이가 불편하지 않았다. 일은 빡세지만 최저시급에 비해 일당이 쏠쏠했으며, 언제나 당일 지급된다는 점도 좋았다.

주말마다 그들은 낮잠 출판사 마당에서 만나고 헤어진다. 웅이의 트럭을 주차하는 자리다. 상하차를 얼추 마치면 복희가 현관문을 열고 소리친다. 저녁 먹고 가라고 부르는 것이다. 철이는 이 시간을 좋아한다. 복희 밥은 맛있다. 만약 복희가 차린 식당이 동네에 있다면 그는 이틀에 한 번씩 거기서 밥을 사 먹었을 것이다. 낮잠 출판사 안은 맛있는 냄새로 가득하고, 철이는 입맛을 다시며 손을 씻는다. 종일 짐을 나른 손이라 먼지투성이다. 복희가 서재를 향해서도 소리친다. 그럼 슬아가 다소 피로한 얼굴로 계단을 내려온다. 안경을 쓰고 얇은 가운을 걸쳤다. 홈웨어 차림인 슬아와 작업복 차림인 철이가 식탁에 마주앉는다. 그 옆으로 웅이와 복희도 수저를 들고 와 앉는다. 네 사람이 집밥을 먹기 시작한다.

복희가 찌개를 한술 뜨고선 슬아에게 묻는다.

"아직 다 못 썼어요?"

슬아는 한숨을 쉰다.

"네……"

외마디 대답에서 깊은 근심이 느껴진다. 철이는 슬아를 몇 번 안 만나봤지만 오늘이 가장 초췌해 보인다는 것만은 알겠다. 맨 처음 출판사에 왔을 때 어른들이 슬아에게 존댓말을 써서 놀랐다. 웅이가 자신의 사장님은 슬아라고 소개했다. 철이의 사장님은 웅이니까, 슬아는 사장님의 사장님인 셈이다. 철이는 슬아를 아직 뭐라고 부를지 못 정했다. 일곱 살 정도 많은데 슬아 누나라고 불러야 할지 사장님이라고 불러야 할지 헷갈린다. 만약 사장님이라고 부른다면 웅이와 슬아가 동시에 돌아볼지도 모른다. 웅이를 큰 사장님이라고 부르고 슬아를 작은 사장님이라고 부르면 어떨까? 하지만 슬아가 더 높은 직책이라면 슬아를 큰 사장님이라고 부르는 게 맞지 않나? 그런 생각을 하는 철이 옆에서 웅이가 김에 밥을 싸 먹으며 묻는다.

"피곤하면 좀 자고 마저 쓰지 그래요?"

슬아가 불행한 표정으로 대답한다.

"데드라인이 얼마 안 남았어요……"

철이가 국물을 꿀꺽 삼킨다. 그는 웹툰 작가들의 마감에 대해서는 대충 알고 있다. 글쓰는 마감에 대해선 잘 모르지만 힘든 것은 아마 매한가지일 것이다. 철이가 호칭을 은근히 생략한 채로 질문한다.

"뭐 쓸지 생각 안 나면 어떡해요?"

슬아가 밥을 먹는 둥 마는 둥 하면서 대답한다.

"대체로 그래……"

할말이 없어진 철이가 심심한 위로를 건넨다.

"괴롭겠다…… 대박……"

슬아는 허공을 보며 중얼거린다.

"무슨 일을 해도 괴로운 건 마찬가진데……"

그러다가 철이를 돌아본다. 철이의 빡빡머리와 완벽한 두상을 응시하며 슬아가 말한다.

"잘하고 싶은 일로 괴로우면 그나마 낫잖아."

철이는 밥을 꼭꼭 씹으며 생각에 잠긴다.

식사를 마친 철이가 빈 그릇을 부엌으로 옮긴다. 개수대에 담가만 두라고 웅이가 말한다. 그 옆에서 복희도 말을 얹는다.

"사과파이 굽고 있어. 후식으로 먹고 가, 철아."

어디선가 달짝지근한 사과향과 계피향이 새어나오는 중이다.

사과파이를 기다리며 철이는 낮잠 출판사 안을 어슬렁거린다. 출판사 거실에는 슬아의 이름으로 출간된 책들이 여러 권 진열되어 있다. 죄다 철이가 처음 보는 책들이다. 그의 삶은 책과 별다른 상관 없이 흘러왔다. 마지막으로 읽은 책이 뭐였던가? 『내 영혼이 따뜻했던 날들』인가? 아니면 『구운몽』인가? 두 권 다 고등학교 필독서였다. 대학에 진학하지 않으면서 독서는 더 이상 필수가 아니게 되었다. 군대에선 하도 무료해서 병영도서관에 꽂힌 하루키 소설을 펼쳐봤는데 뭔가 청승맞았던 기억이 난다. 하루키가 달리기에 대해 쓴 산문집은 그나마 재밌었다. 하지만 철이라면 달리기에 대해 쓰기보다는 그 시간에 천변을 한 바퀴라도 더 뜀박질하기를 택할 것이다. 정기적으로 뛰러 나가지 않으면 근질근질할 정도로 그의 몸은 젊다. 밥을 두 공기씩 먹어도 소화에 어려움이 없고 베개에 머리를 대자마자 잠이 온다. 수요일과 금요일에는 철이가 좋아하는 웹툰이 업로드된다. 그걸 챙겨보는 게 읽는 시간의 전부다.

출판사 거실 한쪽 벽에는 월중행사표가 걸려 있다. 화이트보드로 된 달력이다. 달력엔 슬아와 복희와 웅이의 한 달 스케줄이 빼곡히 정리되어 있다. 가장 빽빽한 것은 슬아의 일정이다. 강연과 북토크와 연재와 원고 마감 등으로 휴일이 거의 없다시피 하다.

"슬아 사장님은 언제 놀아요?"

철이가 묻고 복희가 디저트를 준비하며 대답한다.

"나도 그게 궁금해."

철이가 2층 서재를 올려다본다. 슬아는 밥을 다 먹자마자 그리로 일하러 들어갔다.

"철이는 평소에 뭐하고 지내?"

복희가 묻고 철이가 대답한다.

"계절마다 다른데……"

"어떻게 달라?"

"여름에는 물놀이 안전요원으로 일하고요."

"수영장에서?"

"바다랑 계곡에도 나가요."

"그렇구나~ 라이프가이 자격증 있나보네."

옆에서 듣던 웅이가 정정해준다.

"라이프가드겠지."

복희는 아무렇지도 않게 넘어간다.

"응, 그거~"

철이가 웃음을 참고 덧붙인다.

"수상 인명구조 자격증이요. 고등학교 졸업하고 따놨어요."

"다른 계절에는 뭐해?"

"가을이랑 겨울에는 산에서 일해요."

"산에서?"

"네. 산불감시원이라고…… 지방에 있는 산 순찰하면서 산불 예방하는 거 있잖아요."

웅이는 이 직업에 관해 들어본 적이 있다.

"나라에서 고용하는 거지?"

"네."

복희는 그러고 보니 최근에 산불 관련 뉴스를 많이 접한 것 같다.

"작년에도 산불 크게 났잖아. 고성에서도 났고 안동에서도……"

"맞아요. 날씨가 변해서요."

복희가 혀를 찬다.

"큰일이야……"

웅이는 태평하게 중얼거린다.

"그나저나 너 인마, 물불 안 가리고 일하네."

철이가 웃는다. 복희가 오븐에서 사과파이를 꺼낸다. 정말이지 먹음직스럽다. 복희의 칼질에 의해 파이는 금세 4등분된다. 갓 구운 거라 속이 뜨끈뜨끈하다. 큼지막하게 썰린 첫 조각이 철이에게 전달된다. 철이는 복희에게 감사 인사를 하고 후후 불어 가며 파이를 먹는다. 복희와 웅이도 각자 한 조각씩 먹는다. 철이가 서재를 올려다본다.

"제가 갖다드리고 올까요?"

복희가 그러라고 하며 남은 한 조각을 접시에 덜어준다. 철이는 자신의 접시와 슬아의 접시를 들고 계단을 올라간다.

서재에 가까워지자 소나무 냄새가 난다. 그 사이로 옅은 담배 향도 난다. 똑똑 노크하니 슬아가 안에서 말한다.

"네."

철이가 문을 연다. 높은 책상이 보인다. 슬아는 일어선 채로 글을 쓰고 있다. 목과 어깨와 허리가 곧다. 다소 곤두선 표정이다.

"사장님, 이거 드세요."

철이는 공손히 접시를 내민다. 슬아가 거세게 키보드를 두드리며 대답한다.

"고마워. 근데 나 네 사장님 아니야."

타자를 치는 손놀림이 빠르고 과격하다. 철이가 눈치를 보며 책상 위에 접시를 내려놓는다. 슬아가 철이를 돌아본다.

"너 무슨 철이야?"

"저 한철이요."

"아니, 성 말고 한자."

"아…… 밝을 철이요."

"철학, 할 때 그 철인가?"

"네."

"말 편하게 해도 돼."

하지만 철이는 아직 슬아가 불편하다.

"존댓말이 편해요."

철이가 서재를 둘러본다. 조도가 낮고 책이 많은 방이다. 구석에는 만화책도 많다. 철이가 어렸을 때 좋아했던 작품들이 보인다. 슬아가 타자 치기를 멈추지 않은 채로 말한다.

"아무거나 꺼내 읽어도 돼."

철이는 만화 구경을 시작한다. 남은 파이를 우물우물 씹으며 만화 속으로 빠진다.

그사이 슬아는 신문 칼럼의 마지막 문단을 수정한다. 이제 마무리가 얼마 남지 않았다. 원고는 크게 네 가지로 분류할 수 있을 것이다.

1. 마감을 지켰고 글도 좋은 원고

2. 마감은 늦었지만 글이 좋은 원고

3. 마감은 지켰지만 글이 별로인 원고

4. 마감도 늦었고 글도 별로인 원고

단행본 원고의 경우 책 제작을 위한 시간이 비교적 여유롭게 주어져 있다. 마감에 조금 늦어도 글이 너무 좋으면 편집부로부터 용서받곤 한다. 하지만 신문의 세계는 결코 그렇지 않다. 일간지 원고의 마감을 지키지 않는 작가는 대역죄인이 된다. 마감을 몇 시간 늦추는 것도 어려우며 펑크를 내는 건 있을 수 없는 일이다. 수많은 작가들처럼 슬아도 신문 마감 앞에서 피가 마른다. 1번을 지향하며 쓰지만 시간과 체력이 모자랄 경우 3번이라도 성취해야 한다. 문장에 완벽을 기하다가 혹시라도 마감에 늦으면 큰 사고가 날 것이다. 마감이 일 분 앞으로 다가오자 슬아는 극도로 긴장한 채 담배를 피우며 빠르게 전체를 퇴고한다. 이때 슬아의 미간에는 주름이 파인다. 담배 연기를 내뿜는 호흡도 거칠다. 만화를 읽던 철이가 조금 긴장하며 슬아를 돌아본다. 아무 말도 건네면 안 될 것 같다. 건드리면 큰일날 법한 아우라가 슬아 주위를 맴돌고 있다. 그는 잠자코 만화책을 마저 본다.

드디어 전송 버튼을 누른 슬아가 소리친다.

"다 썼다, 쒸발!"

철이가 소스라치게 놀란다.

"축하드려요……"

슬아는 그제야 사과파이를 우걱우걱 입에 넣는다.

"하…… 존나 맛있네."

사과파이를 씹으면 씹을수록 얼굴에서 수심이 걷힌다. 표정이 차차 부드러워지고 곧이어 평온한 사람의 모습이 된다.

"뭐 읽고 있었어?"

선한 어투로 슬아가 묻는다. 아까와는 온도차가 커서 철이는 적응이 안 된다.

"『강철의 연금술사』요……"

약간 이중인격자 같다고 느끼며 철이가 대답한다.

"그거 진짜 명작이지."

슬아는 마드레날린(마감+아드레날린)에 취한 채 『강철의 연금술사』에 관한 생각을 빠르게 늘어놓는다.

"선악을 명확하게 구분하지 않잖아. 그 점이 너무 좋아. 등가교환이라는 개념도 가혹하고 멋져. 연금술을 아무리 연마해도 신체를 만드는 건 호락호락하지 않은 거야. 무슨 일이든 대가를 치러야 한다는 게 미치고 환장할 노릇이지. 사실 글쓰기도 그래. 대가를 치르지 않고선 어떤 이야기도 완성할 수가 없으니까……"

철이는 멀뚱멀뚱 눈두리를 듣는다. 사실 그렇게까지 많은 생각을 하며 만화를 읽지는 않았다. 슬아가 흔쾌히 말한다.

"빌려 가도 돼."

"감사합니다."

철이가 주섬주섬 만화를 챙긴다. 슬아는 리듬을 타며 남은 사과파이를 해치운다. 그것은 아무런 번뇌도 없는 자의 춤이다.

"저는 그럼 가볼게요."

슬아는 덩실덩실 움직이면서 잘 가라고 인사한다. 철이는 작가가 정신에 해로운 직업일지도 모르겠다고 생각하며 슬아의 서재를 떠난다.

이기고 싶은 사람이 있어

어느 주말 아침, 유튜브 알고리즘이 복희에게 추천한 영상의 제목은 다음과 같다.

'중년 여성이 다이어트에 실패하는 이유'

섬네일을 확인한 복희는 불길한 마음과 위안받고 싶은 마음을 동시에 품고서 영상을 클릭한다. 영상 속 의사가 사뭇 심각하게 설명하길, 그것은 에스트로겐 때문이다. 에스트로겐이 떨어지면서 중년 여성의 몸은 지방을 태우는 능력과 근육을 만드는 능력을 점점 잃게 된다는 것이다. 복희는 속상해진다. 핸드폰을 이불 위에 툭 떨구며 투덜댄다.

"삼십대 때만 해도 내 몸에 에스트로겐이 콸콸 흘렀는데……"

마침 옆을 지나가던 슬아가 끼어든다.

"내가 지금 딱 그렇잖아."

삼십대인 슬아는 아침부터 머리를 질끈 묶고 운동복을 챙겨 입었다. 그 모습을 보기만 해도 복희는 약간 피로해진다.

"잘났어."

그는 딸에게 빈정거린 뒤 이불 속에서 어기적어기적 걸어나온다. 딸은 꼿꼿하게 허리를 편 채로 잔소리를 시작한다.

"엄마, 지금이라도 근력 운동을 매일 해야 돼."

"알았어."

"이미 늦긴 했지만 나중에 시작하면 더 늦어."

"알았다고~"

"근육이 있어야 신진대사가 활발해지고 기초대사량이 높아져. 나도 원래 물렁했는데 푸시업 맨날 했더니 탄탄해졌잖아. 이것 봐."

슬아가 난데없이 등근육과 가슴근육과 팔근육을 자랑한다. 잘 관리된 몸이긴 하지만 복희 눈엔 그냥 약골로 보인다.

"그래봤자 넌 나한테 안 돼."

"뭐가?"

"나를 힘으로 이길 수 있을 것 같아?"

복희의 도발에 슬아가 발끈한다.

"지금 한번 해봐."

"뭘 해. 질 거면서."

"해보자고."

승부욕이 자극되어버린 슬아는 물러설 생각이 없다. 그는 종목을 제안한다.

"팔씨름 한 판 해."

"아침부터 힘쓰기 싫은데……"

복희는 귀찮은 내색을 하며 오른팔 소매를 걷어올린다. 슬아도 오른팔 소매를 걷어올린다.

둘은 식탁에 마주앉았다. 팔꿈치를 받치고 서로의 손바닥을 꽉 붙잡는다.

"자기야! 심판 좀 봐줘."

복희의 부름을 받은 웅이가 청소기를 밀다 말고 나타난다. 양팔에 청소도구를 새긴 남자는 두 여자의 손을 공정하게 감싼다. 양쪽의 열기가 모두 뜨겁다.

"자, 흥분하지 마시고…… 하나둘셋 하면 시작하세요…… 하나, 둘, 셋!"

복희는 3초 만에 슬아의 팔을 꺾는다.

"엄마가 먼저 힘줬어!"

슬아가 억울해하자 복희는 여유롭게 응수한다.

"그럼 다시 해보든지."

웅이가 다시 심판을 본다.

"하나, 둘, 셋!"

이번에 복희는 2초 만에 슬아의 팔을 꺾는다.

웅이가 복희의 팔을 높이 들어올린다.

"복희 압승!"

그는 청소기를 마저 돌리러 간다.

남은 자리에서 복희가 거들먹거린다.

"넌 나한테 안 된다고 했잖아."

얼굴이 시뻘게진 슬아는 말이 없다. 최선을 다했는데도 졌기 때문이다. 복희는 기세를 이어 덧붙인다.

"허구한 날 운동하면 뭐해~"

슬아의 콧구멍이 움찔거린다. 그는 가녀장으로서 자존심에 상처를 입었다.

"하긴, 글쓰는 애가 뭔 힘이 있겠어."

복희가 빙글대며 부엌으로 간다. 슬아는 입을 다물고 자리를 뜬다.

그는 마음을 다스리고자 요가를 시작한다. 심호흡을 하며 몸을 이리저리 이완해보지만 흥분이 좀처럼 가라앉지 않는다. 소 자세를 하고 고양이 자세를 하고 코브라 자세를 해봐도 차분해지기는커녕 갈수록 열이 받는다. 다운독down dog 자세로 세상을 거꾸로 내려다보다가 분노의 한숨을 쉰다.

해가 중천에 뜨자 웅이와 철이는 마당에서 짐을 싣기 시작한다. 슬아는 서재에 난 창문을 통해 멍하니 그들을 내려다본다. 팔짱을 낀 채 한 가지 생각에 골몰하는 중이다.

'엄마는 운동도 안 하는데 왜 세지?'

남자들은 트럭 주위를 분주하게 움직이고 있다. 철이가 무거운 짐을 번쩍번쩍 들어올린다. 온갖 잡동사니가 철이에 의해 짐칸으로 옮겨진다. 철이의 양팔에서 갈라지는 전완근을 멍하니 바라보던 슬아가 서둘러 마당으로 달려나간다.

"야, 철아!"

갑자기 등장한 다급한 목소리에 철이는 깜짝 놀란다.

"네?"

슬아는 거두절미하고 본론부터 말한다.

"너 팔씨름 잘하냐?"

철이가 이마에 맺힌 땀을 닦으며 묻는다.

"팔씨름이요?"

"잘하냐고."

철이는 불필요한 자랑도 안 하지만 불필요한 겸손도 안 떠는 편이다.

"좀 하는데요."

슬아가 의지를 불태우며 부탁한다.

"속성으로 가르쳐줘. 이기고 싶은 사람이 있어."

소싯적 복희는 뜀박질을 좀 했다. 슬아가 초등학생일 때 학교 운동장에서 학부모 달리기 대회가 열리면 킬힐을 신고도 일등으로 들어오는 자였다. 청바지에 쫄티를 입고 전력질주하던 삼십대 복희가 슬아의 뇌리에 선명히 박혀 있다. 이제 복희의 몸은 예전 같지 않지만 순간적으로 폭발하는 승부욕이 어디 가지는 않았을 것이다.

슬아는 호전적인 편은 아니지만 꾸준히 운동을 해왔기 때문에 복희를 이길 자신이 있었다. 삼십대는 정신적으로나 육체적으로나 전성기인 나이라고 생각했기 때문이다. 허무할 정도로 단숨에 패배하자 슬아는 자신이 무언가 놓치고 있음을 깨달았다. 이를테면 팔씨름에 관한 중요한 요령들 말이다.

"엄마는 팔다리가 나보다 짧잖아. 코어 단련을 안 한 지도 오래됐어. 내가 기술을 잘 연마하면 다시 겨뤄볼 만할 것 같아."

슬아의 야심찬 계획을 들으며 철이가 목장갑을 벗는다. 그는 장갑을 뒷주머니에 찔러넣은 뒤 슬아에게 말한다.

"팔씨름은 힘이 전부가 아니긴 해요."

"그치?"

"하지만……"

철이는 마당에서 부엌을 올려다본다. 복희가 콧노래를 흥얼거리며 식탁을 닦고 있다.

"복희 팀장님이 단순히 힘만 센 걸까요?"

철이의 질문에 슬아는 잠시 생각해본 뒤 대답한다.

"엄마가 전략적이라고 보긴 어렵지. 그냥 힘으로 밀어붙이는 스타일이거든. 애초에 생각이 그렇게 많지 않아."

복희는 아무것도 듣지 못한 채 신명나게 행주질을 계속하는 중이다. 철이는 장담할 수 없다는 표정으로 손을 내민다.

"일단 손 좀 쥐어보세요."

철이가 야외 탁자에 팔꿈치를 대고 자세를 잡는다. 슬아는 온 정신을 집중해서 철이와 손바닥을 맞댄다. 그렇게 쥐어보기만 해도 철이의 기운이 느껴진다.

"사실 여기서부터 승패가 결정 난다고 보면 돼요. 딱 잡아보면 느낌이 오잖아요."

"맞아. 엄마 손을 잡았을 때 뭔가 단단히 엮인 기분이 들었어."

"악력이 좋으신 거죠."

"엄마도 나처럼 손이 작은데."

"대신에 누나보다 두껍잖아요."

"그건 그래……"

슬아가 자기 손을 새삼스레 내려다본다. 손가락이 가느다랗고 손바닥은 작다. 이 손으로 한 일이라고는 키보드 두드리기가 전부다. 슬아가 의욕을 잃는 듯하자 철이는 사기를 북돋는다.

"이길 가능성이 아예 없지는 않아요. 힘을 뭐라고 해야 되지.

효과적으로? 전략적으로? 쓰면 되거든요. 꿀팁을 알려드릴게요."

그렇게 철이의 팔씨름 속성 강좌가 시작된다.

1. 손목을 내어주지 말 것

"복희님이 누나보다 리치가 짧아요. 그니까 분명 훅 스타일로 들어오실 거예요. 이때 누나는 탑롤 스타일로 가야지만 유리해요. 손목을 살짝 바깥으로 돌리면서 체중을 다 싣는 거예요. 방향을 틀으라는 거지 손목을 열어제끼라는 뜻은 아니에요. 엄지 손가락이 중요해요. 엄지를 누나 몸 쪽으로 향하게 한 다음에 복희님 엄지 위로 올라타야 좋아요. 그럼 그립이 안정적이게 되고, 손목이 안 꺾이거든요. 힘이 약한 사람도 탑롤 기술 잘만 쓰면 이길 수 있어요."

2. 체중을 실을 것

"팔이랑 배가 멀어지면 안 돼요. 테이블에 배가 딱 붙어 있어야만 힘을 잘 쓸 수 있어요. 그냥 넘긴다는 생각만으로는 안 되고요. 복희님 팔에 매달린다 생각하고 체중을 실어야 해요. 헬스 해보셨죠? 헬스할 때처럼 기립근 고정시키고 복근에 힘 빡 준 다음에 매달리세요. 이때 팔을 가슴 쪽으로 끌어와야 해요. 누나 팔의 각도는 좁히고 상대 팔의 각도는 넓히는 게 포인트예요."

3. 발을 단단히 고정할 것

"팔만큼이나 발도 중요해요. 오른팔로 싸울 거면 바닥에 오른 발을 꽉 디디고 버텨요. 생각보다 전신을 이용하는 싸움이거든요. 직접적인 힘은 팔이 쓰지만 다리가 안정적으로 받쳐줘야 지구력으로 조절 수가 있어요."

철이는 슬아에게 실전 교육을 시킨다. 몇 번의 실습 결과 슬아의 실력은 빠르게 개선된다. 처음보다 거세진 힘을 느낀 슬아의 얼굴에 화색이 돈다. 슬아는 처음으로 철이가 명석해 보인다.

"야, 너는 이걸 언제 다 터득했냐?"

철이가 웅이를 따라 하며 대답한다.

"그냥…… 살다보니까 알게 됐어요."

철이는 고등학교 교실을 회상한다. 쉬는 시간마다 팔씨름에 사활을 걸던 남자애들과의 시절이 철이에게도 있었다. 딱히 다시 돌아가고 싶은 시절은 아니다.

"암튼 잘하면 이길 수도 있어요, 누나."

"강해지고 싶어……!"

슬아가 소년만화 같은 대사를 말한다. 사실 슬아는 유년기 내내 소년만화를 많이 봤다. 딸보다 아들이 많은 집안에서 자라서다. 하지만 오늘날 슬아의 적은 아들들이 아니다. 그는 자신을 낳은 여자와의 재대결을 목전에 두고 있다.

낮잠 출판사의 현관문이 열린다. 펌핑된 오른팔의 근육을 느끼며 슬아가 호령한다.

“한 판 더 해.”

복희가 부엌에서 웃는다.

“왜 또~”

“한 판만 더 해보자고.”

“다시 한다고 다를 것 같아?”

그렇게 말하며 복희는 오른팔 소매를 걷어올린다. 슬아도 똑같이 그렇게 한다. 두 여자가 테이블을 사이에 두고 마주앉자 웅이와 철이가 구경 온다.

“잘 가르쳤냐?”

웅이가 묻자 철이가 겸손히 대답한다.

“아는 만큼 알려드리긴 했는데……”

“누가 이길 것 같냐?”

철이가 복희와 슬아를 번갈아가며 보더니 속삭인다.

“시작도 안 했는데 느낌이 오네요.”

“내가 봐도 그래.”

슬아는 패배가 예견된 줄도 모르고 온 신경을 집중해서 복희 손을 쥔다. 철이의 가르침 1, 2, 3번을 빠르게 복습하며 복희를 꺾을 준비를 하고 있다. 한편 복희는 여유를 부린다.

“내가 손목 잡고 할까?”

슬아의 자존심이 허락하지 않는 일이다.
"됐어."
웅이가 심판을 본다.
"자, 서두르지 마시고…… 하나, 둘, 셋!"
끙!
하고 슬아가 힘을 쓴다. 3초가 지났으나 슬아는 아직 넘어가지 않았다. 복희가 날숨을 후 내뱉으며 말한다.
"좀 늘었다?"
슬아는 두 눈을 질끈 감고 안간힘을 쓰면서 겨우 대답한다.
"에스트로겐이…… 왕성하거든……"
복희는 "그러셔?" 하고 본격적으로 힘을 쓴다. 슬아의 팔이 손쉽게 넘어간다.
슬아는 10초 만에 진다.
복희가 격려하듯 말한다.
"노력 많이 했네."
슬아는 씩씩대며 담배를 찾으러 간다. 서재로 쿵쾅쿵쾅 올라가 조급하게 담배를 피운다. 안 쓰던 힘을 써서 그런지 담배를 쥔 오른손이 후덜덜 떨리고 있다. 그 옆으로 웅이가 다가간다. 그는 은근슬쩍 실내 흡연에 동참하며 슬아를 위로한다.
"너무 속상해하지 마. 나도 안방에서 엄마랑 레슬링하다가 진 적 있어."

한편 거실에 남겨진 철이는 복희에게 감탄하는 중이다.

"평소에 팔운동 좀 하셨나봐요."

복희가 코웃음을 친다.

"운동은 무슨. 노동밖에 안 했어."

복희는 다시 태평하게 부엌일을 하러 간다. 호르몬보다 더한 무엇이 복희의 전신에 흐르는 듯하다. 그런 힘을 지니고도 그는 어쩐지 가모장 같은 것을 꿈꾸지 않는다. 가부장이든 가녀장이든 아무나 했으면 좋겠다. 월급만 잘 챙겨준다면 가장이 집안에서 어떤 잘난 척을 하든 상관없다. 남이 훼손할 수 없는 기쁨과 자유가 자신에게 있음을 복희는 안다.

딸의 예술가 친구들

양손에 촬영 장비를 든 방문객 네 명이 슬아네 집에 입장한다. 복희와 웅이는 공손히 맞이하지만 정확히 뭐하는 사람들인지는 잘 모르겠다. 슬아가 나타나 그들 모두와 친근한 인사를 나눈다. 그러고선 모부에게 소개한다. 이들은 감독과 조감독과 미술감독과 스타일리스트이며, 티저 영상을 함께 찍을 촬영팀이라고 알린다. 허나 복희는 티저 영상이 무엇인지 모른다. 미술감독과 스타일리스트 사이에는 어떤 차이가 있는지도 헷갈린다. 복희가 아는 것은 이들의 생김새와 옷차림이 평범하지 않다는 점과, 뭐하는 사람이건 간에 이들도 몇 시간 뒤면 출출해질 예정이라는 점이다. 예술하는 애들이라고 대충 머릿속에 입력시킨 뒤 점심

밥을 준비하러 부엌으로 간다. 웅이는 옆에 서 있다가 방문객들에게 자신이 직원 남편임을 알리고는 조용히 안방으로 들어간다.

그간 슬아의 다양한 친구들이 낮잠 출판사를 방문해왔다. 예술하는 친구들도 왕왕 있었다. 복희가 보기에 예술하는 애들은 촬영을 한답시고 이상한 짓을 많이 했다. 작년에 왔던 또다른 촬영팀은 슬아를 주인공으로 한 초현실주의 포스터를 찍겠다며 옥상 위에서 대형 송풍기를 틀고 이면지 삼백 장을 날렸다. 하늘로 속절없이 날아가는 이면지를 보며 복희는 생각했다. '이게 뭐 하는 짓이여?' 충청도에서 유년을 보낸 그는 어이없는 일 앞에서 충청도 말투로 사고한다. 그날 복희는 날아간 종이를 죄다 수거해오는 일에 동참했다. 예술이 뭔지 도통 모르겠다고 생각하면서 열심히 종이를 주웠다.

가끔 슬아는 이상한 옷을 입히는 화보 촬영 작업의 모델로 참여한다. 도깨비, 기녀, 돼지, 다문화 가정의 이모 등으로 분장한 슬아의 사진들이 수록된 패션잡지를 넘겨보며 복희는 중얼거린다.

"특이하네……"

이렇게 이상한 걸 왜 하냐는 말을 순화한 것이다. 슬아는 무심한 얼굴로 대답한다.

"남이 입으라는 대로 입고, 하라는 대로 하고 싶을 때가 있잖아."

"그래?"

"응. 아무 의견도 없이 촬영장에 있는 게 좋아."

"왜?"

"결정하고 책임지는 일에 지쳤어."

그렇게 말하고선 슬아는 쓸쓸한 뒷모습으로 모니터 앞에 앉아 원고를 마감한다. 삶의 무게를 짊어진 가장의 뒷모습을 연출하는 것이다. 징징대기엔 아직 이르다. 슬아의 가녀장 역사는 시작된 지 몇 년 안 됐다.

어쨌거나 슬아는 오늘도 촬영감독이 시키는 대로 움직이고 있다. 복희가 보기에 이번 촬영팀은 그렇게 이상한 짓을 시키는 것 같진 않다. 아스팔트 도로에 드러눕게 하고 뒷산에서 전력질주를 시키기는 하지만 그 정도면 양반이다. 촬영팀의 네 명 중 슬아는 감독이랑 가장 많은 것을 상의한다. 경상도 말씨로 현장을 진두지휘하는 감독의 이름은 다운이다. 다운과 슬아는 동갑내기 여자들이고 서로 막역해 보인다. 슬아의 머리카락에 오일을 덕지덕지 바르며 다운이 말한다.

"숱 겁나 많네."

다운의 손길을 즐기며 슬아가 대답한다.

"우럼마 닮아서 그래."

다운에 의해 완성된 물미역 머리를 하고 슬아는 카메라에 찍힌다. 그들은 촬영 내내 아주 많이 깔깔대고 여러 번 계획을 바꾼다. 다운은 큰 목소리로 디렉팅을 주고 걸걸한 제스처로 감탄사를 외침으로써 슬아를 북돋는다. 슬아는 다운이 하라는 대로 하는 게 몹시 속 편하다. 스타일리스트가 건네주는 대로 입는 것도 마음에 든다. 원고 마감할 때도 누가 이렇게 다 정해주면 얼마나 좋을까 싶다. 슬아나 감독이 놓친 부분은 조감독이 꼼꼼히 챙기고, 미술감독은 슬아의 머릿속에 없던 좋은 아이디어를 추가하여 소품을 연출한다. 그리하여 슬아는 적당히 수동적으로 티저 영상 제작에 참여하는 중이지만, 복희는 그 모든 게 뭐하는 짓인지 영 모르겠고 그저 예술하는 아가씨들의 허기만이 신경 쓰일 뿐이다. 부엌에선 복희의 빠른 손놀림과 함께 점심상이 차려지고 있다. 채소가 썰리고 카레가 졸여지고 면이 삶아진다.

어느새 해가 중천에 뜬다. 복희가 모두를 부른다. 점심 먹으라고.

예술하던 아가씨들은 장비를 내려놓고 식탁에 모인다. 먹음직스러운 카레우동과 제철 샐러드와 표고버섯 만두와 세 종류의 김치로 식탁은 꽉 찼다. 촬영팀과 슬아가 군침을 삼키며 앉는다. 잘 먹겠습니다! 인사하고 먹기 시작한다. 먹으며 이런저런 수다를 떤다. 제주도 출신 조감독이 운전면허시험을 여섯 번 만에 합격한 얘기를 하며 모두를 웃기고, 미술감독과 슬아는 훌륭한 비건 식당에 관한 정보를 나눈다. 스타일리스트는 맥락을 알 수 없는 농담을 꺼내며 다시 모두를 웃긴다. 그 와중에 감독인 다운은 딱히 소리를 내지 않는 채로 식사를 한다. 평소엔 잘 떠들더니 밥 먹을 땐 말수가 적네. 슬아가 속으로 생각한다.

든든하게 채워진 밥심으로 촬영은 이어지고, 늦은 오후에야 그들은 장비를 정리한다. 서로 수고했다는 말을 아끼지 않는다. 슬아는 촬영팀을 배웅한 뒤 샤워를 하고 책상에 앉아 익숙한 자세로 일한다. 일은 밤늦게까지 계속된다.

자정 무렵 슬아에게 문자메시지가 도착한다. 다운의 메시지다.

"오랜만에 누군가의 엄마가 차려준 밥상을 보고 눈물이 차올랐어. 부엌에 가서 너무 감사하다고 말하고 싶었는데 그럼 눈물이 흐를 것 같아서 그냥 잘 먹겠습니다, 인사만 했어. 어무니한테 꼭 전해줘. 너무 맛있었구 행복했다구."

말수가 적은 게 아니라 눈물을 참는 것이었던 다운을 생각하다가 슬아의 마음이 아파진다. 그는 일렁이는 마음으로 다운의 문자메시지를 여러 번 다시 읽는다. 세상에 없는 다운의 엄마를 생각하며 읽고, 세상에 있는 복희를 생각하며 읽는다. 다운이 겪은 상실을 언젠가는 슬아 또한 겪게 될 것이다. 그럼 슬아는 다운에게 물을 수밖에 없을 것이다. 도대체 그동안 이 슬픔을 어떻게 참았느냐고.

그런 미래가 오리라는 것을 슬아는 자주 잊는다. 잊은 채로 어떤 슬픔도 없이 복희가 차린 밥을 먹는다. 그렇게 생긴 힘으로 예술을 하고 사람들을 만나고 돈을 벌고 가녀장이 되고 잘난 척을 한다. 하지만 다운의 메시지를 읽은 날에는 잘난 척을 할 수가 없다. 슬아는 안방으로 들어가 복희에게 말을 건넨다.

"다운이가 너무 맛있었고 행복했대."

영원하지 않을 복희가 발톱을 깎으며 대답한다.

"다음에 오면 더 맛있는 거 해줄게."

여전히 뭐하는 아가씨들인지 복희로선 잘 모르겠지만 말이다. 정말로 길고 긴 다음이 이어지기를, 복희의 무수한 밥상이 자신과 친구들에게 허락되기를 소망하며, 역시나 영원하지 않을 슬아가 다시 책상 앞에 앉는다.

미란이는 불시에 찾아온다

늦은 저녁, 누군가 낮잠 출판사 현관을 거세게 두드린다. 안방에서 텔레비전을 보던 웅이가 화들짝 놀란다.

"이 시간에 누구야?"

슬아가 서재에서 내려오며 말한다.

"누구겠어."

설거지하던 복희가 익숙하다는 듯 묻는다.

"왜 또?"

슬아는 귀찮은 기색이 역력하다.

"헤어졌대."

웅이가 등을 긁으며 거실로 올라온다.

“저번에 헤어진 거 아니었어?”

“이번엔 진짜로 헤어졌나보지.”

슬아는 심드렁히 현관을 연다. 머플러를 칭칭 두른 미란이가 문 앞에 서 있다. 눈가가 다소 촉촉하다.

“슬짱……”

미란이는 언제나 조금 처량한 목소리로 슬아를 그렇게 부른다. 유치원 동창일 때부터 그랬다. 슬아가 실내용 슬리퍼를 내어주며 대꾸한다.

“그거 같네. 비련의 주인공.”

웅이도 미란이에게 알은체를 한다.

“오늘은 또 뭐가 문제냐?”

미란이가 땅이 꺼질 듯 한숨을 쉬며 대답한다.

“모든 게 잘못되어가고 있어요.”

그게 미란이가 말문을 여는 방식이다. 실제로 모든 게 잘못되어가고 있지는 않지만 미란이는 자신의 생애를 늘 그렇게 실감하는 듯하다.

인생이 잘 풀리지 않을 때마다 그는 슬아네를 제집처럼 드나든다. 실연당했을 때, 해고당했을 때, 사기당했을 때처럼 큰 우환이 있을 때는 물론이고 과식했을 때나 변비로 고생할 때처럼 자잘하게 삶이 부대낄 때도 낮잠 출판사 문을 두드린다. 슬아와 미란이는 순전히 물리적 거리가 가까워서 친해진 케이스다. 친구라는 걸 선별적으로 사귈 수 있는 나이가 되기 이전부터 서로를 알았다. 슬아가 유치원 구석에서 위인전을 꺼내 읽는 어린이였다면 미란이는 유치원 정중앙에서 목청 높여 말뚝박기하는 어린이였다. 놀다가 이마에 멍이 든 미란이가 크게 통곡하기라도 하면 슬아는 소음에 스트레스받으며 고개를 절레절레 저었다.

"복희씨!"

삼십대가 된 오늘날의 미란이가 설움에 복받친 목소리로 복희를 부른다. 그는 복희를 너무 좋아해서 슬아가 없을 때도 복희를 보러 이 집을 찾곤 한다. 하지만 복희는 퇴근 후에 그저 테레비나 보다가 스르르 자고 싶은 사람이다.

"복희씨⋯⋯ 저는 도대체 뭐가 문제일까요?"

미란이가 왔으니 곧바로 잠들기는 글렀다. 복희는 미란이를 귀찮아하는 동시에 애처로워하며 묻는다.

"저녁은 먹었어?"

미란이는 기다렸다는 듯 대답한다.

"아뇨."

슬아가 타박한다.

"지금 시간이 몇신데 저녁을 안 먹고 와? 우리 엄마 아까 퇴근했어. 또 밥하게 하지 마."

복희가 슬아를 나무란다.

"일단 잘 먹고 봐야지. 뭐 해줄까?"

미란이는 슬픈 와중에도 미리 생각해둔 메뉴가 있다.

"저 복희표 떡볶이 먹고 싶어요."

슬아는 미란이 말을 무시하고선 복희에게 권유한다.

"된장국 남은 거 있잖아. 거기에 찬밥이나 말아줘."

복희는 "먹고 싶다잖아~" 하면서 떡볶이 떡을 꺼낸다. 냄비물도 바로 올리고 양념도 푼다. 슬아가 미란이에게 가르치듯 말한다.

"여기 식당 아니야. 출판사야."

미란이는 아랑곳하지 않고 냉장고를 열어 주스를 따라 마신다.

"간단한 주전부리 있어? 너무 울었더니 당이 떨어져서."

미란이가 묻고 슬아는 별수없다는 듯이 땅콩을 꺼내온다. 미란이는 거실에 앉아 땅콩을 까먹으며 하소연을 시작한다.

"이번에는 진짜 잘해보고 싶었어. 너도 알잖아. 나 정말 최선을 다했거든? 그런데 결국 또 혼자 남겨진 거지……"

보아하니 이야기가 한 시간 안에 안 끝날 것 같다. 슬아는 요가 매트를 들고 와서 미란이 옆에 촤라락 펼친다.

"일하느라 몸을 못 풀었어. 요가하면서 들을게."

미란이는 그런 슬아가 익숙하므로 맘 편히 넋두리를 이어간다.

"내 사랑 방식이 부담스러웠나봐. 난 앞으로도 이렇게 쭉 외롭겠지. 혼자서 늙어 죽게 될 거야. 아무에게도 사랑받지 못한 채로……"

슬아가 다리를 찢으며 빈정거린다.

"네가 그렇게 혼자야? 그럼 지금 떡볶이는 누가 해주고 있는데?"

부엌에서 복희가 살갑게 소리친다.

"좀만 기다려. 거의 다 됐어~"

매콤달콤한 떡볶이 냄새가 집안을 채우고 있다. 미란이는 자기가 뭘 그렇게 잘못했냐고 물으며 슬퍼하는 동시에 군침을 삼킨다. 곧이어 떡볶이가 식탁에 차려진다. 먹음직스럽고 뜨끈뜨끈하다. 미란이가 포크를 쥐고 슬아에게 묻는다.

"안 먹을 거지?"

"응."

슬아는 밤에 먹는 법이 없다. 작가로 살다가 위가 예민해져서 야식은 금물이다. 미란이는 먹성 좋게 떡볶이를 맛보기 시작한다. 그는 미식가이자 대식가다. 낮에든 밤에든 떡볶이 한 냄비 해치우는 건 일도 아니다. 옆에서 슬아는 기이한 자세의 요가 동작에 집중하고 복희는 미란이의 먹는 모습을 물끄러미 바라본다.

"아가씨야, 아직 새털처럼 많은 날들이 남아 있단다."*

태평하고 온화한 복희에게 미란이는 푸념한다.

"그럼 뭐해요. 내가 나인 게 싫은데. 나로 계속 살아가야 된다

* 장기하 트위터 포스팅 변용.

니 얼마나 막막해요."

미란이가 작게 트림하느라 숨을 고른다. 복희는 미란이를 격려한다.

"네가 어디가 어때서 그래? 예쁘기만 하구만."

"이상하게 생겼어요. 성격은 더 이상하고요."

"성격이…… 확실히 특이하긴 한데 눈코입은 특이하고 예뻐. 잘하는 것도 많잖아."

"다 애매한 능력들이에요."

땀에 젖은 슬아가 대화를 끊는다.

"미란아, 늦었어. 이제 그만 떠들고 목욕이나 해."

슬아는 욕조에 물을 받으러 간다. 말 많은 친구는 더운물에 집어넣는 게 상책이다.

작은 욕조에 온수를 튼다. 슬아가 손끝으로 온도를 체크한다. 몸을 담글 수 있을 만큼 채워지자 미란이를 부른다.

"너 먼저 씻어. 난 그다음에 샤워할게."

포만감에 취한 미란이가 순순히 욕실로 들어온다.

"갈아입을 옷 좀 갖다줘."

"응."

미란이용 홈웨어는 슬아의 옷방에 구비되어 있다. 하도 자주 와서다. 슬아가 그것을 챙기러 간 사이 미란이는 옷을 훌훌 벗어 던지고 머리를 틀어올린 뒤 욕조로 들어간다. 그러자 조용한 미란이가 된다. 순식간에 노곤해져서다. 몸이 이완되니 들숨도 날숨도 깊어진다.

슬아가 다시 나타나 옷을 걸어둔다. 그리고 욕조 옆에 쭈그리고 앉는다. 목욕하는 미란이를 보며 담배를 피우는 건 슬아의 오랜 습관이다. 그는 연기를 맛있게 내뱉으며 말한다.

"또 새로운 사랑을 하게 될 거야."

미란이는 욕조 안에서 비관적으로 예언한다.

"그리고 또 실연당하겠지……"

슬아는 미란이의 자조가 지겹고 웃기다. 미란이는 힘을 쭉 뺀 채로 욕조 안에 앉아 있다. 이래저래 지쳐 보인다. 슬아가 다 알 수 없고 다 알고 싶지도 않지만, 어쨌거나 쓸쓸하니까 여기에 왔을 것이다. 미란이 옆모습을 한참 보다가 슬아는 말한다.

"누구를 만나느냐보다 더 중요한 문제가 있어."

"뭔데."

"일단 자기 자신이랑 사이좋게 지내야 해."

미란이가 한숨을 쉰다.

"그거 어떻게 하는 건데……"

슬아가 웃는다.

"아무리 마음에 안 들어도 자기 자신이랑 헤어질 수는 없잖아."

미란이는 이마를 짚은 채로 말한다.

"난 차라리 너랑 사이좋게 지내는 게 훨씬 쉬워."

“하지만 제일 중요한 우정인걸. 자기 자신과의 우정 말이야.”

미란이가 멍을 때린다. 잠자코 있다가 묻는다.

“너는 너랑 잘 지내?”

슬아는 대답한다.

“상사처럼 대해.”

“왜?”

“상사가 없으니까.”

“그럼 좋은 거 아니야?”

“엄격하게 지켜보는 사람이 없으면 일을 완성할 수가 없어.”

“그래서 스스로 상사가 된다고?”

“자신을 너무 풀어주지 않는 거지.”

“그게 자신이랑 사이좋게 지내는 거야?”

“좋은 복지 혜택을 제공하는 유능한 상사처럼 나를 대한다는 얘기야.”

“충격이다. 나는 상사가 있어도 없는 것처럼 사는데……”

둘은 공통점이 거의 없다. 그렇기 때문에 서로 견딜 수 있는 지점도 있다. 미란이가 나른해하며 묻는다.

“자고 가도 돼?”

“그러든지.”

슬아가 담배를 다 피우고 나간다. 미란이는 슬아네 욕실에 남아 자기 자신에 대해 생각한다. 나도 참 징하다 싶다. 그러다가 슬아를 생각한다. 걔도 참 징하다 싶다. 그나저나 웅이씨는 언제 사라졌지? 아마도 은근슬쩍 테레비를 보러 갔을 것이다. 내일 아침에는 복희씨한테 미역국 끓여달라고 해야지. 다짐하며 미란이는 얼굴을 씻는다.

인쇄 전으로 되돌릴 수 있다면

슬아의 은빛 안경테가 오늘따라 차갑게 반짝거린다. 안경 너머의 얼굴은 수면 부족으로 칙칙하지만 아직 쉬기엔 이르다. 긴장의 끈을 조이고자 슬아는 멀끔하게 차려입었다. 군청색 투피스 정장에 머리를 싹 묶었다. 빠진 것이 없는지 가방을 살핀다. 최종 편집 데이터가 담긴 노트북, 색상견본표, 종이 샘플, 돋보기 등 인쇄소에서 꺼내 써야 할 물건들이다. 복희가 차에 시동을 건다. 슬아는 결연히 집을 나선다. 오늘은 인쇄 감리의 날이다.

인쇄 감리란 책을 찍기 직전 인쇄소에서 테스트 인쇄를 해보며 문제가 없는지 체크하는 과정이다. 슬아가 몇 달간 집필하고 편집하고 디자인한 디지털 파일이 이날 처음으로 물성을 얻게 된다. 막상 인쇄해보면 컴퓨터로 보던 파일과는 다른 결과가 나오기도 한다. 인쇄기의 상태, 기장님의 실력, 종이 재질, 혹은 습도와 온도에 따라 색이 미세하게 달라지기 때문이다. 의도하던 바로 그 톤의 책을 찍기 위해서는 정신 똑바로 차리고 감리를 봐야 한다. 낮잠 출판사 대표 슬아가 감리 보는 날에 바짝 긴장하는 것은 그래서다.

슬아는 직원인 복희와 함께 차를 몰고 파주로 향한다. 파주출판단지에는 다양한 인쇄소들이 모여 있고 그중 한 곳이 슬아의 거래처다. 벌써 열번째 책 출간이라 슬아는 인쇄소 사람들이 익숙하다. 그들의 노동과 기술 없이는 책이 완성되지 않으므로 허리 숙여 인사한다. 가장 깍듯이 인사하는 대상은 기장님이다. 인쇄기를 총괄하는 자여서다. 20년 넘게 인쇄업계에 몸담고 있는 그의 표정은 늘상 덤덤하다.

"잘 부탁드립니다!"

슬아가 큰 소리로 말하지만 작업복을 입은 기장님 귀에는 들리지 않는다. 인쇄기 돌아가는 소리가 워낙 시끄럽다. 디젤기관차처럼 들썩들썩 쿵쾅쿵쾅 움직이는 인쇄기 옆에서 슬아가 뱃심을 끌어올려 큰 소리로 외친다.

"잘 부탁드립니드아아!!!"

그제야 기장님이 슬아를 힐끗 보고선 가볍게 고개를 끄덕인다. 기장님은 말수가 적다. 말을 많이 해봤자 잘 들리는 환경도 아닐뿐더러 어차피 종이에 인쇄된 결과로만 합의가 이루어진다.

오늘 인쇄할 책은 슬아의 첫 소설집이다. 때를 잘못 타고난 아이디어를 지닌 사람들에 관한 단편이 모여 있다. 슬아는 어쩐지 시대를 반 발짝만 앞서가야 하는데 두 발짝 앞서가서 성과를 내지 못했던 이들의 서사에 천착했다. 이를테면 1983년에 셀카봉을 만든 일본의 우에다 히로시 상. 카메라 회사 직원이었던 그는 사람들이 여행하면서 스스로 자기 사진을 찍을 수 있도록 기계를 설계했으나 주변인들로부터 비웃음만 샀다. "아니 누가 혼자 돌아다니면서 자기 사진을 찍어?" 지지해주는 사람 하나 없었어도 그는 꿋꿋하게 셀카봉에 관한 특허를 받아놓았다. 안타깝게도 해당 특허는 2003년에 소멸한다. 셀카봉의 전성시대가 열린 것은 2010년대부터다. 또다른 주인공으로는 안영빈이 있다. 그는 1991년에 죽 체인점 아이디어를 냈다. 이런저런 이유로 죽이 필요한 사람들에게 죽을 포장해서 배달해주는 가게를 상상한 것이다. 사람들은 영빈을 타박한다. "아니 누가 죽을 배달시켜 먹어?" 영빈은 풀이 죽어서 세기말의 아이디어를 고이 접는다. 죽 프랜차이즈 전성시대가 열린 것 역시 2000년대부터다. 세상과 절묘하게 불화하는 주인공들이 슬아의 소설 속에 산다. 슬아는 이 책의 안팎을 직접 디자인했다.

언젠가는 슬아의 재주도 시대와 불화할지 모른다. 종이책 독자가 매해 감소하는 추세이니 말이다. 종이책의 시대가 끝나면 인쇄소와 낮잠 출판사 역시 문을 닫아야 할 것이다.

그런 미래가 아직은 닥쳐오지 않았으므로 슬아와 기장님은 인쇄기 옆에서 목청껏 의견을 나눈다. 처음 찍어본 표지의 색이 딱 눈에 차지 않는 모양이다.

"기장님! 이게 지금 너무 쨍한 레몬색인데! 좀더 상아색에 가까워져야 하거든요! 채도를 조금 내려주실 수 있을까요!"

소음 속에서 기장님은 탐탁지 않다는 얼굴로 인쇄기를 재설정한다. 슬아의 요청이 추상적인 탓이다. 슬아는 가방에서 노트북과 색상견본표를 꺼낸다. 데이터의 노랑과 견본표의 노랑과 인쇄된 표지의 노랑이 어떻게 다른지를 공유하기 위해서다.

"여기 팬톤 100U 컬러 보이시죠! 이 색처럼 나와야 해요!"

슬아가 가리킨 컬러칩을 보며 기장님은 짧게 묻는다.

"그니까 좀더 연하게?"

"네! 진노랑 말고 연노랑이에요!"

그가 익숙한 손놀림으로 다시 기계를 돌린다. 무광 용지 여러 장이 인쇄기 속으로 빨려들어가고 그 안에서 바삐 옮겨진다. 찍고 확인해보고, 찍고 확인해보고…… 그 과정을 네 번 반복하고 나서야 비로소 슬아는 원하는 색을 얻는다. 옆에서 조용히 구경하던 복희가 속으로 생각한다.

'다 똑같은 노란색인데 뭘 저렇게까지……'

하지만 슬아에겐 천지 차이다. 책 만드는 자들은 대부분 디테

일에 집착하는 자들이다. 기장님도 그걸 안다. 그는 귀찮아하면서도 슬아의 요청을 찰떡같이 수용하며 디테일을 조정한다. 그렇게 표지 컬러가 확정된다.

본문 인쇄 역시 꼼꼼히 봐야 한다. 먹의 진하기가 적당한지, 가독성이 괜찮은지, 혹시 모를 심각한 오타가 없는지 등 체크할 것투성이다. 슬아는 본문 인쇄 샘플을 들고 멀리서도 보고 가까이서도 보고 돋보기로도 본다. 컴퓨터로 이미 수십 번은 확인한 자료여도 안심되지 않는다. 인쇄 후에는 되돌릴 수 없으니까. 그 사실을 상기할 때마다 슬아는 출판이라는 게 너무 무섭다.

하지만 끝없이 감리를 볼 수는 없는 노릇이다. 서점과 약속한 출간일이 코앞에 다가왔으며, 인쇄소는 낮잠 출판사의 책 말고도 찍어야 할 도서가 많다. 그곳에 세월아 네월아 계속 머물러서는 안 된다. 뭔가 놓친 실수가 있다는 불안감 때문에 계속해서 감리를 보는 슬아를 복희가 타이른다.

"대표님, 충분히 확인하신 것 같아요."

슬아는 미련 가득한 얼굴로 샘플들을 겨우 내려놓는다.

"마음을 비워야겠죠……"

그의 모습은 말쑥한 동시에 몹시 피로하다. 대부분의 편집자와 디자이너들처럼 슬아 역시 감리 전날까지 과로했다. 복희가 격려한다.

"좋은 책이 될 거예요. 열심히 쓰셨잖아요."

책 제작에 관여하지 않은 사람이 건넬 수 있는 속 편한 위로지만 슬아에게 조금은 위안이 된다. 그 역시 같은 것을 바라기 때문이다. 이 책이 좋은 책이기를. 자신이 쓰고 만든 게 부디 좋은 것이기를. 맘놓고 낙관하기에는 슬아는 책에 관해 너무 많은 세부사항을 알고 있다. 더 잘할 수 있었을 부분이 끊임없이 생각난다. 그는 한숨 쉬며 중얼거린다.

"폴 발레리가 그랬어요."

복희는 폴 발레리가 누군지 모르지만 묻는다.

"뭐라고 했는데요?"

"작품을 완성할 수는 없대요. 단지 어느 시점에서 포기하는 것뿐이래요……"

모든 작품이 체력과 시간과 돈 등의 한계로 어느 순간 작가가 포기한 결과물이라고 생각하면 슬아의 마음이 한결 편해진다. 복희는 대충 고개를 끄덕인다.

기장님이 이제 다 됐냐는 눈짓을 보낸다. 슬아는 비장하게 고개를 끄덕인다. 기장님이 버튼을 누르자 인쇄기가 육중하게 움직인다. 그 안에서 슬아의 신작이 탄생할 것이다. 책 만드는 소리가 '쿵쾅쿵쾅'이라는 게 슬아는 새삼스럽다. 그는 버스만큼 커다란 인쇄기에 손을 대고 기도한다. 중쇄를 여러 번 찍게 해달라고. 좋은 독자들을 만나게 해달라고. 그렇게 책은 슬아의 손을 떠난다. 책을 떠나보낼 수 있다는 건 작가의 허무이자 자유다.

그러나 떠났다가 다시 돌아오는 책들도 있다. 결코 그래서는 안 되지만 그런 일이 간혹 생기고야 마는데……

책을 사랑하고 두려워하기

슬아는 결정하는 사람이다. 가장이자 대표로서 출판사 이름을 결정하고 직원들 월급을 결정하고 책 제목을 결정한다. 또한 책값을 결정한다. 자신이 팔 물건에 합리적인 가격을 매기는 것은 상인의 덕목이다. 슬아를 키운 할아버지도 상인이었다. 그는 자동차 부품 상가에서 양면테이프 가게를 했다. 부품과 부품을 접착하려면 양면테이프가 필요하니 말이다. 슬아는 끈끈한 접착면이 양쪽으로 나 있는 테이프가 얼마나 유용한 물건인지를 보고 자랐다. 동그랗거나 세모나거나 네모난 테이프들이 할아버지의 가게에서 수천 개씩 제조되고 포장되었다. 할아버지는 어린 손녀를 앉혀놓고 박리다매를 설명했다. 값비싼 물건을 귀하게 팔아서 이윤을 많이 남기는 고가정책으로 장사를 할 수도 있지만 세상 모든 물건이 그렇지는 않다고. 값싼 물건을 흔하게 팔아서 수익을 올리는 방법도 있다고. 그 말을 하는 할아버지 등뒤로 양면테이프 기계가 쿵쾅쿵쾅 돌아갔다. 한 번 쿵쾅댈 때마다 테이프가 수십 개 단위로 분할되고 있었다.

이제 와서 생각해보니 그 소리가 인쇄기 돌아가는 소리랑 비슷했던 것 같다고, 슬아는 중얼거린다. 그는 할아버지의 운명을 닮아 비슷하게 시끄러운 기계로 물건을 대량생산하며 장사를 한다. 한 권당 얼마씩 팔면 적당한가? 페이지 수, 종잇값, 인쇄비, 제본비, 원고료, 편집비, 디자인비, 서점 수수료, 광고비 등을 따져보며 적당한 값을 매겨야 한다. 새로 출간하는 소설집의 정가는 만오천 원으로 정했다. 이 시대의 평균 책 시세를 크게 벗어나지 않는 가격이다.

문제는 젊은 사장인 슬아가 가격을 표기할 때 0을 하나 빼먹었다는 것이다.

그 사실을 알게 된 건 인쇄소에서 완성된 책들이 전국의 서점으로 배송되기 직전의 시점이다.

“뭐야? 천오백 원?”

출판사로 먼저 배송된 책을 받아든 복희가 외마디 비명을 질렀을 때 슬아는 불행을 예감한다. 서재에 있던 그는 거실로 뛰어

내려와 황급히 책 뒤표지를 살핀다. 아름답고 알찬 모양의 책이었으나 뒷면에 다음과 같이 적혀 있다. "값 1,500원." 슬아는 탄식하지 않을 도리가 없다. 복희가 속으로 묻는다. 0이 몇 개여야 하는지 설마 또 헷갈린 거냐고. 그 말을 차마 건네지는 못한다. 누구보다 자신을 책망하고 있을 것이기 때문이다. 슬아는 좆됐다는 얼굴로 책을 거듭 확인하고 있다. 그는 절망 속에서 질문한다.

"몇 부죠?"

인쇄소에서 사고가 터지면 누가 먼저랄 것도 없이 내뱉는 질문이다. 같은 내용을 찍으며 대량생산하는 기술의 특성상 인쇄 부수가 곧 사고의 규모다. 복희가 대답한다.

"이천 부 찍으셨어요."

"쉬발……"

슬아가 책으로 이마를 찧는다. 인쇄기가 책을 찍을 때보다 더 센 강도로 자기 이마를 때린다. 세 대 정도 치자 정신이 번쩍 든다. 가격이 잘못 표시된 신작 이천 부가 전국에 뿌려지기 일보 직전이다. 자책할 시간이 없다.

"일단 모든 배송 취소하고 전권 회수합시다."

가녀장의 지령이다. 복희는 인쇄소에 전화를 건다. 웅이가 대걸레질을 하다 말고 나타난다.

"무슨 일이에요?"

복희가 웅이에게 입 모양으로 좆됐다고 수군댄다. 웅이는 심상치 않은 분위기를 감지하고 책을 들춰본다. 뒤표지를 확인한 직원들이 대표 듣지 못하게 부엌에서 수군댄다.

"바보 아니야?"

"내 말이."

슬아는 잘못된 책을 든 채로 생각에 잠겨 있다. 어떻게 수습할 것인가. 전부 다 다시 찍어야 하나? 손실이 어마어마할 텐데. 다른 방법이 있나? 그는 서재로 올라가 빠르게 수정 스티커를 제작해본다.

낮잠 출판사 직원들의 야근이 결정된다.

그들의 임무는 1500원이라고 적힌 뒤표지 위에 15000원이라고 적힌 수정 스티커를 붙이는 일이다. 감쪽같이 붙이는 게 관건이다. 다음날 아침까지 이천 부를 고쳐야 해서 손이 모자라다. 웅이와 복희만으로는 빠른 수습이 안 될 것이라 슬아는 일꾼을 더 호출한다. 철이와 미란이가 긴급 일당을 받고 나타난다. 그렇게 다섯 명이 모인다. 이천 부의 새 책과 이천 장의 수정 스티커 사이에서 그들은 일하기 시작한다. 대표의 실책으로 한데 모인 자들이다. 그들의 야근 수당과 추가 수당을 지급해야 해서 지출이 늘었지만 이천 부를 전부 새로 찍는 것보다는 손실이 적을 것이다.

"여러분, 죄송합니다……!"

반복적으로 스티커를 붙이는 복희, 웅이, 철이, 미란이에게 슬아가 고개 숙여 사과한다. 벌써 열 권째 책 출간인데 새삼 아마추어 같은 실수를 한 자신을 용서할 수 없으나 서점 납품 일정만은 어떻게든 맞춰야 한다.

"내일 아침까지 잘 부탁드립니다……!"

그는 마냥 송구스럽다. 미란이가 속 편히 묻는다.

"아니, 인쇄 전에 확인을 안 했어?"

슬아는 입이 열 개라도 할말이 없다.

"했는데…… 문장은 오타가 없었는데……"

철이가 스티커를 붙이며 중얼거린다.

"숫자에 약하신가봐요."

웅이가 첨언한다.

"어렸을 때부터 그랬어."

복희도 덧붙인다.

"국어 100점. 수학 25점……"

미란이가 궁시렁댄다.

"그래도 그렇지 어떻게 만오천 원을 천오백 원으로……"

공식적으로 떨떨이가 된 슬아가 회한 속에서 스티커를 붙이며 변명한다.

"같은 책을 계속해서 편집하다보면 뭐가 뭔지 모르게 돼…… 눈이 낡아서……"

미란이는 슬아에게 심심한 위로를 건넨다.

"하긴, 나도 가끔 귀가 낡아."

복희가 묻는다. "귀가 왜 낡아?"

평소 마트에서 일하는 미란이의 득달같은 하소연이 이어진다.

"제가 양념 코너 근처에 맨날 서 있잖아요. 계속 이 노래가 들려요. '연두해~요. 연두해~요.'"

철이는 아는 멜로디라서 반갑다.

"어, 그 노래 아는데!"

미란이가 한숨 쉰다.

"그걸 백 번 넘게 듣는다고 생각해봐. 고문이 따로 없어. 마트 CM송은 더 미칠 노릇이야. '해피 해피 해피 E마트~' 들을 때마다 불행해."

"그렇게 귀가 낡을 수도 있구나……"

슬아가 미란이의 괴로운 근무 환경을 상상하며 읊조린다. 역시 만만한 노동은 어디에도 없는 듯하다. 노래든 책이든 뭔가를 창작하는 사람들은 정말이지 신중해야 한다. 그게 어디에서 얼마나 반복되고 복제될지 상상하면서, 나쁜 것을 대량생산하지 않기 위해 힘쓸 의무가 있다. 슬아도 자신이 쓴 모든 글자와 숫자를 더 꼼꼼히 검토했어야 했다. 이천 부나 인쇄되어도 될 만한 완성도인지를 여러 명이서 크로스체크해야 했다.

이천 부의 가격 수정 작업은 이른 아침에 마무리된다. 다섯 명의 야근으로 인해 슬아의 신작은 오전에 무사히 서점에 납품된다. 슬아는 추가 수당을 틀림없이 지급하고 아침밥을 든든히 대접한 뒤 모두를 퇴근시킨다. 모두가 돌아간 뒤 슬아는 아침해를 바라보며 온갖 상념 속에서 담배를 한 대 피운다. 이제 정말로 책이 슬아의 손을 떠났다.

슬아의 신작은 여러 독자들의 손에 쥐여진다. 이런저런 독자들이 만족하며 혹은 실망하며 그 책을 읽는다. 슬아는 모두를 만족시킬 수 있는 책 같은 건 쓸 수 없다. 전작과 다른 것을 쓰기 위해 애쓸 뿐이다. 호평과 혹평 속에서 슬아의 책은 중쇄를 찍는다.

3쇄가 유통되던 어느 날 슬아는 서점으로부터 불길한 전화를 받는다. 책의 페이지가 뒤바뀌었다는 제보다.

"16쪽 다음 장에 129쪽이 이어져요. 뭔가 잘못된 것 같아요."

출판사 메일함에도 독자의 항의가 빗발친다.

"내용이 이상하여 확인해봤더니 인쇄가 뒤죽박죽입니다."

"오늘 택배로 배송받았는데 파본이네요. 환불받고 싶습니다."

파본은 물론 빠르게 반품 혹은 교환 처리하는 것이 출판사의 원칙이다. 책의 맨 뒷장 판권 면에는 늘 이런 문장이 적혀 있다.

"잘못된 책은 바꾸어드립니다."

슬아는 수심이 가득한 얼굴로 어디서부터 잘못된 것인지 확인하기 시작한다. 출판사에서 인쇄소로 보낸 데이터는 문제가 없었다. 1쪽부터 352쪽까지 순서대로 배열되어 있다. 하지만 서점에 유통된 책은 페이지가 뒤섞였다. 인쇄소에서 벌어진 사고다.

슬아와 복희는 파본을 들고 인쇄소로 찾아간다. 쿵쾅대는 인쇄기들 사이에서 원인을 파악한다. 문제가 터진 장소는 본문 제본 파트다. 인쇄된 본문 용지를 제본기에 넣는 과정에서 실수가 있었던 것이다. 인쇄소 사장님이 고개 숙여 사과한다. 슬아는 제본기 앞에서 일하는 중장년 직원들을 바라본다. 이 일을 매일 반복해온 노동자들이다. 반복해서 일해도 실수할 수 있다. 인쇄도 사람이 하는 일이라는 걸 슬아와 복희는 알게 된다. 종이를 들어서 쿵쾅대는 기계 안에 넣고 잘 돌아가는지 살피는 일은 아직까지 사람의 몫이다. 커다란 소음과 코를 찌르는 잉크 냄새 속에서 그 일을 반복하는 사람들의 얼굴을, 출판사를 직접 운영해보지 않았다면 영영 몰랐을 것이다. 그는 인쇄소에 화내지 않고 손실액 보상을 합의한 뒤 새로운 인쇄 발주를 넣는다.

슬아는 서점에 유통된 문제의 3쇄를 전량 회수하러 다닌다. 웅이와 함께 트럭을 타고 서점을 돌며 책을 수거한다. 서점에 들를 때마다 허리 숙여 사과하고 빠른 조치를 약속한다.

"죄송합니다. 인쇄소에서 사고가 있었습니다. 나흘 안에 새 책으로 교환해드리겠습니다!"

또한 출판사 공식 계정에 사과문과 안내문을 써서 올린다. 그

사이에도 슬아를 향한 독자들의 항의와 문의는 계속된다. 복희와 웅이는 생각한다.

'대표는 욕도 대표로 먹는구나……'

그들은 아무래도 작가 같은 건 하고 싶지 않다. 출판사를 직접 운영하는 작가라면 더더욱 내키지 않는다. 젊은 사장 슬아는 회수해온 수많은 파본을 어떻게 처리하면 좋을지 고민에 빠진다.

낮잠 출판사를 처음 차릴 때만 해도 슬아는 책 만드는 일이 딱히 두렵지 않았다. 잘 몰랐으니까. 몰라서 무턱대고 씩씩하게 할 수 있었다. 지금의 슬아는 그렇지 않다. 글쓰기와 출판이라는 작업이 갈수록 어렵게 다가온다. 책을 만들어 몇천 부씩 인쇄하는 것이 중대한 결정임을 알게 된 것이다. 이 점에서 할아버지와 슬아의 운명은 궤를 달리한다. 할아버지는 양면테이프를 두려워하는 사장이 아니었다. 이제 슬아는 책이 양면테이프보다 열 배는 두려운 무엇임을 안다. 그 두려움을 알게 된 것에 안도한다. 책을 사랑하는 동시에 두려워하는 자들이 출판사를 운영해야 한다고 믿기 때문이다.

이유 있는 문학

거실에서 늘어지게 낮잠을 자던 숙희와 남희는 초인종이 울리자 눈을 번쩍 뜨고 털을 곤두세운다. 그들 자매가 초인종을 달가워하는 일은 없다. 외부인이 오는 소리라서 그렇다. 자매는 꼬리를 낮추고 네발을 부리나케 움직여 어딘가로 피신한다. 서둘러 피신하던 중 한 명은 현관 앞에서 우회전하다가 앞발을 헛디뎌 나뒹굴기까지 한다.

그들이 그토록 바쁘게 향하는 곳은 안방이다. 안방은 복희와 웅이가 잠을 자고 텔레비전을 보는 방이자 고양이 자매가 제일 선호하는 장소다. 그곳엔 늘 이불이 깔려 있고 은은한 과자 냄새가 난다. 자매의 최애 인간인 웅이도 그곳에 있다. 웅이는 헐레

벌떡 몸을 숨기러 온 자매를 달랜다. "손님 와서 놀랐쩌요?" 오직 그들에게만 그런 말투를 쓴다. 숙희와 남희는 자신들의 이마를 웅이 정강이에 비비며 야옹거린다. 오직 웅이에게만 그런 어리광을 피운다.

같은 시각 슬아는 현관문을 열고 손님들을 맞이한다. 기자와 사진가가 집에 들어선다. 오늘 처음 만나는 이들이다. 숙희 남희 자매와 달리 슬아는 초면인 사람 앞에서도 별다른 긴장이 없다. 어서 인터뷰를 마치고 하던 일에 마저 집중하고 싶을 따름이다. 복희가 차를 내오고 슬아와 기자는 거실 테이블에 마주앉아 날씨 얘기를 한다. 이들이 주고받는 말소리를, 숙희와 남희는 안방에서 잠자코 듣고 있다. 저 사람들이 왜 왔는가? 그건 숙희와 남희의 관심사가 아니다. 믿을 수 없는 이를 본능적으로 피할 뿐. 외부인이 있는 한 그들은 결코 거실에 등장하지 않을 것이다. 복희도 다과 업무를 마치고 안방에 들어간다. 슬아를 제외한 가족들이 모두 작은방에 옹기종기 모인다.

거실에서는 인터뷰가 한창 진행중이다. 왜 글을 쓰게 되셨나요? 일간 연재를 시작하신 계기가 무엇인가요? 독자들이 왜 구독한다고 생각하시나요? 왜 출판사를 차리셨나요? 왜 아이들에게 글쓰기를 가르치시나요? 왜 다양한 장르를 시도하시나요? 노래는 왜 하시나요? 요가는 왜 하시나요? 슬아는 기자의 질문이 식상하고 게으르다고 생각하지만 성의 있게 답한다. 가녀장은 못 미더운 상대와도 나쁘지 않은 결과물을 낼 수 있어야 한다. 하지만 슬아의 시선이 자꾸 기자의 핸드폰에 가서 닿는다. 기자가 슬아의 말을 녹음하고 있지 않아서다. 녹취하지 않는 인터뷰어는 달인일 확률이 높다. 기억의 달인이거나 왜곡의 달인이거나.

"녹음을 안 하셔도 괜찮으신가요?"

슬아가 조심스레 묻자 기자는 대답한다.

"네. 녹취록 타이핑 치는 것도 일이라서요."

아무래도 후자인 듯하다. 기자가 다음 질문을 건넨다.

"그렇게 솔직한 글을 쓰시는 이유가 뭔가요?"

이 질문을 이백 번쯤 들은 슬아가 작은 한숨을 쉬며 익숙한 문장을 내뱉는다. "책에도 여러 번 적었다시피 저는 솔직하기 위해 노력한 적이 없습니다. 솔직함과 탁월함은 딱히 상관관계가 없으니까요. 무엇보다 제 글은 별로 솔직하지 않습니다."

그렇게 말하며 슬아는 기자의 손끝을 본다. 그는 건성으로 메모하고 있다. 슬아의 말이 흘림체로 거칠게 요약되는 중이다. 갑자기 슬아는 아무래도 좋다는 느낌을 받는다. 될 대로 되라는 심정으로 그는 말한다.

"한마디로 제 글이 대부분 구라라는 거예요."

"구라요?"

"네."

기자는 수첩에 이렇게 받아 적는다.

'한마디로 내 글은 구라……'

최악의 경우 이 문장이 기사의 헤드라인이 될 수도 있다고 슬아는 예상한다. 기자가 메모를 마친 뒤 다음 질문을 던진다.

"문학을 하실 계획은 없나요?"

슬아는 기자를 빤히 바라본다.

"이미 하고 있는데요."

슬아가 대답하자 기자는 부연 설명을 한다.

"그러니까…… 정말 문학적인 그런 글이요."

슬아는 잠시 생각한 뒤 대답한다.

"지금까지 제가 쓴 것이 문학이 아니라면 무엇일까요? 탁월한 문학이냐에 관해서는 의견이 갈릴 수 있겠지만, 문학이 아닐 이유는 없을 것 같은데요. 기자님은 왜 제가 문학을 한 적이 없다고 생각하시나요?"

"아무래도 보통 순문학이라고 불리는 범주에 들어가지는 않으니까요."

"순문학이 도대체 뭐죠? 문학 앞에 붙은 '순'의 의미가 아주 모호하게 들립니다."

"그러니까 전통적인 의미에서 순수문학으로 분류된 시나 소설이나 희곡이랄지, 등단을 거친 작품 같은 것을 해볼 생각은 없으신지……"

"등단한 작가님들만의 문학을 지칭하신 거라면 순문학 말고 등단문학이라고 말씀하시면 어떨까요?"

"등단문학이요?"

"네. 저는 등단한 작가의 작품 중 좋아하는 책이 아주 많아요. 제가 읽고 자란 한국 소설과 시가 대부분 그 안에 있으니까요. 하지만 등단문학은 문학의 한 갈래일 뿐이라고 생각합니다. 제도 바깥에서도 온갖 종류의 문학적인 작품이 쓰이잖아요."

"그래서…… 문학을 이미 하고 있다는 말씀이시죠?"

"너무 당연하게도 그렇습니다."

기자는 수첩에 헤드라인체로 적는다. '문학 이미 하고 있어……'

이후엔 사진 촬영이 이어진다. 사진가는 슬아에게 자꾸만 활짝 웃어달라고 요구한다. 슬아는 딱히 웃고 싶지는 않지만 활짝 웃기와 안 웃기 사이에서 살짝 웃기를 택한다.

손님들은 카메라와 수첩을 챙겨서 돌아간다. 슬아는 공손히 배웅한다.

텔레비전을 보던 복희와 웅이가 안방에서 두 발로 걸어나온다.

"어떠셨어요?"

복희가 묻자 "후졌어요"라고 슬아가 대답한다.

숙희와 남희도 안방에서 네발로 걸어나온다. 외부인이 진짜로 사라졌는지 신중히 살피며 거실에 등장한다. 슬아가 그들 옆에 엎드려서 말한다.

"손님들 데려와서 미안해."

숙희와 남희는 대꾸 없이 슬아를 지나친다.

해가 진다. 슬아는 원고 마감을 시작한다. 잘할 수 있다고 생각하며 첫 문장을 쓴다. 쓰자마자 모두가 실망할 거라고 생각하며 지운다. 그리고 다른 첫 문장을 쓴다. 마음에 들지 않아서 금세 지운다. 그러기를 계속 반복한다. 아주 익숙한 반복이지만 때로는 울고 싶어진다.

울고 싶어지면 슬아는 숙희와 남희가 누운 곳을 찾아가 엎드린다. 그들의 배에 얼굴을 묻으면 고소한 냄새가 난다. 얼굴을 묻은 채로 이렇게 물어본다.

"숙희 남희야, 문학은 왜 하는 걸까! 이렇게 부담스러운데!"

고양이 자매가 슬아를 바라본다. 자매의 눈은 총 네 개다. 영롱한 눈들이다. 슬아는 구원을 바라듯 그들과 눈을 마주친다. 자매는 삼 초 정도 슬아를 응시하는가 싶더니 획 자리를 떠나버린다.

그들의 안중에 슬아 따위는 없다. 슬아는 좋은 대상도 아니고 싫은 대상도 아니며 그저 관심 없는 대상일 뿐이다. 슬아가 무슨 글을 쓰든 알 바 아니며 애초에 슬아의 언어 자체가 무용하다.

그들에게 외면받고 남겨진 자리에서 슬아는 한 가지 중대한 진실을 상기한다.

'대부분의 사람들은 나에게 관심이 없다!'

신문에 실리고 텔레비전에 나오고 책이 여러 권 팔린대도 말이다. 무신경한 인터뷰어도 배배 꼬인 악플러도 찬사를 보내는 독자들도 사실 진짜로는 관심이 없을 것이다. 숙희와 남희가 그렇듯 자신 앞의 생을 사느라 분주할 테니까. 그것을 기억해낸 슬아의 마음엔 산들바람이 분다. 관심받고 있다는 착각, 주인공이라는 오해를 툴툴 털어내자 기분좋은 자유가 드나든다. 슬아는 다시 책상으로 돌아가 익숙한 책을 집어든다. 펼치면 모서리 접힌 페이지에 이런 문장이 적혀 있다.

> 난 늘 동물로부터 배우지.
>
> '왜'란 질문을 하지 않는 법을.
> 가령 '왜 책을 만드냐'는 질문 따위.
> 필요도 없고, 하더라도 답이 너무 간단해.
>
> 이보게, 자넨 책을 왜 만드나?

책 속에서 동물들은 각자의 왼쪽을 가리키며 대답한다.

"나? 너 땜에."

"난 너 땜에."

"난 얘 땜에."

"난 얘."✲

그런 식으로 서로가 이유인 동그라미 한 개가 만들어진다.

슬아의 글쓰기에도 분명 최초의 '너 땜에'가 있었다. 유치원 숙제 때문이었던가. 할아버지에게 보내는 생신 축하카드 때문이었던가. 자신을 기지배라고 부르는 삼촌을 욕하기 위해 쓴 일기 때문이었던가. 이제는 정확히 기억나지 않는다. 아무래도 상관이 없어졌다. 삼십 년간 너무나 많은 이유들이 추가되었기 때문이다. 글을 쓰고 싶게 만든 자들은 셀 수 없이 많았다. 좋은 너. 미운 너. 웃긴 너. 우는 너. 아픈 너. 질투 나는 너. 미안한 너. 축하받아 마땅한 너. 대단한 너. 이상한 너. 아름다운 너. 다만 운이 좋지 않았을 뿐인 너. 동물인 너. 죽은 너. 잊을 수 없는 너. 그런 너를 보고 듣고 맡고 만지고 먹고 기억하는 나. 문학의 이유는 그 모든 타자들의 총합이다.

✲ 김한민, 『책섬』(워크룸프레스, 2014)에서 인용.

슬아는 '왜'라는 질문을 하지 않고 두번째 문장을 쓰기 시작한다.

복희는 생각한다

유명 작가의 삶 같은 건 코딱지만큼도 부럽지 않다고 복희는 생각한다. 딸을 보며 하는 생각이다. 글쓰는 것도 싫고 유명한 것도 싫기 때문이다.

복희가 날마다 밥을 하고 설거지를 하듯, 복희의 딸 슬아도 날마다 원고를 마감한다. 복희 입장에서는 밥하는 게 훨씬 속 편한 일이다. 부엌일에도 어려움이 따르지만 글쓰기보다는 쉽고 단순하다는 게 그의 생각이다.

복희의 집안일은 늦어도 아홉시면 마무리된다. 그후에는 안방에서 두 다리 뻗고 텔레비전을 본다. 윌리엄과 벤틀리 형제가 살아가는 예능을 보며 웃다가 운다. 넷플릭스에서 〈빨간 머리

앤〉을 보거나 왓챠에서 〈나의 눈부신 친구〉 시리즈를 보며 오열하기도 한다. 조금이라도 무섭거나 잔인한 드라마는 절대 보지 않는다. 보고 싶은 드라마가 없으면 스마트폰을 들고 유튜브에 접속한다. 블루베리 나무 잘 키우는 법, 채개장 끓이기, 비건 피자 만들기, 아로니아 활용법, 노루궁뎅이버섯 요리 등을 검색한다. 흰머리 염색 꿀팁도 찾아본다. 세상 거의 모든 지식이 유튜브에 올라와 있다는 것에 복희는 자주 충격을 받는다. 사람들이 대단하고 고맙다. 자신의 경험을 이렇게 나눠주니 말이다. 정말이지 배울 것 천지다. 유튜브 선생님들과 살림살이 공부를 하다가 잠이 솔솔 올 때쯤이면 법륜 스님 영상을 재생한다. 천국도 지옥도 다 자기 마음 안에 있다는 스님의 말씀을 들으며 선잠에 든다.

얼마 후 복희는 큰 소리를 듣고 잠에서 깬다. 옆에서 카레이싱 경주가 벌어지는 듯했다. 놀란 얼굴로 곰곰 생각해보니 방금 그것은 자신의 코골이 소리였다. 깨닫자마자 복희는 콧김을 뿜으며 웃는다. 시계를 보니 자정이 넘었다. 딸은 안 자나?

거실에 나가보면 딸은 역시 아직도 일하고 있다. 나무의자에 앉아서 약간 늙은 듯한 얼굴로 뭔가를 쓰고 있다. 복희는 "다 썼어?"라고 묻지 않는다. 딸은 그 말에 노이로제가 있다. "아직"이라고 말할 때마다 스트레스를 받을 게 분명하다. 다 썼냐고 묻는

대신 복희는 딸의 찻주전자에 뜨거운 물을 채워준다.

복희가 보기에 딸은 엄격하게 건강한 편이다. 결코 과식하지 않는다. 야식도 안 먹는다. 저녁 일곱시 이후에는 아무리 맛있게 삶은 감자나 옥수수를 가져다줘도 먹지 않는다. 진짜 맛있다고 한 번 더 권해도 단호하게 "됐어"라고 말한다. 군것질은 낮 시간에만 한다. 과자를 먹더라도 계획적으로 소량만 먹는다. 꼬깔콘을 뜯은 뒤 개인접시에 딱 열 개만 덜어서 젓가락으로 집어먹는 딸을 보며 복희는 생각한다.

'날씬하다는 건 성격이 안 좋다는 거구나……'

그런 생각을 하며 남은 꼬깔콘을 봉지째 집어든다. 당연히 젓가락 말고 손으로 집어먹는다. 이왕 먹는 거 가루를 손과 입에 잔뜩 묻히며 맛있게 먹는다. 바닥에도 가루를 막 흘린다. 어차피 그 가루는 조금 이따가 웅이가 청소기로 깨끗이 치울 것이다. 웅이는 바닥 청소에 강박증이 있다. 그러거나 말거나. 복희는 가루를 맘 편히 흘리며 과자를 즐긴다.

슬아와 함께 살면서 복희는 강제로 운동을 하게 되었다. 슬아가 집 앞 요가원에 복희를 등록해놓고 통보하는 식이었다. 복희는 아침에 요가원에 가는 게 귀찮다. 그래서 이불에 누운 채로 늦장을 부린다. 슬아는 이미 요가복을 입은 채 복희를 기다리고 있다. 복희가 연약한 목소리로 호소한다.

"나 컨디션이 약간 안 좋은 것 같아……"

슬아는 아무렇지도 않게 대답한다.

"응~ 요가하고 오면 다시 좋아질 거야."

야속하지만 사실이다. 요가는 가기 전엔 귀찮지만 다녀오면 꼭 컨디션이 나아져 있다. 복희는 한숨을 푹푹 쉬며 요가복으로 갈아입고 딸과 함께 집을 나선다. 딸은 꼿꼿한 자세로 앞서간다. 늦었다며 발걸음을 재촉한다. 딸을 쫓아가며 복희는 말한다.

"넌 약간 질리는 타입이야."

딸은 즉시 수긍한다.

"맞아. 나도 내가 질려."

복희는 요가 수업중에 딸을 바라본다. 딸의 어깨서기 자세와 물구나무 자세는 매우 완벽해 보인다. 신기하고 대단하긴 한데 역시 질리는 타입이다.

코로나의 재확산으로 요가원은 한동안 문을 닫는다고 한다. 휴원 기간 동안 딸은 복희를 데리고 산책을 나간다. 하루에 적어도 삼십 분 이상은 걸어야 한다는 게 딸의 지론이다. 복희도 산책하는 건 좋다. 다만 딸은 너무 파워 워킹을 한다. 복희는 길을 걷다가 구경할 게 너무 많은데 딸은 자꾸만 빨리 가려고 한다.

"엄마 뭐해. 빨리 와."

"잠깐만."

복희는 새로 발견한 꽃을 한참 들여다보고 있다. 어렸을 때 많이 본 꽃인데 이름이 기억나지 않는다. 스마트폰을 꺼내들고 '모야모' 어플을 켠다. 풀이나 꽃이나 나무를 사진 찍어서 올리면 식물 고수들이 해당 식물의 이름을 알려준다. 복희는 스마트폰을 눈에서 멀찌감치 들고 꽃 사진을 찍는다. 그 모습을 보고 슬아는 중년의 특징을 실감한다. 스마트폰을 자기 손의 연장선처럼 자연스럽게 다루는 청년들과 달리 중년들은 그것을 너무나 타자처럼 다룬다. 스마트폰을 들고 있다는 티를 팍팍 내며 사진을 찍는다. 그렇게 찍은 꽃 사진을 모야모 어플에 올리며 복희는 적는다.

'이 꽃 이름이 뭐예요?'

그럼 거짓말처럼 삼십 초 안에 댓글이 달린다. 정답은 #붉나무꽃이었다. 고수들은 꼭 해시태그를 달아준다. 붉나무에 관한 다른 정보와도 연결되도록 말이다. 정답이 #큰금계국이나 #며느리배꼽일 때도 있다. 정답이 확실하지 않은 경우 #마가목? 하고 물음표를 달기도 한다. 아닐 수도 있다는 가능성을 열어두는 것이다. 그들은 인공지능이 아니다. 실재하는 사람들의 집단지성으로 굴러가는 어플이다. 그들은 뭐하는 사람들인가. 뭐하는 사람들이기에 복희 같은 사람들에게 몇 초 만에 꽃 이름을 알려주는가. 그들은 어쩌다가 그렇게 많은 종류의 꽃 이름을 알게 되었는가. 복희도 나도 오리무중이다. 그저 '감사합니다'라고 댓글을 단 뒤 몇 걸음 걷고 또 새로운 꽃을 발견한다. 이 과정을 다시 반복한다. 슬아는 복희를 기다리다가 지쳐서 혼자 동네를 몇 바퀴 뛴다. 돌아와보면 복희는 또 새로운 풀에 몰두해 있다. 이제 들어가자고 슬아는 말한다. 복희가 대답한다.

"네가 걷다가 고양이한테 인사하는 것처럼 나도 이 풀들을 보는 거야. 고양이나 얘네나 똑같이 귀하잖아."

복희의 말은 맞다. 고양이와 며느리배꼽은 똑같이 귀하다. 소, 돼지, 닭도 똑같이 귀하다. 그들은 모두 복희와 슬아만큼 귀하다.

주말이면 또다른 귀한 손님들이 찾아온다. 초등학생 아이들이다. 슬아는 아무리 바빠도 한 달에 한 번씩 초등학생들에게 글쓰기를 가르친다. 아이들이 마스크를 쓰고 나타나서 숙제를 제출하면 슬아가 깔깔대며 읽는다. 그리고 아이들과 근황을 나눈다. 돌아가며 지난 한 달간의 대소사를 이야기한다. 복희는 부엌에서 감자전을 부치며 아이들의 근황을 듣는다. 초등부 글쓰기 수업에서 근황 토크에 저렇게까지 긴 시간을 할애한다는 것이 놀랍다. 바로 그 시간 때문에 아이들이 기꺼이 글을 쓰고 가는 것이라고 슬아는 말한다. 근황 토크를 하는 동안 이야기하고 싶은 마음이 달궈지기 때문이다. 한창 더 이야기하고 싶어질 때쯤 슬아는 아이들의 토크를 끊는다. 그리고 글을 쓰게 시킨다. 말 대신 글로 이야기하자고 제안한다. 아이들은 답답한 얼굴로 첫 문장을 시작한다. 이때 복희의 감자전이 등장한다. 아이들이 포크를 든다. 슬아가 말한다.

"복희 선생님께 감사하다고 해야지."

아이들은 그대로 따른다.

"복희 선생님, 감사합니다."

글을 빨리 쓴 애들은 마당에 가서 술래잡기를 하며 신나게 논다. 아홉 살 이안이는 오늘따라 집중이 잘 안 되는지 진도가 느리다. 혼자 테이블에 남아 있으니까 더욱더 좀이 쑤신다. 슬아 선생님은 컴퓨터로 뭘 하는지 몰라도 바빠 보인다. 이안이는 그만 쓰고 놀고 싶은데 어떻게 해야 할지 모르겠다. 글쓰기 수업이 좀 싫어지는 것 같기도 하다. 사실 왜 꼭 글을 써야 하는지도 모르겠다. 한숨이 나온다. 그때 복희 선생님이 슬쩍 다가온다.

"이안아, 내가 지금까지 해줬던 간식 중에 뭐가 제일 맛있었어?"

이안이는 잠깐 고민한 뒤 대답한다.

"음…… 고구마 마탕이요."

"그럼 다음 수업 때 고구마 마탕 해놓을게. 이안이가 제일 맛있다고 했으니까."

이안이는 복희 선생님 때문에 갑자기 글쓰기 수업이 좋아진다.

모두가 글을 다 쓰면 낭독의 시간이 온다. 술래잡기하던 애들은 땀에 젖은 얼굴로 돌아와 책상에 모여 앉는다. 첫번째 낭독주자는 아홉 살 이와다. 이와는 쑥스러움과 싸우며 자신의 글을 읽기 시작한다.

> 태어나서 좋은 점은 행복한 감정을 느낄 수 있어서다. 예를 들어 엄마 품에 안길 때, 학교에 갈 때, 글쓰기 수업을 할 때 나는 행복한 감정을 느낀다. 그럴 때면 나를 태어나게 해준 엄마와 아빠한테 고맙다. 태어나서 안 좋은 감정을 느낄 때도 종종 있다. 예를 들어 엄마가 화낼 때, 친구와 싸울 때, 친구들 앞에서 망신당할 때 그렇다. 그럼 마음속으로 '나는 왜 태어난 걸까?' 생각한다. 어쩔 땐 태어나서 기쁘고 때때로 슬프기도 하다. 태어났던 순간을 기억하지는 못하지만 뭔가 신기하고 당황했을 것 같다. 어쩌면 행복했을지도 모른다. 이런 것을 생각할 수 있는 것도 태어나서 할 수 있는 능력이다. 다시 태어난다면 나로 태어나고 싶다. 내가 언제나 마음에 들지는 않지만, 내가 나를 좋아하는 마음이 더 크기 때문이다.

복희는 부엌에서 접시를 치우며 이와의 낭독을 듣다가 자기도 모르게 운다. 왠지 모르겠는데 눈물이 나서다. 아이들 중 한 명이 슬아에게 제보한다.

"복희 선생님 울어요."

이와가 화들짝 놀란다. 복희 선생님이 운다니 이상하다. 복희는 아니라고 신경쓰지 말라고 손사래를 치면서도 계속 눈물을 훔친다. 슬아는 이와에게 말한다.

"네가 너무 아름다운 걸 써서 그래."

유명 작가의 삶 같은 건 코딱지만큼도 부럽지 않지만 복희는 실감한다. 글쓰기의 세계가 얼마나 영롱한지를. 오랫동안 그 곁에서 고구마 마탕이나 해주고 싶다고 복희는 생각한다.

당근님들

지난 연말 복희는 '당근마켓이 뽑은 올해의 인물'로 선정되었다. 사실 그 인물은 한둘이 아니었다. 올해의 인물을 뽑는 당근마켓의 선정 기준이 아주 후했기 때문이다. 후한 기준에 따라 수천 명의 회원들이 똑같은 내용의 수상 축하 메시지를 받았건만 그 사실을 알 리 없는 복희는 2019년을 특별한 해로 기억하게 된다. 마침 딸의 출판사는 출판인들이 뽑은 올해의 루키 출판사로 선정되고, 아들의 록밴드는 EBS가 뽑은 올해의 헬로 루키로 선정된 참이었다. 자식들의 수상은 복희의 마음을 자랑스럽기보다는 걱정스럽게 했다. 인기나 구설수나 알고 보면 신기루 같은 것이며, 그보다 중요한 건 건강하게 먹고 싸고 자는 생활뿐이라고 믿어서다. 과로하는 딸은 자꾸 손발이 차가워지고 예민한 아들은 새벽에도 잠 못 든대서 복희가 약물을 달여 먹여야겠다고 다짐했던 겨울, 스마트폰에서 "당근!" 하고 알림음이 울렸다. 화면을 켜보니 화려한 메시지가 복희를 반기고 있었다.

"최고의 거래만 하는 보키보키님! 당근마켓 올해의 인물로 선정되신 걸 축하합니다. 언제나 따뜻하게 거래하는 보키보키님 정말 멋져요. 내년에는 더 따뜻한 모습으로 만나요."

얼떨떨하면서도 감격스러운 기분이었다. 중고 거래를 자주 했을 뿐인데 무려 올해의 인물이라니…… 여러모로 상복이 많은 해라고 복희는 생각했다. 수상소감 같은 건 낯간지럽지만 뭔가를 꼭 말해야 한다면 쓰던 물건을 알뜰히 재활용하게 만들어 준 당근마켓 어플과 회원분들께 감사하다고 말해야 할 것 같았다. 거래를 마친 뒤 복희에게 좋은 후기를 남겨주었던 숱한 회원들의 얼굴이 주마등처럼 스쳐갔다. 가족 단톡방에 이 소식을 알리자 웅이로부터 짧은 답장이 돌아왔다.

'축하드립니다.'

이처럼 감흥 없이 대답하는 웅이는 가끔씩 복희의 심부름으로 당근마켓 거래를 다니는 자였다. 몇시까지 어느 장소에 가서 물건을 받고 얼마를 주고 오라고 복희가 지령을 내릴 때마다 웅이는 약간의 귀찮음을 무릅쓰고 집을 나섰다. 약속 장소에 가보면 모르는 남자가 웅이와 비슷한 표정으로 서 있곤 했다. 남자의 손에는 아마도 아내가 쥐여줬을 듯한 쇼핑백이 들려 있었다. 웅이는 그와 어색하게 인사를 나눈 뒤 물건을 받고 돈을 줬다. 웅이나 다른 남편들이나 쇼핑백에 뭐가 들었는지 모르는 경우가 허다했다. 둘 다 아내의 심부름을 수동적으로 이행할 뿐이었다.

그렇게 전달된 물건들이 복희의 살림살이가 되었다. 화분, 접시, 찻잔, 한 번 쓰고 만 향신료, 사용감이 살짝 있는 셔츠, 딱 한 번 입은 외투 등 종류도 다양했다. 새 제품으로 사려면 두세 배는 비쌀 물건들이었다. 구제 옷가게에서 오래 일해온 사람답게 복희는 좋은 안목으로 저렴하게 중고 물건들을 샀다. 물론 자신이 쓰던 것을 깨끗이 손질하여 저렴하게 팔기도 했다. 쓰던 물건이어도 후줄근해 보이지 않도록 잘 세척하고 예쁘게 포장하는 건 서로 기본이었다. 어떤 회원은 겨우 육천 원짜리 셔츠를 종이 봉투에 담아 팔면서 집에 있는 귤이나 초콜릿을 잔뜩 얹어주기도 했다. 복희가 보기에 당근마켓에는 친절한 여자들이 유독 많았다. 젊은 아가씨든 복희 또래의 아줌마든 큰 욕심을 부리지 않고 성의 있게 물건을 거래했다. 채팅창에서 그들은 서로를 '당근님'이라고 불렀다. 처음엔 어색했지만 복희도 차차 그 호칭에 적응해갔다.

지난 2년간 복희는 당근마켓에서 총 130명의 회원과 거래했다. 그중 무려 129명이 복희와의 거래에 대해 '만족' 혹은 '매우 만족' 평가를 남겼다. 재거래 희망률도 높으며, 당근마켓 어플이 분석한 복희의 매너 온도는 무려 50도에 육박한다. 매너 칭찬 항목에서도 골고루 좋은 평가를 받았다. '응답이 빨라요.' '시간 약속을 잘 지켜요.' '좋은 상품을 저렴하게 판매해요.' '상품 상태가 설명한 것과 같아요.' 한마디로 중고 거래에서의 중요한 미덕을 두루 갖춘 당근님이었다.

하지만 놀랍게도 그렇게 훌륭한 당근님이 복희 말고도 수두룩했던 것이다. 그리하여 복희는 수천 명의 여자들과 함께 올해의 인물로 선정되었다. 그들의 수상소감을 모두 들을 수만 있다면 수많은 남편들에게도 영광이 돌아가리라. 물건을 아껴 쓰고 나눠 쓰고 바꿔 쓰고 다시 쓰는 훌륭한 여자들 사이를 기꺼이 왔다 갔다 움직여준 남자들에게 말이다.

하루는 웅이가 바빠서 복희의 심부름을 하지 못했다. 그래서 복희는 오랜만에 직접 당근 거래를 해야 했다. 만 원짜리 봄 원피스를 사기로 한 오후였다. 복희 기준으로 당근마켓에서 만 원은 아주 큰 돈인데, 큰맘 먹고 그 돈을 들일 만큼 마음에 드는 원피스였다. 원피스를 파는 당근님이 옆 동네에 산대서 복희는 차를 몰고 나섰다. 차창 밖으로 금세 가랑비가 내렸다. 약속 장소인 농협 사거리 근처에 차를 대고 내린 뒤 당근님을 찾았다. 쇼핑백을 든 젊은 여자가 은행 바로 앞에서 복희를 기다리고 있었다. 복희는 그를 향해 빠르게 걸어가 조심스레 물었다.

"혹시…… 당근……?"

예상대로 그 여자는 당근님이었다. 복희와 당근님은 반갑게 인사를 나누었다. 복희 눈에 이 당근님은 자신의 딸과 비슷한 또래처럼 보였다. 쇼핑백에 든 분홍색 롱원피스에 관해 당근님이 자세히 설명했다. 허리끈은 이렇게 묶으시면 된다고, 이 부분에 조금 흠집이 있어서 죄송하다고, 혹시 사이즈가 안 맞으면 말씀해달라고. 복희는 모두 괜찮다며 너무 감사하다고 대답했다. 쇼핑백을 건네받고 이제 만 원을 당근님께 건넬 차례였다. 그런데 아뿔싸, 지갑이 없었다. 또 어딘가에 두고 온 것이다. 복희는 익숙한 자괴감에 휩싸였다. 그는 속으로 외쳤다. '난 정말 복희가 너무 싫다!'

복희는 당근님의 손을 덥석 잡았다. 반갑거나 감사하거나 미안할 때 손부터 잡는 건 복희의 습관이었다. 너무 죄송하다고, 제가 지갑을 집에 두고 온 것 같다고, 지금 남편한테 바로 전화해서 계좌이체를 부탁하겠다고 말했다. 복희는 스마트폰 송금을 할 줄 몰랐다. 당근님은 괜찮다고 기다리겠다고 친절하게 대답했다. 복희는 초조한 얼굴로 웅이에게 전화를 걸었다.

"자기야, 내가 카톡에 적은 계좌로 만 원 보내줘."

전화기 너머의 웅이는 몹시 시끄럽고 바쁜 현장에 있는 듯했다.

"뭐라고?"

"만 원만 넣어달라고……"

"좀 크게 말해봐. 안 들려!"

복희는 날이 갈수록 귀가 어두워지는 웅이를 원망하며 힘주어 말했다.

"당근 거래하게 만 원만 넣어달라고!"

확실히 알아들은 웅이가 전화를 끊었다. 이제 복희와 당근님에게 남은 것은 웅이의 송금을 기다리는 일뿐이었다. 갑자기 폭우가 쏟아졌다. 두 사람은 비를 피하기 위해 현금인출기가 있는 365코너에 들어갔다. 좁고 조용한 그곳에서 둘은 창밖으로 쏟아지는 비를 바라봤다. 공통분모라고는 쇼핑백에 든 원피스뿐이라 처음엔 어색했지만 금세 이런저런 얘기를 주고받게 되었다.

당근님은 출판단지의 한 출판사에서 일한다고 자신을 소개했다. 복희는 자기도 모르게 "출판사 일 힘드시죠?"라고 물었다. 당근님은 곧바로 "네"라고 대답한 뒤 잠시 후에 되물었다. "힘든지 어떻게 아셨어요?"

복희는 당황스러웠다. '출판사에 대해 아는 척하지 말걸! 잘 알지도 못하는데 왜 아는 척했지?' 민망해하며 대답했다.

"사실 저도…… 작은 출판사에 다니거든요."

그러자 당근님의 얼굴에 커다란 호기심이 스쳤다.

"정말요? 어느 출판사 다니세요?"

복희는 약간 곤란해졌다. 자기 자신에 대해 진짜로 소개할 생각은 없었기 때문이다. “그냥 작은 데 다녀요~” 하고 얼버무렸지만 당근님의 관심은 갈수록 커지는 것 같았다.

“어느 출판사인지 되게 궁금하네요.”

복희는 오늘따라 송금이 늦는 웅이를 원망했다. 출판사 이름만은 대충 얼버무리려고 했지만 얼버무릴수록 수상해질 뿐이었다. 당근님이 물었다.

“그 출판사에서는 어떤 책 내셨어요?”

복희가 대답을 망설이자 당근님과 복희 사이에 어색한 침묵이 돌았다. 그 애매한 공기를 견디지 못한 복희가 결국 입을 열었다.

“말해도 모르실 수도 있는데…… 혹시 일간 이슬……”

“네?!”

당근님이 충격받은 표정으로 소리를 질러서 복희가 도리어 식겁했고 말문이 막혔다.

“혹시…… 낮잠 출판사 다니세요? 아니 그럼 설마…… 복희 씨?!”

당근님은 놀라움에 겨워 자신의 입을 틀어막고 있었다. 복희는 그때부터 손사래를 쳤다.

“아니에요, 아니에요~”

“낮잠 출판사 다니시는 거 아니에요?”

“아니 낮잠 출판사는 맞는데……”

"복희씨 아니세요?"

"아니에요……"

유명해지는 것을 질색하는 복희는 계속 아니라고만 했다. 하지만 당근님은 이슬아 작가의 모든 책을 완독한 뒤 굿즈까지 다 사 모았다며 애독자로서의 역사를 줄줄이 읊었다.

"제가 알기로는 낮잠 출판사에서 부모님이랑 같이 일하신다고 들었는데…… 진짜 복희씨 아니세요?"

복희는 크게 손사래를 치며 아무 말이나 했다.

"아니에요. 직원 새로 하나 뽑았어요."

당근님은 고개를 갸우뚱하며 수긍할락 말락 했다. 그제서야 입금 알림음이 울렸다. 웅이가 만 원을 보낸 것이었다. 복희는 다시 한번 당근님의 손을 덥석 잡고 정말 감사하다고 말한 뒤 365코너를 서둘러 빠져나왔다.

집에 돌아와서 입어본 원피스는 복희 몸에 잘 맞았다. 하지만 원피스를 볼 때마다 365코너 안에서의 입방정이 떠오를 것 같았다. 저녁을 먹으며 복희는 당근 거래 후기를 딸에게 전했다.

"내가 미쳤지. 거기서 출판사 얘기는 왜 꺼내가지고……"

딸은 대수롭지 않게 넘겼다.

"말할 수도 있지 뭐~"

하지만 복희는 아주 후회스러웠다.

"아니 당근님이 너무 친절하고 예쁜 아가씨라 나도 모르게 무장해장되더라고."

딸이 정정했다.

"무장해제겠지."

복희가 풉 하고 침을 튀기며 웃었다. 자기 자신에게 질렸다는 듯이 웃었다. 그날 이후 복희는 한동안 당근 거래에 직접 나서지 않았다. 심부름은 웅이 몫이었다.

가부장의 아침

쉰다섯 살 웅이의 하루는 여자들 시중을 들며 시작된다. 이른 아침 그는 알람을 듣자마자 지체 없이 침대를 빠져나와 부엌으로 향한 뒤 첫번째 여자 복희를 위해 원두를 갈고 커피를 내린다. 마찬가지로 쉰다섯 살 복희는 웅이와 달리 잠에서 깰 때 한참을 꾸물대는 편이다. 웅이가 가져다준 커피를 천천히 마시며 눈을 끔뻑이고 오늘의 일정을 떠올리다가 냉장고의 식자재들을 헤아린다. 그러다 갑자기 어젯밤에 듣고 잔 노래를 쉰 목으로 흥얼거린다. "잘 가요, 인사는 못 해요…… 아직 미~련이~ 남아서……" 그사이 웅이는 두번째 여자 슬아에게 줄 찻물을 끓인다.

서른 살의 슬아는 카페인에 취약해서 커피를 끊은 지 오래다. 그 대신 쑥차, 어성초차, 익모초차, 엄나무차 등을 즐겨 마시는데, 매일의 컨디션에 따라 다른 차를 요구하기 때문에 기호에 맞게 타주어야 한다. 웅이가 건넨 차를 마시며 슬아는 메일함을 확인하고 일정을 정리한다. 그리고 웅이에게 오더를 내린다. 낮잠 출판사라는 소조직 안에서 그들의 관계는 매우 수직적이다. 슬아가 일을 주고 웅이는 시간에 맞춰 그 일을 수행한다. 웅이에게 배당한 업무가 제시간에 이행되어 있을 것임을 슬아는 확신한다. 수년간의 동업을 통한 확신이다. 물론 그 모든 업무는 모닝 티타임 이후에 진행되어도 늦지 않다.

웅이가 다음으로 챙겨야 할 서너번째 여자는 고양이 자매인 숙희와 남희다. 태어난 지 일 년이 조금 지난 그들의 이름은 이 집의 가모장인 복희를 따라 지었지만 그들은 막상 복희에겐 큰 관심이 없다. 그들은 오직 웅이만을 좋아한다. 웅이에 대한 숙희의 애정이 특히 유별나다. 온몸을 은근하게 비틀며 웅이의 다리를 감싸고 새초롬한 눈빛으로 응시한다. 그로부터 충분한 반응이 돌아올 때까지. 숙희는 꼭 요조숙녀라는 말이 아직 유효했던 시대의 여자처럼 움직인다. 말의 억양도 다양하다. 사료, 북어, 관심, 미용 등 원하는 게 무엇인지에 따라 다른 억양으로 소리냄으로써 자신의 욕망을 구분하여 표현한다.

한편 남희는 담임선생님과 애매하게 정이 든 초등학생처럼 어색한 포즈로 사람을 대한다. 웅이가 싫지는 않지만 그렇다고 좋아 죽겠는 건 아니다. 그래도 가끔씩 웅이에게 무언가를 바란다. 이를테면 참치 같은 것 말이다. 그럴 때 숙희와 달리 남희는 어눌하게 소리낸다. 영어에 서툰 자가 영어로 말하듯이. 자기로선 아는 어휘가 별로 없다는 듯이. 물론 남희가 어휘를 늘려야 할 필요는 전혀 없다. 웅이가 남희의 언어를 배워야 할 뿐. 남희는 암컷 같지도 수컷 같지도 않다. 남희를 통해 웅이는 젠더 뉴트럴의 한 예시를 본다.

고양이 자매는 웅이 옆에서 잠들고 꼭두새벽부터 일어나 웅이가 깨기를 기다린다. 웅이는 눈뜨자마자 바삐 움직일 수밖에 없다. 그의 시중을 기다리는 여자들이 넷이나 있다. 복희, 숙희, 남희, 슬아의 심부름을 마친 뒤 비로소 자기 몫의 믹스커피를 들고 화장실에 들어가 담배를 피우며 큰일을 본다. 이것은 웅이의 일상에서 매우 고정적인 루틴이다. 새벽에 트럭 운전을 하는 날이 아닌 이상 꼭 순서대로 이행한다. 웅이는 해야 할 일을 순서대로 말끔히 마쳤을 때 비로소 평안하다.

감성과 느낌의 세계에 복희가 산다면 웅이는 이성과 규칙의 세계에 산다. 이때 예기치 못한 업무, 딱 떨어지지 않는 업무가 갑자기 추가되면 웅이는 작은 스트레스를 받는다.

어느 월요일 아침, 웅이는 여느 때처럼 하루를 시작하고 있었다. 복희를 위한 커피를 내리고 숙희와 남희를 위한 북어 살을 불리고 슬아를 위한 차를 준비하고 자신을 위한 믹스커피를 타고 있을 때, 그의 상사인 슬아가 평소와 다른 요청을 했다.

"매실 효소……"

그것은 거의 신음에 가까운 요청이었다. 술병이 난 모양이었다. 전날 밤 친구들과 함께 마라샹궈에 와인을 잔뜩 마시고 돌아왔기 때문이다. 술병이 난 자는 갈증과 함께 깨어나기 마련이다. 평소와 달리 상큼하고 시원한 매실 효소를 요청한 것도 그래서다. 웅이는 상사인 슬아의 분부를 받잡고 싶지만 매실 효소가 어디에 있는지 모른다.

"동그랗고 큰 항아리에 있어. 다용도실 가봐."

복희가 이부자리에 누운 채로 매실 효소의 좌표를 알린다. 웅이는 다용도실로 간다. 하지만 다용도실에는 여러 개의 항아리가 있고 항아리란 대부분 동그랗다. 그리고 크다는 건 아주 주관적인 표현이다.

"이중에 무슨 항아린데?"

웅이가 안방을 향해 소리친다. 복희는 여전히 안방에 누운 채 "제일 큰 거~"라고 대충 대답한다. 와중에 숙희와 남희는 빨리 북어를 달라고 아우성친다. 슬아는 슬아대로 빨리 매실 효소를 타오라고 소리친다. 주전자의 물은 팔팔 끓고 있고 복희를 위한 커피는 내리다 말았으며 무엇보다 웅이는 똥이 마렵다. 담배도 몹시 급하다. 하지만 가장 급한 건 이슬아 대표님의 갈증 해소인 것 같다.

웅이는 어수선한 마음으로 제일 큰 항아리의 뚜껑을 열고 국자로 효소를 뜬다. 그리고 찬물을 타서 종종걸음으로 슬아에게 가져다 바친다. 슬아가 그것을 쭉 들이켠다. 그리고 즉시 웩 하고 뱉는다.

"이거 매실 효소 아니야……"

복희가 다가와서 냄새를 맡아본다.

"이건 개복숭아 술이잖아. 내가 저번에 담근 거."

웅이는 억울하다.

"제일 큰 항아리에 있는 거라며!"

복희는 눈알을 굴리며 기억을 더듬는다.

"두번째로 큰 항아리였나……"

복희의 불분명한 업무 지시 때문에 웅이는 가슴이 콱 막힌다. 그 와중에 슬아가 신음한다.

"아침부터 입에 술 대니까 토할 것 같아……"

복희가 웅이를 나무란다.

"타기 전에 맛을 봤어야지. 효소인지 술인지."

웅이는 정말이지 속상하고 정신이 없다. 그리고 아까보다 더 욱더 똥이 마렵다. 담배도 미친듯이 피우고 싶다. 하지만 숙희와 남희가 더욱더 사나운 소리로 북어를 달라며 울고, 복희가 커피는 잊은 거냐며 재촉하고, 슬아는 초췌한 얼굴로 목말라 죽을 것 같다고 신음한다.

웅이는 다시 서둘러 부엌으로 간다. 항문에 힘을 주고 간다. 이 집에서 가부장제는 알게 모르게 붕괴되고 있다.

걸레질의 왕도

웅이가 아침식사중에 다음과 같이 건의한다.

"스팀청소기가 필요해요."

요구 사항이 있을 경우 웅이는 슬아에게 존댓말을 쓴다. 바닥 청소는 청소기만으로 충분하지 않고 걸레질을 해야만 완성이기 때문에 스팀 걸레 기능이 딸린 청소기를 사야 한다는 게 그의 주장이다. 슬아가 가녀장으로서 묻는다.

"얼만데요?"

그가 되묻는다.

"얼마까지 줄 수 있는데요?"

얼마까지 줄 수 있느냐니. 이것은 아이쇼핑을 선행한 사람만이 할 수 있는 질문 아닌가. 스팀청소기 시장에 얼마나 많은 제품이 있고 각 모델별로 어떤 장단점이 있으며 비쌀수록 얼마나 성능이 좋은지 미리 알아본 게 분명하다.

이곳은 가정집 겸 출판사 사무실이다. 그런 점에서 웅이의 청소노동은 집안일일 뿐 아니라 직장 환경 미화 노동이기도 하다. 슬아는 문득 직원 복지에 대한 책임감을 느낀다. 낮잠 출판사 카드를 웅이에게 건네며 말한다.

"가장 원하는 제품으로 결제하세요."

웅이는 "감사합니다" 하고 카드를 받는다. 슬아로서는 스팀청소기를 사면 집사가 딸려오는 셈이다. 얼마짜리 청소기를 사든 어차피 횡재였다.

그는 인터넷으로 며칠씩이나 스팀청소기를 더 알아본다. 슬아라면 귀찮아서 대충 정하고 끝냈을 그 쇼핑을 웅이는 정말로 즐겁게 검토하며 몰두했다.

하지만 최종적으로 결제된 것은 18200원짜리 물건이다. 그 가격에 살 수 있는 스팀청소기는 없다. 스팀청소기가 아닌 '통돌이 회전 걸레 밀대'가 웅이의 선택이었던 것이다. "시중에 나와 있는 모든 스팀청소기의 성능과 후기를 검토한 결과, 이것보다 더 좋은 건 없다는 결론에 이르렀다"고 웅이는 말한다. 관공서를 쓸고 닦는 숱한 청소노동자분들께서 애용하는 그 제품!

그리하여 웅이는 전동식 스팀청소기들을 뒤로하고 수동식 통돌이 회전 걸레 밀대로 낫잠 출판사의 온 바닥을 닦기 시작한다. 새 제품을 사용해본 결과 세척도 탈수도 간편했으며 걸레 밀대의 회전 기능 덕분에 매우 빠르게 걸레를 건조시킬 수 있었다. 삼천 원을 추가하면 페달을 밟아서 걸레를 회전시키는 '페달 스핀' 옵션으로 업그레이드시킬 수도 있으나, 웅이는 삼천 원을 아끼고자 기본형인 '핸드 스핀' 제품을 쓴다. 스팀청소기와 달리 걸레가 자동으로 움직이지 않고 직접 힘을 써서 밀어야 하지만, 사실 그것만이 걸레질의 왕도라고 그는 말한다. 걸레를 몇 번이고 계속 다시 빨며 닦는 것도 당연한 수순이다. 숙명과도 같은 이 과정을 통돌이 회전 걸레 밀대는 아주 효과적으로 도왔다.

덕분에 웅이는 이전보다 더 열렬히 바닥을 청소한다. 다 쓴 걸레는 완벽히 건조하여 공구실에 보관한다. 볼트와 너트를 비롯한 수많은 도구의 공간에 걸레가 가지런히 놓인다. 필요할 때마다 다시 쓰이도록 모든 것이 찾기 좋게 배치된 곳이다. 웅이의 인생은 도구와 상호작용하며 흐른다.

직원 복지는 요가로

월, 수, 금요일은 요가원에 가는 날이다. 복희는 자주 그 사실을 잊은 채 아침잠을 잔다. 그러나 어김없이 들려오는 슬아의 목소리.

"요가 갈 시간입니다."

인상을 찌푸린 채 눈을 떠보면 나이키 레깅스와 크롭톱을 입은 말끔한 모습의 슬아가 서 있다. 눈뜨자마자 마주하기엔 부담스러운 상대다. 그는 복희를 내려다보며 권위 있게 말한다.

"서두르셔야 합니다."

그 말은 존댓말이라서 더욱더 버겁게 들린다. 복희로선 이제 그만 자야 한다는 현실과, 일어나서 무려 요가를 해야 한다는 현실이 받아들이기 힘들다.

"몇신데……?"

불안해하며 복희가 묻고, 슬아는 요가 수업까지 남은 시간을 주지시킨다.

"십 분 뒤에 나가야 해요."

이렇게 촉박할 수가. 복희는 뭔가 억울한 심정이 든다.

"왜 안 깨웠어?"

슬아는 여유롭게 양말을 신으며 대답한다.

"스스로 일어나셨어야죠. 제가 어젯밤에 알람 맞추라고 했잖아요."

알람 설정을 깜빡했단 걸 복희는 깨닫는다. 슬아가 지적한다.

"쉰다섯 살이면 알아서 일어날 나이예요. 알람을 안 맞췄다는 건 요가 갈 마음이 없다는 거고요."

복희는 항변한다.

"아니야. 나 요가 선생님 되게 좋아해."

"좋아하면 시간을 써야죠. 엄마는 좋아한다 말만 하고 툭하면 수업을 빠지잖아."

"갱년기라서 그래. 밤에 자꾸 깨니까 아침에 너무 피곤하단 말이야."

복희가 약한 표정을 지으며 덧붙인다.

"컨디션이 안 좋아. 머리도 약간 띵한 것 같고……"

슬아는 잠시 묵묵히 복희를 바라본다. 잦은 불면증으로 고생하는 갱년기 여성의 모습이다. 애잔한 마음이 들지만 그럴수록 규칙적인 운동과 스트레칭이 중요하다는 게 슬아의 생각이다. 그는 엄격하게 말한다.

"요가 갔다 오면 무조건 나아집니다."

그리고 다시 시간을 주지시킨다.

"칠 분 남았어요."

누워 있던 복희가 한숨을 푹 쉬며 일어난다. 타의로 기상한 사람 특유의 불행한 표정으로 구부정하게 앉아서 애꿎은 웅이를 향해 소리친다.

"자기야!"

진작 일어나 고양이 자매들 아침을 챙기고 있던 웅이가 안방으로 호출당한다.

"왜?"

"믹스커피."

웅이는 즉시 분부를 받잡는다. 그가 커피를 타는 사이 복희는 주섬주섬 레깅스를 집어든다. 인상을 쓰고 낑낑대면서 다리를 끼워넣는다. 옆에서 바라보던 슬아가 말한다.

"표정이 왜 그래? 얼굴 좀 펴."

복희가 말한다.

"내가 뭘 어쨌다고 그래."

"죽상이잖아."

"내가 언제."

"아침에 요가하러 갈 수 있다는 게 얼마나 행운이야. 우리 어려웠던 시절 다 잊었어? 꼭두새벽에 청소하러 출근하던 게 엊그제 일 같은데."

복희의 머릿속에 지난날의 악몽 같은 고생들이 주마등처럼 스친다. 굳이 아침부터 회상하고 싶은 일은 아니건만 딸의 잔소리는 계속된다.

"그때 생각하면 지금 얼마나 사정이 나아졌어. 노동하는 것도 아니고 운동하러 가는 건데 얼마나 좋아. 몸도 풀리고. 선생님 말씀 들으면서 마음도 가다듬고. 그렇게 하루를 시작하면 또 얼마나 개운해. 이게 그렇게 죽상을 할 일이야?"

"알았어! 알았다고!"

복희는 정말이지 딸이 질린다. 어느새 나타난 웅이가 믹스커피 한 잔을 대령한다. 웅이는 두 사람을 쓱 바라본 뒤 중얼거린다.

"사이좋게 지내요……"

그러고선 다시 거실로 나간다. 슬아가 한 번 더 시간을 주지시킨다.

"이 분 남았어."

복희는 허겁지겁 브래지어를 몸통에 두른다. 옆에서 슬아가 끼어든다.

"브라자는 또 왜 해?"

"안 하면 가슴이 티 나잖아."

"해도 티 나거든? 어차피 티 날 건데 굳이 왜 해? 그리고 가슴이 있으면 티 나는 게 당연하지 왜 가려?"

"안 하면 사람들 다 쳐다보거든?"

"그러든지 말든지. 만약 너무 쳐다보면 그 사람 잘못이거든? 그런 사람 피하려고 브라자를 하냐? 이렇게 불편한데?"

"넌 작아서 상관없겠지만 나는 안 하면 가슴이 너무 커 보이거든?"

"아니거든? 오히려 더 강조되거든?"

복희는 소리친다. "상관 말라고."

슬아가 마지막으로 알린다. "일 분 남았어."

잠시 후 그들은 현관을 나선다. 운동화를 구겨 신고 부산스럽게 마스크를 챙기는 복희와 단전에 힘을 주고 등을 꼿꼿이 편 슬아가 나란히 걷는다. 복희는 알아들을 수 없게 툴툴댄다. 대략 존나 피곤한 스타일이라는 내용이다. 툴툴대는 복희를 보며 슬아는 중얼거린다.

"딸을 억지로 학원에 보내는 느낌이 이런 걸까."

요가원은 지척에 있어서 금세 도착한다. 요가 선생님이 모녀를 반기며 인사한다.

"오늘은 어머님도 오셨네요~"

슬아가 살가운 얼굴로 진실을 말한다.

"끌고 왔답니다."

선생님이 생긋 웃으며 복희에게 말한다.

"이런 따님이 있어서 정말 좋으시겠어요."

복희는 고개를 절레절레 저으며 매트를 편다. 그는 뒷줄에 앉고 슬아는 앞줄에 앉는다.

요가 수업은 한 시간 십 분 동안 진행된다.

수업중에 슬아는 거울을 통해 힐끔힐끔 복희를 본다. 복희는 진지하게 임하는 중이다. 노동과 세월에 의해 몸 여기저기가 굳었지만 개선된 부분도 있다. 딸에 의해 강제로 요가원에 다닌 일 년 동안 차근차근 유연해져왔다. 거울 속 복희는 잘 안 되는 동작에도 용을 쓴다. 슬아는 생각한다. 막상 저렇게 열심히 할 거면서 왜 안 오려고 한 거냐…… 그러다가 깨닫는다. 열심히 할 걸 알아서 안 오려고 한 거구나. 부담스러우니까. 누구든 아침부터 최선을 다하고 싶지는 않을 것이다. 최선을 다하지 않고도 가뿐하게 수업을 따라가는 슬아로선 알 수 없는 버거움이었다.

오늘 수업의 마지막 동작은 '우르드바 다누라 아사나'다. 누워서 양손과 양발을 땅에 댄 채로 온몸을 들어 일으키는 자세다.

우선 브릿지 자세에서 시작한다. 바닥에 등을 붙이고 무릎을 세운 뒤 엉덩이부터 들어올린다. 초급자는 여기까지만 하고, 중급자는 양 손바닥을 귀 옆에 붙인 채 팔을 쭉 뻗어 상체를 바닥으로부터 밀어낸다. 그럼 몸이 무지개 모양으로 역자세가 된다. 슬아가 안정적인 우르드바 다누라 아사나를 하는 동안 복희는 엉덩이만을 들어올린 채 버티고 있다. 그게 평소 복희의 한계다. 그런데 오늘은 왠지 복희도 양손을 귀 옆에 가져다대더니 팔을 뻗으려 시도한다. 요가 선생님이 복희에게 다가간다.

"복희님, 할 수 있어요. 도전해보세요."

복희는 용을 쓰며 최선을 다해 팔을 쭉 뻗는다. 온몸이 부들부들 떨린다. 요가 선생님은 복희를 향해 박수를 친다.

"그렇죠! 그렇게 하는 거예요. 잘하셨어요!"

슬아는 거꾸로 휘어진 채 웃음을 참으며 복희를 바라본다. 이 순간 복희는 우르드바 다누라 아사나에 처음으로 성공하였다. 바닥과 천장이 위아래로 뒤집힌 슬아의 눈에 그 모습은 꼭 하늘을 나는 것처럼 보인다.

이렇게 말이다.

날긴 나는데 우스꽝스럽게 나는 사람의 모습이다. 복희는 약 오 초쯤 버틴 뒤 박수를 받으며 내려온다. 그는 얼떨결에 자신의 최고 실력을 갱신했다. 선생님은 모두에게 말한다. 수고하셨다고. 이제 모든 걸 내려놓고 쉬라고.

복희는 땀에 흠뻑 젖은 채 사바 아사나에 접어든다. 팔다리에 힘을 풀고 눈을 감는다. 겨우 오 분간의 사바 아사나 시간이지만 복희는 그사이 깜빡 잠에 들고 꿈을 꾸고 코를 곤다.

오 분 뒤 선생님이 조용히 징을 울린다.

깜짝 놀라 '히이익' 소리를 내며 잠에서 깨는 복희. 여기가 어디고 나는 누구인지 기억해내느라 잠시 멍한 표정이 된다. 다시 모두가 일어나 앉았을 때 선생님은 두 손을 경건히 모으고 수련을 마무리하며 인사한다.

"개운하시죠?"

복희가 제일 큰 소리로 대답한다.

"네!"

선생님의 얼굴에 뿌듯함이 차오른다. 그리고 친절하게 권유한다.

"자주 좀 오세요."

복희도 두 손을 모으고 대답한다.

"그럴게요."

복희의 그 대답은 물론 진심이다. 그저 내일 아침엔 오늘과 다른 진심이 생겨날 뿐.

요가원에서 나오면 해의 위치가 아까보다 높아져 있다. 새로운 하루가 시작된 것이다. 거리엔 때죽나무와 들풀과 장미가 만발하고 늦봄의 산들바람이 모녀 주위를 감싼다. 복희가 자기도 모르게 콧노래를 흥얼거린다. 누가 봐도 행복한 사람의 콧노래다. 슬아가 무심히 말한다.

"감정 기복이 있는 편이세요."

복희는 푸하하 하고 웃는다. 웃으면서 말한다.

"어쩌라고~"

둘은 엉덩이를 흔들며 집에 돌아온다.

부엌에 영광이 흐르는가

대부분의 사람은 책을 읽지 않아도 살 수 있고 살아가야만 한다.[*] 복희도 그런 이들 중 하나다. 그는 고등학교 때 이후로 책 한 권을 다 읽어본 적이 없다. 복희에게 책은 하겐다즈 아이스크림 같은 것이다. 맛있다고들 하는데 그걸 사 먹는 이들은 따로 있는 듯하고 내 것은 아닌 것 같고 안 먹어도 딱히 지장이 없으니 더 저렴한 후식을 택한다. 혹은 팔천 원짜리 커피를 파는 카페 같은 것이다. 입장하기에 약간 어색하고 사치스럽고 조금은 낯간지럽다. 복희가 찢어지게 가난한 건 아니지만 그런 카페

* 이연실, 『에세이 만드는 법』(유유, 2021)에서 인용.

에 맘 편히 드나들 만큼 여유롭지는 않다. 비슷한 이유로 복희는 제 돈 주고 책을 사본 지 무척 오래되었다. 사실 돈보다는 시간과 더 유관한 일이다. 책이란 건 시간을 들여야만 끝까지 읽을 수 있다. 돈으로 시간을 만들면 되지 않나? 언제나 그렇지는 않다. 복희는 삶의 우선순위에서 책이라는 여유를 뒤로 미룬 지 오래되었다.

한편 복희의 딸 슬아는 한 달에 육십만 원을 벌던 스무 살 때부터 매주 책을 샀다. 그렇게 모은 책들이 지금 슬아의 서재를 이룬다. 모르는 사람들의 이야기로 가득찬 슬아의 서재가 복희는 낯설기만 하다. 복희가 잘 안다고 말할 수 있는 작가는 슬아뿐이다. 슬아가 발송한 일간 연재 원고를 즉시 읽는 독자들 틈에는 복희도 포함되어 있다. 슬아는 글을 보내놓고 담배를 피우며 아래층 안방에서 복희의 웃음소리가 들려오는지 체크한다. 복희가 울거나 웃으면 오늘의 글이 최소한 평타 이상이라는 의미다. 복희가 감흥 없이 읽을 경우 그저 그런 글일 확률이 높다. 슬아는 인터뷰 때마다 말한다. "대중적인 작가가 되고 싶어요." 대중이란 단어를 발음할 때 슬아가 떠올리는 얼굴은 복희다. 복희를 기억하는 한 슬아에게 대중은 결코 실체 없는 대상이 아니다.

복희의 실체는 유독 생생하다. 온갖 소리를 내면서 살아 있다. 그는 물 마시는 소리가 크다. 목구멍으로 꾸울꺽, 하고 시원한 소리를 내며 물을 마신다. 음식도 큼직하게 우걱우걱 씹는다. 먹는 즐거움이 삶의 즐거움인 듯이 맛본다. 배부르고 기분좋을 때면 콧구멍에서 자동으로 노래가 흘러나온다.

복희는 웬만해선 인스턴트식품을 먹지 않는다. 직접 차려먹은 집밥만이 제대로 된 삶을 살게 한다고 믿는다. 그런 복희에게도 길티플레저가 있다. 바로 믹스커피다. 슬아와 웅이가 담배를 끊지 않는 것처럼 복희도 믹스커피를 끊지 않는다. 왜냐하면 믹스커피는…… 너무 맛있기 때문이다. 건강에 해롭다는 걸 공공연히 알아도 관둘 수 없는 짓들이 삶에는 있기 마련이다. 복희의 믹스커피 레시피는 다음과 같다.

커피믹스 한 봉
끓인 물 반잔
위스키 반잔

그렇다. 복희는 아침마다 위스키 탄 커피를 즐겨 마신다. 위스키의 평균 도수는 45도다. 그렇게 센 독주도 커피랑 섞어 마시면 왠지 술이 아닌 것 같은 기분이 든다. 독주를 마시면서 얼렁뚱땅 시작되는 아침을 그는 좋아한다. 맨정신인 듯 맨정신 아닌 느낌으로 취권을 쓰듯 도인의 솜씨로 아침밥을 차리는 것이다. 달콤 쌉싸름한 향기를 입에 머금은 채 밥을 하고 국을 끓이고 채소를 볶다보면 어느새 복희의 두 손 아래에서 몇 접시의 음식이 탄생한다.

"드시러 오세요~"

복희가 서재에 있는 상사를 향해 소리친다. 그는 오늘의 밥상에 자신이 있다. 채수로 국물을 낸 시금치된장국과 현미찹쌀밥, 고사리들깨무침, 버섯칠리볶음, 마당에서 꺾어온 상추와 쑥갓으로 식탁은 풍성하다. 하지만 서재에서는 대답이 돌아오지 않는다. 슬아는 심란한 표정으로 원고를 쓰는 중이다. "다 차렸어요~" 복희가 한 번 더 소리치자 슬아가 대충 대꾸한다. "금방 갈게요." 슬아의 모니터에는 덜 완성된 글이 띄워져 있다. 그가 작성중인 문단은 다음과 같다.

> 이 시대의 식문화는 그야말로 총체적 난국이다. 공장식 축산으로 생산되는 고기, 배달음식에서 배출되는 엄청난 양의 쓰레기, 갈수록 낮아지는 식량 자급률…… 먹는 문제에 대해 우리들 대부분은 무심하고 무능하다. 재배하고 가공하고 먹고 치우는 일은 급속도로 외주화되어왔다.

다음 문장이 쉬이 이어지지 않는다. 답답한 원고라서 그렇다. 사실 슬아는 농사를 지어본 적도 쓰레기를 책임져본 적도 부엌을 책임져본 적도 없다. 단지 육식을 멈춘 소비자일 뿐이다. 하지만 칼럼 마감은 째깍째깍 다가오고 있고 뭐라도 써서 완성해야 할 시간이다.

"국 다 식어!"

부엌에서 복희가 외친다. 그것은 출판사 직원이 아니라 엄마로서의 외침이다. 근무 시간 중에 서로 존대를 하는 것이 낮잠 출판사의 원칙이지만, 때때로 복희에게선 엄마의 자아가 튀어나온다. 슬아가 책상에서 일어서며 푸념한다.

"왜 그렇게 재촉을 해. 국 좀 식으면 어때서."

복희가 엄마의 자아를 꺼내면 슬아도 딸내미의 자아를 서슴없이 꺼낸다. 딸내미의 자아란 받고 또 받으면서도 투덜대는 자식의 자아다. 쿵쾅쿵쾅 계단을 내려오는 슬아의 발걸음이 짜증스럽다. 마감을 코앞에 둔 작가는 모든 종류의 독촉에 진절머리를 낸다. 복희는 식탁을 가리키며 호소한다.

"아까서부터 차려놨어."

"알았다고."

슬아는 엄마가 유난스럽다고 생각한다. 원고가 이렇게 급한데 밥 좀 늦게 먹는 게 대수인가. 마감에 시달려보지 않은 자는 알 수 없을 것이다. 한숨을 쉬며 첫술을 뜬다. 국 한 순갈이 슬아의 입으로 호로록 넘어간다. 국이 지나치게 부드러운 것 같다.

"시금치가 너무 익었네. 거의 흐물흐물해요."

"네가 늦게 와서 그렇잖아. 아까는 딱 적당했어."

"십 분 사이에 시금치가 그렇게 익는다고?"

“당연하지, 시금치가 얼마나 예민한데! 내가 딱 맞게 끓여서 차린 거야.”

슬아는 아무 대꾸도 안 하고 마저 먹는다. 곧이어 스마트폰을 든 웅이가 나타난다. 뭐하다 이제 오느냐고 복희는 묻는다.

“뭐 좀 검색해보느라……”

“밥 먹은 다음에 하면 얼마나 좋아.”

“알았어요.”

미적지근해진 음식들이 세 사람의 입에 들어간다. 별말 없는 식탁이다. 슬아는 다음 문장을 생각하고 웅이는 스마트폰을 보고 복희는…… 복희는, 그런 두 사람을 바라본다. 그는 반찬에 대해 더 이야기하고 싶다.

“이거 된장국은 파뿌리랑 무랑 표고버섯으로 채수 낸 거야. 고사리랑 들깨는 외할머니가 농사지으신 거고. 외할머니 마당에 가보면 텃밭을 얼마나 잘 가꿨는지 몰라. 새벽에 일 나가서 오후에 퇴근하시는데 언제 그렇게 키웠나 모르겠어. 나는 상추를 세 평밖에 안 키우는데도 제때 못 따 먹잖아. 마당에 가면은 다 자란 상추들이 뽑아달라고 아우성을 친다니까. 우리 엄만 진짜 대단해~”

슬아가 건성으로 고개를 끄덕이고 웅이는 스마트폰 보며 음식을 씹는다.

복희가 씩씩한 어조로 푸념한다.

“아유 참, 보람이 없구만!”

슬아가 복희를 본다.

“왜 오바야. 잘 먹고 있는데.”

특별한 이야기 없이 식사가 끝난다. 슬아와 웅이가 일어서고 복희는 혼자 남아 밥상을 치운다. 식탁에는 양념 묻은 빈 그릇들이 예쁘지 않은 모양으로 남아 있다. 복희 눈엔 어쩐지 그것이 처량하게 느껴진다. 그릇을 개수대에 옮기고 양념을 물로 헹궈내면서 어떤 허무함을 느낀다. 어딘가 익숙한 허무함이다. 어쨌거나 설거지는 미루지 않는 게 좋다. 여름이 다가오니 금세 날파리가 낄 것이다.

복희는 오랜만에 지난 가부장을 떠올린다. 시아버지 말이다. 그가 통치하는 집안에서 밥 차리고 치우는 일은 가장 하찮은 일이었다. 잘해내는 게 당연하게 여겨졌고 조금만 실수하면 면박을 들었다. 끼니마다 복희를 입주 가사도우미처럼 쓰고도 십 년 넘게 임금 한 번 주지 않았다. 그런 일로 임금을 받는 며느리나 아내를 복희는 만나보지 못했다. 그런 점에서 복희의 딸 슬아는 시아버지와 달랐다. 가사노동에 대한 비용을 복희 통장에 달마다 따박따박 이체하는 가장이다. 그렇지만……

그렇지만 복희는 무슨 말이 하고 싶은 건지 모르겠다. 다만 자신의 수고가 바람처럼 날아가는 것 같다. 준비한 시간에 비해 식사는 언제나 휘리릭 끝나버리고 만다. 하루이틀만 지나도 오늘 차린 밥상 같은 건 슬아나 웅이나 기억하지 않을 것이다. 복희 자신조차도 잊을 게 분명하다. 그걸 뭘 굳이 기억하고 앉아 있나. 삶은 앞으로만 흐르고 끼니때는 금방 다가올 텐데. 복희는 다음 메뉴를 고민하며 두 모금 남은 믹스커피를 홀짝인다. 코가 띵해지는 동시에 혀가 달아지는 맛이다.

슬아는 서재로 돌아와 책장을 기웃거린다. 다른 작가가 쓴 문장을 인용하는 건 슬아가 글 안에서 길을 잃을 때마다 튀어나오는 버릇이다. 책장에는 세계문학전집 코너가 있다. 이미 죽은 거장들이 슬아에게 말을 거는 듯하다. 그때 불쑥 말소리가 들려온다.

"저녁에 뭐 해 먹을까?"

복희의 입에선 단 냄새와 술 냄새가 동시에 난다. 아점 먹자마자 저녁 메뉴를 묻다니. 고개를 돌리지 않은 채 슬아는 대답한다.

"뭐든 상관없어."

여름날의 오후가 무상하게 흐르고 있다. 멍하니 서재를 바라보던 복희가 말한다.

"좋겠다. 책은 한 번 쓰면 몇천 부 찍을 수 있잖아."

슬아가 눈썹을 가볍게 치켜올린다. 당연한 얘기이기 때문이다.

"엄마, 그게 바로 '인쇄'라는 거거든?"

이런 대화는 둘 사이에서 오래된 레퍼토리처럼 반복되어왔다. 복희가 당연한 사실을 새삼스레 이야기할 때 슬아가 매우 기본적인 단어를 들이밀며 놀리는 식이다. 대화는 다음과 같이 변주될 수 있다.

"어디에서든지 뭘 검색할 수 있고 요즘 세상은 정말 신기해!"

"엄마, 그게 바로…… '인터넷'이라는 거거든?"

"너는 맨날 밥 먹고 하는 일이 답장 쓰는 거잖아. 방안에 가만히 앉아서 그 많은 편지를 주고받을 수 있다는 게 역시 신기해!"

"엄마, 그게 바로…… '이메일'이라는 거거든?

이러나저러나 그게 바로 인쇄라는 슬아의 대답은 일리가 있다. 작가를 탄생하게 하는 기술의 역사는 몇천 년 전부터 요동치며 흘러왔다. 슬아의 직업도 목판 인쇄술과 금속 활자 인쇄술과 디지털 인쇄술의 발명으로 가능해졌다. 무구정광대다라니경도 직지심체요절도 구텐베르크 혁명도 중요한 정보를 한꺼번에 널리 퍼뜨리려는 욕망에서부터 출발했을 것이다. 덕분에 이야기 만드는 사람의 영광도 몇 번이고 복사될 수 있었다. 한 번 잘 써놓은 이야기는 하루이틀이 지나도 날파리가 끼지 않았다. 몇백 년이 흘러도 생명력을 잃지 않은 듯한 작품들이 슬아의 서재에 꽂혀 있었다.

하지만 복희의 세계에서 그런 일은 결코 당연한 얘기가 아니다.

“밥은 책처럼 복사가 안 돼. 매번 다 차려야지. 아점 먹고 치우고 돌아서면 저녁 차릴 시간이야.”

슬아는 그제야 복희를 돌아본다.

이런 상상을 해보기로 한다. 하루 두 편씩 글을 쓰는데 딱 세 사람에게만 보여줄 수 있다면 어떨까. 세 명의 독자가 식탁에 모여앉아 글을 읽는다. 피식거릴 수도 눈가가 촉촉해질 수도 아무런 반응이 없을 수도 있다. 읽기가 끝나면 독자는 식탁을 떠난다. 글쓴이는 혼자 남아 글을 치운다. 식탁 위에 놓였던 문장이 언제까지 기억될까? 곧이어 다음 글이 차려져야 하고, 그런 노동이 하루에 두 번씩 꼬박꼬박 반복된다면 말이다.

그랬어도 슬아는 계속 작가일 수 있었을까? 허무함을 견디며 반복할 수 있었을까? 설거지를 끝낸 개수대처럼 깨끗하게 비워진 문서를 마주하고도 매번 새 이야기를 쓸 힘이 차올랐을까? 오직 서너 사람을 위해서 정말로 그럴 수 있었을까? 모르는 일이다. 확실한 건 복희가 사십 년째 해온 일이 그와 비슷한 노동이라는 것이다.

새삼스레 슬아는 미안하다고 느낀다. 하지만 미안함보다 민망함이 앞선다. 사랑하는 사람에게 미안하다고 말하는 것은 때때로 너무 어렵다. 사랑하는 사람에게 사랑한다고 말하는 것만큼이나.

복희는 벌게진 얼굴로 서재 한쪽 벽에 기대서 있다. 조금 취한 듯하다. 슬아는 괜시리 대표의 자아를 꺼내 말한다.

"근무중에 음주를 하시나봐요."

복희가 컵을 들며 결백을 주장한다.

"믹스커피에 타 먹으면 별로 안 취해요."

그럴 리가 없다. 그래도 슬아는 고개를 끄덕인다.

"커피랑 위스키는 출판사 카드로 결제하셔도 돼요."

동정은 필요 없다는 듯이 복희가 대답한다.

"됐어요. 제 월급으로 삽니다."

슬아는 무슨 말을 하면 좋을지 망설이다가, 세계문학전집 코너에서 책 한 권을 꺼내 든다. 라우라 에스키벨의 소설이다.

"이 책 한번 읽어봐요. 엄마 같은 주인공이 나와."

복희가 건네받는다.

"『달콤 쌉싸름한 초콜릿』? 초콜릿 만드는 얘기야?"

"밥하는 얘기예요."

슬아는 미안하다는 말을 그런 식으로 한다. 복희는 마치 새로 이사온 이웃집 여자 소식을 살피듯 책을 펼친다. 소설의 첫 두 문장은 다음과 같다.

양파는 아주 곱게 다진다. 양파를 다지면서 눈물을 흘리고 싶지 않다면 자그마한 양파 조각을 머리 위에 얹는다.

복희는 흥미로워진다. 책을 펼친 채 안락의자로 가서 앉는다. 슬아의 독서 전용 의자다. 복희가 서재에 드나든 적은 많아도 그곳에 앉는 건 처음이다. 슬아가 복희를 힐끔 본다. 복희는 이어지는 문장을 따라가고 있다.

티타는 나차가 양파를 다질 때 때때로 아무 이유 없이 그냥 울었다. 하지만 두 사람 모두 이 눈물의 의미를 알았기 때문에 심각하게 생각하지는 않았다. 심지어 둘이 함께 울면서 재미있어하기까지 했다. 티타는 어렸을 때 기뻐서 흘리는 눈물과 슬퍼서 흘리는 눈물을 제대로 구별하지 못했다. 티타에게는 웃음도 울음의 또다른 표현이었다.⁂

"나 이거 뭔 말인지 알아~"

복희가 책을 읽다가 소리내어 맞장구친다. 그는 기쁨과 슬픔이 마치 반죽처럼 엉겨붙어 있다고 오랫동안 생각해왔다. 양파를 다지다가 울고 웃는 두 여자애의 모습은 복희에게 전혀 모순

⁂ 라우라 에스키벨, 『달콤 쌉싸름한 초콜릿』(권미선 옮김, 민음사, 2004)에서 인용.

적이지 않다. 알싸한 향이 나는 양파 옆에서라면 더더욱 그럴 법했다. 복희는 후각이 발달한 독자다. 슬아가 무심히 건넨 책에서 복희는 문학의 향기를 맡아버린다.

『달콤 쌉싸름한 초콜릿』의 몇 페이지가 휘리릭 넘어간다. 그러다 복희가 풉, 하고 웃는다. 삶의 즐거움과 먹는 즐거움을 혼동하는 주인공 티타의 모습이 꼭 자기 같아서다.

티타나 복희나 부엌에서 삶을 배웠다. 복희는 초등학교 2학년 때부터 식구들 밥을 책임졌다. 복희네 가족은 떨이로 싸게 파는 과일도 어쩌다 한 번 사 먹을 수 있을 만큼 가난했다. 복희 엄마 존자는 이렇게 말하곤 했다. 벌레 먹은 과일만 먹여 키워서 우리 복희가 키가 작은 거라고. 그러나 어린 복희는 벌레 먹은 과일이 달큰하기만 했다. 참기름이 귀해서 한 방울밖에 못 넣은 김치볶음도 좋았다. 충분하지 않은 재료를 가지고 어떻게든 맛을 성취하는 게 그에겐 익숙했다.

소설 속 티타도 그런 종류의 인간이었다. 하루는 티타의 음식 저장고가 거의 텅 비어버린다. 창고에 남은 건 옥수수와 시든 콩, 그리고 칠레 고추뿐이다. 티타는 안다. 약간의 정성과 상상력만 발휘하면 훌륭한 식사를 차릴 수 있다는 것을. 별거 없는 부엌에서 성대한 칠레 고추 요리를 뚝딱 해내는 티타를 읽으며 복희는 혼잣말했다.

"얘 천재네."

그 순간 할머니의 얼굴이 퍼뜩 떠올랐다. 사는 내내 복희에게 천재라는 말을 아끼지 않았던 할머니.

복희는 어릴 적부터 다인분의 밥을 수준급으로 차릴 수 있었다. 누구에게도 배우지 않았는데 부엌에만 가면 혼자서 배워나갈 수가 있었다. 그런 걸 재능이라고 생각해본 적은 딱히 없었다. 다만 복희네 할머니 순남은 동네 사람들에게 손녀딸을 이렇게 자랑하곤 했다.

"우리 복희는유, 똥도 버리기 아까운 사람이어유~"

어린 복희는 그 말이 부끄러웠다. 자랑을 꼭 그렇게 해야 되나 싶었다. 하지만 이제는 알 것 같다. 그 가난한 부엌에서 일하며 자신이 얼마나 귀하게 대접받았는지를. 할머니는 당부했다. 우리 복희는 밥을 잘하니까 밭에 내보내지 말라고. 막내딸 티타가 가진 부엌의 전권을 복희 역시 초등학생 때부터 쥐고 있었다.

슬아는 복희가 모처럼 책에 몰입하는 듯하자 설명을 덧붙이고 싶어진다.

"엄마, 그건 아주 유명한 남미 소설이에요. 남미 문학의 특징이 마술적 리얼리즘인데……"

복희는 방해를 받은 사람처럼 책에서 고개를 뗀다.

"뭔 리얼리즘?"

"마술적 리얼리즘…… 그야말로 마술적이면서도 리얼한 작법을 말하는 거예요. 도대체 어째서 그게 가능한 건가 싶을 만큼 마법 같은 순간을 일일이 설명하지 않으면서 당연하게 전개해요. 환상적인 일들도 되게 현실적인 일들처럼 묘사하고요."

"뭐래는 거야……"

"예를 들어 티타는 튀겨지는 도넛처럼 사랑에 빠지잖아. 그리고 슬픔에 잠긴 티타가 케이크를 만드는데, 하객들이 그 케이크를 먹고 죄다 슬픔에 전염되어버리잖아. 과장된 표현이 여기저기 남발되어 있는 거지."

슬아의 장황한 설명에 복희가 대꾸한다.

"그거는 과장이 아니라 진짜야. 난 그게 뭔지 알아."

그러자 슬아는 입을 다문다. 복희와 달리 그게 뭔지 모르기 때문이다.

슬아가 『달콤 쌉싸름한 초콜릿』을 읽은 건 대학의 문학 수업에서였다. 남성 중심 문학에서 소외되어 있던 부엌과 음식이라는 소재를 전면에 부각시킨 소설이라고 교수님은 설명했다. 하지만 이제 와서는 자문하지 않을 수 없다. 그것이 비단 남성 중심 문학의 문제인가. 슬아는 여성인데도 종종 복희의 부엌과 음식을 소외시키지 않았던가.

수많은 할아버지들처럼. 아버지들처럼.

우리 할아버지는 언제나 이것에 실패했지. 부엌일하는 사람을 귀하게 여기는 것에, 언제나 실패했지. 복희가 차린 밥을 매일 대접받으면서도 그랬지. 슬아는 자신이 가부장의 실패를 반복했다고 느낀다.

그러는 사이 복희는 집중해서 책을 마저 읽는다. 소설은 복희의 눈코입을 통과하며 거의 정확하게 이해받고 있다. 바로 이 사람을 독자로 만나기 위해 몇백 년을 살아남았다는 듯이, 소설은 복희의 손 아래에서 영광을 누린다.

해가 저문다. 슬아는 쓰던 글을 더디게 완성하고 송고한다. 같은 방 안에서 복희는 소설의 마지막 장을 덮는다. 『달콤 쌉싸름한 초콜릿』은 복희가 고등학교를 졸업한 이후 처음으로 완독한 소설이 된다. 책을 읽느라 오후를 다 쓰다니. 복희는 스스로가 놀랍다. 그리고 책이라는 것이 놀랍다.

"책은 역시 멋진 거야."

그 사실을 오랫동안 까먹었던 사람처럼 복희가 중얼거린다. 복희 마음엔 소설 속 문장들이 생생하게 일렁이고 있다.

"티타네 할머니가 그러는데, 우리는 다들 몸 안에 성냥갑을 하나씩 품고 태어난대. 근데 혼자서는 성냥에 불을 댕길 수가 없대."

"기억나. 촛불이 결국 타인이라는 얘기였지?"

"응. 혼자서도 활활 잘 타오르는 사람은 드물어."

"맞아."

"아무도 안 읽어준다고 생각하면 글쓸 수 있겠어?"

"아니."

"나도 마찬가지야."

복희는 자신을 조금 더 이해하게 된 채로, 그러니까 자신과 조금 더 가까워진 채로 서재를 떠난다. 서재를 떠나 부엌으로 간다. 저녁을 차릴 시간이다. 대부분의 사람은 책을 읽지 않아도 살 수 있고 살아가야 하지만, 밥은 그렇지 않기 때문이다. 때때로 한끼의 식사는 한 편의 글만한 대접도 못 받는다.

그러나 부엌에 대한 문장만으로 꽉 찬 책도 있음을 오늘의 복희는 안다. 자신을 닮은 여자애가 맨날 맨날 밥하는 소설이 얼마나 흥미진진하고 에로틱하고 마술적이며 영광스러웠는지도.

부엌의 칼질 소리와 달그락거리는 접시 소리를 가만히 들으면서 슬아는 새로운 글을 쓰기 시작한다.

제목은 '달콤 쌉싸름한 믹스커피'.

첫 문단은 다음과 같다.

부엌은 그를 배신하지 않는다. 그가 부엌을 배신한 적이 없듯이. 사는 게 꽃 같은 날에든 좆같은 날에든 그는 믹스커피 한 잔에 위스키 반잔을 섞는다. 달콤 쌉싸름한 그것을 홀짝이며 조리대에 기대선다. 부엌이 말을 거는 소리를 듣는다.

복희를 향한 슬아의 마술적 리얼리즘이 시작되고 있다. 어쩌면 걸작이 될 수도 있지만 밥이 다 차려진다면 언제든 쓰기를 멈출 것이다.

남의 찌찌에 상관 마

거대한 방송국 정문 앞에 차 한 대가 나타난다. 조신하게 속도를 줄이며 정차하는 운전자는 낮잠 출판사의 성실한 직원 웅이다. 웅이는 과거에 사성장군을 모시던 운전병이었으나 이젠 가녀장을 극진히 모시며 돈을 번다. 그에겐 사성장군보다 가녀장군이 훨씬 중요한 상사다. 차에서 내리는 가녀장군의 자태는 산뜻하고도 용맹하다. 웅이가 차 안에서 슬아를 배웅한다.

"다녀오시죠. 아래에서 대기하고 있겠습니다."

슬아가 신용카드를 건넨다.

"시장하시면 국수라도 사 드세요."

"감사합니다."

웅이가 차창을 올린다. 방송국 안으로 성큼성큼 걸어들어가는 슬아의 흑발이 수양버들처럼 찰랑인다.

대기실에 도착하자 섭외를 맡았던 방송작가가 기다리고 있다. 슬아가 패널로 출연하는 프로그램의 첫 촬영날이다. 작가가 묻는다.

"메이크업 받으시겠어요?"

슬아는 잠시 고민한다.

"지금 이대로 괜찮습니다."

그야 화장을 안 해도 졸라게 멋지기 때문이다. 물론 화장을 해도 졸라게 멋지지만 오늘 하고 싶지는 않은 것이다. 슬아는 방송국식 화장이 조금 바보 같다고 생각해왔다. 받고 나면 모두가 조금씩 비슷한 얼굴이 되어버린다. 그는 눈이 커 보이기를 원하지 않는다. 주근깨가 사라지거나 코가 높아지거나 턱선이 날렵해지기를 원하지도 않는다. 하지만 맘에 드는 색의 립스틱을 바르는 것은 언제나 즐겁다.

선크림에 립스틱만 바른 채로 슬아는 대본을 훑는다. 대기실에 새로운 이들이 걸어들어온다. 남자 소설가 한 명과 여자 영화감독 한 명. 슬아와 함께 출연할 패널들이다. 초면이지만 서로 반갑게 인사를 나눈다. 슬아는 남자 소설가가 쓴 책 한 권을 얼추 흥미롭게 읽은 적이 있다. 반면 여자 감독이 만든 영화는 빠짐없이 챙겨봤다. 그들 셋은 독서 권장 프로그램의 공동 패널로서 적절히 재미있고 의미 있는 이야기를 나눌 예정이다.

생방송 시작까지 삼십 분이 남았다. 리허설이 시작된다고 한다. 세트장을 향해 걷는다. 남자 MC가 진행자 자리에서 기다리고 있다. 네 사람이 인사를 나누고 각자의 자리에 앉는다. 슬아의 자리는 소설가와 영화감독 사이이다. 세트장 소파 중앙에 앉아 핀마이크를 건네받는다. 슬아의 마이크 착용을 돕던 여자 스태프가 멈칫한다.

"왜 그러시죠?"

슬아가 묻자 스태프는 당황한 기색으로 "잠시만요" 하고 사라진다.

소설가와 영화감독은 문제없이 마이크 착용을 마친 듯하다. 슬아는 마이크가 오기를 기다린다. 사라진 스태프는 세트장 구석에서 몇몇 사람과 이야기를 나누는 중이다. 표정이 굳은 걸 보니 심각한 사안으로 보인다.

대기실에서 만났던 섭외 담당 작가가 다시 나타난다. 그는 여자다. 여자로서 은밀히 조언하듯이 슬아에게 속삭인다.

"저기, 속옷을…… 착용하셔야 한다고……"

슬아가 자신의 팬티 색깔을 기억해내며 되묻는다. "속옷이요?"

"네…… 그…… 브래지어를……"

"아!"

팬티 말고 브라였다. 그놈의 브래지어. 슬아는 익숙한 답답함을 다스리며 차분히 묻는다.

"브래지어를 하라고 말씀하신 게 혹시 어느 분일까요?"

담당 작가는 곤란해하며 피디 쪽을 본다.

"제가 직접 이야기 나눌게요."

슬아가 피디에게 성큼성큼 다가간다. 카메라 뒤에 선 피디는 빠르게 가까워지는 슬아를 보며 머리를 긁적인다. 그는 남자다. 남자 피디 앞에 바짝 다가선 슬아가 인사한다.

"안녕하세요, 피디님."

"네, 작가님."

"브래지어에 대해 말씀하셨다고 들었어요."

"네, 그게……"

"문제가 되나요?"

"아무래도…… 밝은 톤의 옷을 입으셔서……"

슬아가 오늘 입은 옷은 크림색 셔츠다. 단정한 상의이며 딱히 비침이 없는 소재다. 슬아가 남자 소설가를 가리키며 묻는다.

"저분 옷이 더 밝지 않나요?"

소파에 앉은 남자 소설가에게로 모두의 시선이 향한다. 그는 새하얀 티셔츠를 입고 있다. 이곳에서 그의 젖꼭지는 아무런 문제가 되지 않는다. 남자의 젖꼭지를 문제삼는 장소가 있던가. 여름날 학교 운동장에서 셔츠를 훌렁훌렁 벗고 등목하는 이들도 모두 남자애들뿐이었다.

피디는 곤란해하며 말한다.

"아무래도 이슬아 작가님은 여성분이시다보니……"

슬아는 이런 대화가 국민체조만큼이나 익숙하다. 그나저나 피디는 말을 끝까지 맺지 않는 것이 습관인 모양이다. 슬아가 피디의 말을 따라 하며 묻는다.

"여성분이시다보니?"

"그러다보니…… 시청자분들이 불편해하실 수가 있어서……"

"그렇군요~" 라고 대답하면서 슬아는 그게 내 알 바인가 생각한다. 세트장 인물들의 시선이 점점 슬아와 피디에게로 모이고 있다. 슬아는 좀처럼 물러설 생각이 없다.

"브라를 하고 말고는 제가 알아서 할 일인 것 같은데, 피디님 생각은 어떠세요?"

피디는 머리를 긁적이며 대답한다.

"맞습니다. 근데 이게 제가 결정할 수 있는 부분이 아니라서……"

"그럼 누가 결정할 수 있는 부분일까요?"

"아무래도…… 윗분들이 컨펌하지 않으실 거예요."

슬아는 자신의 유두가 컨펌받아야 할 대상이라는 게 웃겨서 푸하하 하고 웃어버린다. 슬아가 웃자 모두가 쳐다본다. 웃음 뒤에는 한숨이 새어나온다. 겨우 m&m 초콜릿 한 알만한 젖꼭지를 가지고 이럴 일인가. 가까이에서 자세히 들여다보지 않으면 거의 알아챌 수도 없는데 말이다. 물론 포도알만한 젖꼭지나 앵두만한 젖꼭지 역시 문제될 이유가 없다.

한숨 속에서 슬아는 만나본 적 없는 윗분들의 얼굴을 상상해본다. 피디는 부장님 핑계를 대며 노브라를 반대하고 있다. 부장은 자신의 상사인 국장님 핑계를 대며 반대할 것이다. 국장은 사장 핑계를 댈 것이고, 사장은…… 사장은 어떤 윗사람의 핑계를 댈까? 윗사람의 윗사람의 윗사람을 거슬러서 저 하늘 끝까지 올라가면 누가 있을까? 사장이 기독교 신자라면 하나님이 계실 것이다. 불교 신자라면 부처님이 계실 수도 있다. 하나님과 부처님은 브래지어 따위 한 번도 안 차보셨을 테니 이게 얼마나 환장할 불편함인지 알 턱이 없다. 혹시 성모 마리아께서는 브래지어를 하셨을까. 부디 아니셨기를 슬아는 소망한다.

윗분들과 국민들에 대한 이야기를 피디는 계속해서 이어가고 있다.

"불편해하실 분들이 많으세요. 국민 정서상 문제가 될 수 있어서……"

국민 정서는 누가 정하는가? 슬아도 국민인데 남의 찌찌에 관심이 없다.

"출연자의 상체가 불편한 것은 문제되지 않나요? 피디님도 유두가 있으시잖아요. 제 유두만 특히 더 가려야 하는 이유가 뭐죠? 유두가 훤히 드러나는 옷을 입은 것도 아니잖아요."

두 사람이 옥신각신하는 사이 생방송 시작 시간이 코앞에 다가왔다. 작가들과 스태프들이 초조해 보인다.

"피디님, 지금 오 분 전이라……"

피디를 재촉하는 듯하지만 모두 슬아를 바라보고 있다. 원망 섞인 응시다. 슬아가 조금만 양보하면 모든 일이 수월해질 것이다. 다들 그렇게 하는데 슬아는 왜 여기 와서 굳이 고집을 부린단 말인가. 소파에 앉아 있던 여자 영화감독도 슬아에게 다가와서 타이른다.

"무슨 얘긴지 알아. 나도 많이 겪어봤어. 근데 여긴 싸우기 적절한 장소가 아니야. 다음에 싸우자."

여자의 말을 연대라고 생각할 수도 있을 것이다. 하지만 싸우기 적절한 장소가 도대체 어디일까? 그리고 다음은 언제일까?

슬아도 안다. 이쯤 되면 그냥 브래지어를 하는 게 더 편하다. 설득보다 그게 더 간단하다.

이런 상황에 대비해 늘 챙겨 다니는 것이 있다. 바로 니플 패치. 유두를 가리는 목적으로 제작된 스티커다. 몹시 짜증나는 상황에선 어쩔 수 없이 이것을 사용해야 한다. 마지막으로 사용한 건 지난 추석 때였다. 브래지어보다 할아버지의 잔소리가 더 번거로운 방식으로 불편했기 때문에 양쪽 가슴에 붙였다. 니플패

치는 대부분 꽃모양이다. 슬아는 젖꼭지에 스티커를 붙여야 한다는 사실도 좆같지만 그것이 꽃모양이라는 사실도 좆같다고 느낀다. 몇 시간 붙였다가 떼고 나면 꽃모양의 땀띠 자국이 남는다.

"가슴을 티 안 나게 하라는 거죠? 알겠습니다."

그렇게 말하고 돌아서는 슬아의 뒤에 대고 피디가 고맙다고 말한다. 피디와 작가들이 서로 눈을 마주치며 고개를 절레절레 젓는다. 생방송 시작 삼 분 전이다.

세트장 벽 뒤에서 슬아가 파우치를 연다. 그리고 살색 니플 패치를 꺼내든다. 옆에 사람이 없는 것을 확인한 뒤 셔츠 단추를 푼다.

"이 분 전입니다!"

슬아는 끈적끈적한 니플 패치를 손에 들고 있다. 붙이기만 하면 된다. 붙인 뒤에 마이크를 차고 방송에 임하기만 하면 된다. 그러나 슬아는 돌연 골똘해진다.

'이거 안 붙이면 어쩔 건데, 씨바?'

그야 슬아도 모른다. 한국에서 노브라로 방송에 출연한 여자를 한 명밖에 본 적 없기 때문이다. 그 여자는 무사하지 않았다. 슬아는 그 일을 오랫동안 곱씹었다. 그 여자가 유별난 것처럼 이야기되던 것을 참을 수가 없었다.

"일 분 전입니다!"

벽 뒤에서 재촉하는 소리가 들려온다. 슬아는 양손으로 니플 패치를 구겨버린다. 시원하게 꽉꽉 구겨서 바지 주머니에 쑤셔 넣는다.

세트장 한가운데로 걸어가 앉는 슬아의 호흡은 편안하기만 하다.

그렇게 생방송이 시작된다.

두 시간 뒤, 국수로 배를 채운 웅이가 방송국 정문 앞에 다시 나타난다. 차를 대기시킨 채 슬아의 퇴근을 기다리고 있다. 슬아는 아까처럼 산뜻하고 용맹한 모습으로 정문에서 걸어나온다. 조수석에 탄 슬아에게 웅이는 묻는다.

"촬영 어떠셨나요?"

슬아는 태평히 대답한다.

"다음주부터는 안 와도 된대요."

"고정 패널로 섭외된 거 아닌가요?"

"짤렸어요."

웅이는 별말 없이 차를 몬다. 한 손으로 핸들을 잡고서 다른 한 손으로는 슬아에게 담뱃불을 붙여준다. 사정은 모르지만 괜히 이렇게 중얼거려본다.

"방송국놈들이 바보지 뭐."

슬아가 고개를 끄덕인다.

"괜찮아요. 저 사람들 조만간 도태될 거야."

그러자 웅이의 머릿속엔 멸종한 생물들이 그려진다. 슬아는 차창을 내린다. 습하고 무거운 공기가 차 안으로 훅 들어온다.

"더워라. 등목 한판 하고 싶네."

한 번도 해보지 않은 그것을 생각하며 슬아는 방송국으로부터 유유히 멀어진다.

혼란스러운 가부장

“오늘은 조금 일찍 퇴근해도 될까요?”

웅이가 슬아의 서재를 빼꼼 들여다보며 정중히 질문한다. 슬아는 쓰던 글을 멈추고 시계를 본다. 오후 다섯시다.

“뭐 때문에 그러시죠?”

“저녁에 동창 모임이 있어서요.”

그는 이미 나갈 채비를 마친 모습이다. 슬아가 몇 가지를 체크한다.

“청소기 다 돌리셨나요?”

“네.”

“걸레질은요?”

"했습니다."

"고양이 똥은요?"

"치웠습니다."

"마당은요?"

"풀 뽑고 물 주고 쓰레기도 다 내놨습니다."

"우편물 정리도 마치셨겠죠?"

"물론입니다."

슬아의 고개가 위아래로 가볍게 끄덕여진다.

"수고하셨습니다."

"감사합니다."

웅이의 조기퇴근이 확정된다. 슬아가 묻는다.

"차 몰고 나가실 건가요?"

"아뇨. 그럼 이따가 대리 불러야 하니까 버스 타고 갈 겁니다."

"날이 많이 더운데 택시 타지 그러세요?"

웅이가 슬픔 없이 대꾸한다.

"저는 대표님처럼 부자가 아니라서요."

슬아도 연민 없이 배웅한다.

"듣고 보니 그렇네요. 재밌게 놀다 오세요."

웅이는 버스를 타고 약속 장소에 간다.

모두가 잊고 있지만 웅이는 한때 문학청년이었다. 문학청년이라는 말이 어떠한 조롱도 없이 쓰이던 시대의 문학청년 말이다. 웅이 역시 자신의 문청 시절을 잊고 지내다가 동창들의 연락이 오면 기억해낸다.

고등학교 때 웅이가 선택한 동아리는 신문반이었다. 웅이는 남고의 신문반 취재기자로서 몇 편의 짧은 글을 학교 신문에 기고했다. 취잿거리는 대동소이했다. 영어 선생님의 득남 소식이랄지 졸업생의 후원금 기부 소식 따위였다. 신문반 동아리실에는 늘 빠따가 있었다. 빠따는 3학년이 1학년을 때릴 때 사용되었다. 기사를 못 쓰면 때리고 오타가 나도 때리고 모임에 늦어도 때렸다.

자기가 선배가 되었을 땐 빠따를 들지 않았다고, 웅이는 슬아에게 말하곤 했다. 고작 그게 자랑이 될 수 있나? 하고 슬아는 생각했지만, 당시의 웅이로서는 빠따를 들지 않는 게 꽤나 큰 용기이고 결심이었다.

이제 그런 동아리는 사라졌다. 그러나 여전히 신문반 동창회가 열린다. 졸업한 지 삼십 년도 넘었건만 일 년에 한 번쯤 모여 세상 사는 이야기를 하는 것이다. 버스에서 내려 술집에 들어가면 서로 때리거나 맞았던 남고생들 몇 명이 아저씨가 된 채로 모여 있다.

오래된 중식집의 원형 테이블 위 안주들과 고량주를 사이에 두고 아저씨들은 떠든다. 비슷한 나이여도 어떤 이는 사십대 후

반처럼 보이고 어떤 이는 육십대 초반처럼 보인다. 누구는 잘 벌고 누구는 죽을 쑤며 지내지만 다들 비슷한 추억을 회상하고 있다. 그중 마당발인 상명이가 이런저런 소식을 전한다.

"수학 선생님 돌아가신 거 아냐?"

"그랬어?"

"난 장례식도 갔다 왔어."

"그 선생님 진짜 지랄맞았는데…… 졸았다고 싸대기를 얼마나 씨게 갈겼는지."

"알지. 나도 존나게 맞았잖아."

웅이도 수학 시간에 자주 졸던 고등학생이었다. 창가 옆자리에 앉으면 봄바람에 커튼이 휘날리곤 했다. 커튼 자락이 살랑거리며 그의 팔뚝을 간지럽히면 아주 솔솔 잠이 왔다. 졸다가 별안간 빰을 후려맞으며 깨어나는 날들이었다.

웅이는 삼십 년 전의 교실을 생각하며 동창들의 이야기를 잠자코 듣는다. 모두 왁자하게 떠드는 중이다.

"난 수학 선생님보다 광섭이 형이 더 싫었어."

"맞어. 광섭이가 진짜 지랄이었지."

"그 형이 날뛸까봐 무서워서 신문반 탈퇴하지도 못했잖아."

"걔는 애들을 왜 그렇게 팬 거냐, 씨바?"

"몰라~"

광섭이 형을 욕하는 민식이에게 영철이가 지적한다.

"나중에 너도 후배들 때렸잖아, 인마."

민식이는 사리 분별을 확실히 하듯 대답한다.

"아니 그거는 애들이 기본을 안 지키니까~"

몇몇은 민식이가 빠따 들던 모습이 기억나서 웃는다.

"이 새끼 군기 졸라게 잡았어."

"기억나. 엎드려뻗쳐 시키고 장난 아니었다고."

민식이가 항변한다.

"최소한의 개념 정도는 가르쳐야 될 거 아니야."

옆에 있던 창용이가 민식이 편을 든다.

"난 그럴 수 있었다고 봐. 맞아야 정신 차리는 애들이 있다니까?"

웅이는 웃으면서 술을 홀짝인다. 지나간 폭력들은 염통꼬치서너 줄만한 안줏거리가 된다.

가족 이야기로 화제가 넘어가자 상명이가 푸념한다.

"우리 집사람은 있잖아. 내가 설거지만 하면 잔소리야."

"왜?"

"그렇게 하는 게 아니래. 자꾸 더 깨끗하게 하래잖아."

"제수씨가 깐깐하네."

"깐깐한 게 아니라 화풀이 같애. 나만 갖고 난리야. 집안일을 도와줘도 뭐라 그런다니까. 내가 어떻게 도와줄 맛이 나겠어."

상명이의 짜증을 잠자코 듣던 웅이가 살짝 끼어든다.

"너 약간 그런 스타일이냐? 설거지 다 해놨는데 그릇에 고춧가루 묻어 있는 타입?"

상명이가 어물쩍 넘어간다.

"꼭 그런 건 아니고…… 암튼 집사람이랑은 뭔 일을 같이 못 하겠어."

웅이는 덧붙이고 싶다. 설거지는 아주 뽀드득뽀드득 소리 나게 해야 한다는 것을. 양념이나 기름기 같은 게 남아 있지 않도록 말이다. 그 부분은 웅이에게 사소한 문제가 아니다. 집안일에 관해서만은 보조자가 아니라 책임자이기 때문이다.

그때 창용이가 웅이에게 묻는다.

"그거 문신이냐?"

웅이가 자신의 양 소매를 슬쩍 걷어올리며 대답한다.

"아 이거. 얼마 전에 했어."

소매에 가려져 있던 청소기와 대걸레 타투가 드러난다. 아저씨들의 시선이 일제히 웅이에게로 향한다.

"야! 너는 문신을 뭘 그런 걸 했냐?"

민식이가 경악하고, 웅이가 대답한다.

"그…… 집에서 내가 청소 담당이라."

상명이가 혀를 찬다.

"새끼, 힘내라."

영철이가 웃으며 웅이 뒤통수를 쓰다듬는다.

"이 자식 애처가네!"

민식이가 끼어든다.

"잡혀 사는 거 아니야?"

잡혀 산다는 말에 웅이는 조금 자존심이 상한다.

"그런 건 아니고, 내가 청소를 좀 잘해."

민식이가 웃는다.

"정신승리하느라 고생이 많다, 야. 어렸을 땐 고집도 세고 남자다워 보였는데."

영철이는 동의하지 않는 듯하다.

"뭘 남자다웠어? 웅이 되게 얌전했잖아. 맨날 구석에 짜져서 책 읽고 시 쓰고."

상명이가 덧붙인다. "담배 피우고."

창용이도 덧붙인다. "여자한테 편지 쓰고."

모두가 웅이를 보며 푸하하 웃는다. 웅이도 멋쩍게 따라 웃는다.

"웅이는 기사보다 연애편지를 열 배는 많이 썼을 거야."

영철이의 말에 민식이가 상황 정리를 한다.

"그러더니 결국 잡혀 살잖아. 난 이런 문신은 처음 본다, 진짜."

상명이가 웅이의 술잔을 채우며 묻는다.

"그래서, 요즘 무슨 일 하는데?"

소식통인 영철이가 대신 대답해준다.

"웅이 출판사 취직했어."

"출판사? 어디?"

웅이가 모처럼 자신 있게 대꾸한다.

"딸이 출판사 사장이야."

동창들이 떠들썩해진다.

"웅이 딸이 작가잖아."

"작가야? 유명해?"

"유명할걸?"

"무슨 글 쓰는데?"

"글써서 먹고살기 힘들지 않나?"

"베스트셀러 작가면 얘기가 다르지~"

"맞아. 책 한 권 잘 쓰면 대박 날 수도 있어."

웅이가 설명을 덧붙인다.

"한 권 써서 대박 난 건 아니고, 여러 권 썼어. 벌써 열 권도 넘어."

친구들은 웅이의 사정이 점점 궁금해진다.

"그럼, 딸네 회사에 취직한 거야?"

"네가 막 교정도 보고 그러나보지?"

"아니. 내가 책에 직접 관여하지는 않아. 딸이 다 알아서 해."

창용이가 묻는다.

"그럼 넌 뭐하는데?"

"나는…… 청소하지."

웅이의 대답에 민식이가 풉 하고 웃는다. 웅이는 조금 부끄러워진다.

창용이가 다시 한번 묻는다.

"진짜 청소만 해?"

"뭐 운전도 하고…… 이것저것 잡무도 처리해주고."

영철이가 또 웅이의 뒤통수를 쓰다듬는다.

"이 자식 딸한테 잘해주네~ 완전 시중드는 거잖아."

시중이라는 말에 발끈한 웅이가 정정한다.

"딸이 나한테 잘하는 거지."

"월급은 많아?"

"좀 주지."

"얼마 주는데?"

"적당히 줘."

민식이가 이죽거린다.

"와이프가 아니라 딸한테 잡혀 사는 거였구만."

웅이의 심기가 불편해진다. 약한 놈 취급을 받는 것만 같다. 괜히 세게 말을 내뱉어본다.

"씨바, 내가 그냥 맞춰주는 거야."

동창들이 알 만하다는 표정으로 끄덕인다.

"네가 고생이 많다."

"여자들 예민하잖아."

"알지? 작가라서 더 그럴 수도 있어."

웅이는 알 수 없는 기분으로 술 한 잔을 쭉 들이켠다. 옆에서 영철이가 떠든다.

"우리 딸은 이제 대학 졸업했는데, 날이 갈수록 나한테 온갖 트집을 잡아. 지 아빠를 뭘로 보는 건지 모르겠어."

상명이가 맞장구친다.

"어디서 보고 들은 게 많아서 그래. 페미니즘? 그런 거 운운하면서 논리적인 척 얘기하는데, 들어보면 오히려 그게 역차별이라고."

민식이가 웅이에게 묻는다.

"혹시 너네 딸도 막 페미니스트 같은 그런 극단적인 부류는 아니지?"

웅이는 최대한 망설이지 않으려고 노력하며 대답한다.

"극단적인 그런 거는 절대 아니지."

상명이가 마무리한다.

"그래. 뭐든지 극단적인 건 좋지가 않아."

웅이는 대화에서 튕겨나가지 않기 위해 집중한다. 오랜 동창들의 말을 따라가며, 아까 걷어올렸던 셔츠 소매를 은근슬쩍 내린다.

헷갈리는 식탁 예절

슬아와 웅이와 복희가 바깥에서 밥을 사 먹는다면 그것은 가족 외식인가, 아니면 직원 회식인가. 혈연과 고용관계로 지독하게 얽힌 세 사람이 식당을 고르고 있다. 모든 끼니를 집에서 차려 먹기엔 더운 계절이다. 복희의 부엌도 가끔은 쉬어야 한다. 해가 저물어가는 어느 저녁, 가장이자 출판사 대표인 슬아가 모부를 향해 묻는다.

“원하는 메뉴 있으세요?”

뜨끈하고 시원한 국물에 밥을 말아 먹고 싶은 복희가 제안한다.

“국밥 어때요?”

웅이도 의견을 피력한다.

"저는 고깃국물을 먹고 싶은데요."

슬아와 복희는 고기를 먹지 않지만 종일 고생한 웅이의 욕망도 무시해버릴 수는 없다.

그들은 콩나물국밥집으로 향한다. 세 사람의 욕구를 동시에 만족시키는 메뉴들이 그곳에 있다. 슬아는 기본 콩나물국밥을, 복희는 황태콩나물국밥을, 웅이는 순댓국을 시킨다. 사이드로 감자전도 주문한다. 앞치마를 두른 중년의 종업원이 주문을 받고 주방에 전달한다. 주방장은 재빠른 손놀림으로 음식을 조리한다. 기다리는 동안 수저통 옆에 앉은 웅이가 숟가락과 젓가락을 나눠주고 슬아는 물을 따르고 복희는 멍을 때린다.

"동창회는 재밌으셨나요?"

"네."

슬아가 묻자 웅이는 짧게 대답한다. 더 자세히 물어볼까 싶지만 음식이 놀랍도록 빠르게 서빙되고 있다. 종업원은 고단한 표정으로 식탁에 그릇을 내려놓는다. 피로와 권태가 흐르는 식당이다. 어쨌거나 복희는 남이 차려준 밥상이 반갑기만 하다.

"잘 먹겠습니다."

복희가 한술 뜨려던 차에 웅이는 작게 볼멘소리를 한다.

"깍두기 양이 너무 적은 거 아니야?"

반찬 그릇에는 다섯 조각의 깍두기가 듬성듬성 놓여 있다. 복희가 국밥을 우물거리며 대답한다.

"요즘 물가 장난 아니잖아. 뉴스 보니까 인플레이션 때문에 전 세계가 난리래."

"그래도 그렇지."

웅이가 종업원을 향해 짜증스럽게 외친다.

"이모! 여기 깍두기 좀 더 줘요."

국밥을 입에 가져가던 슬아의 손이 멈춘다. 무언가 거슬렸기 때문이다.

"조금 더 정중하게 요청하시면 어떨까요?"

슬아가 권유하지만 웅이는 대꾸하지 않는다. 뭘 그렇게까지 하나 싶다.

그사이 종업원은 깍두기를 더 가져다준다. 식탁에서 탁 소리가 난다. 깍두기 그릇 부딪치는 소리다. 웅이의 미간이 찌푸려진다.

"아줌마가 불친절하네."

종업원이 멀어지자 그는 궁시렁댄다. 슬아가 정정한다.

"불친절한 게 아니라 그릇 놓다가 자연스럽게 소리가 난 거겠죠."

그렇게 말하고서 슬아는 자신의 숟가락을 한 번 들었다 놓는다.

"이렇게만 해도 탁 소리 나잖아요."

웅이 생각은 다르다.

"저 아줌만 일부러 세게 놓은 거야. 못 봤어?"

과거에 종업원으로 일했던 복희가 국밥을 우물거리며 사람 좋은 얼굴로 말한다.

"바빠서 그럴 수 있어~ 나도 닭갈빗집 다닐 때 있잖아, 반찬을 빨리 갖다주려다보니까 탁탁 놓게 되더라니까. 이 테이블 저 테이블 챙기려면 정신이 하나도 없어~"

그래도 웅이는 종업원이 마음에 들지 않는다. 저 모르는 아줌마가 과연 자기 아내처럼 순수한 의도로 반찬을 서빙한 게 맞나? 못마땅함을 대놓고 티 내며 일하는 건 아닐까? 웅이는 짜증스럽게 한마디한다.

"친절하게 하면 좀 좋아?"

그러자 슬아가 웅이를 바라본다. 국밥 덕에 슬아는 속이 뜨끈뜨끈한 인간이 된 참이다. 웅이를 똑바로 응시하며 묻는다.

"친절 맡겨놨어요?"

순댓국을 떠먹던 웅이가 고개를 든다.

"저분한테 친절 맡겨놓은 것도 아니잖아요."

가녀장의 단호한 말투에 웅이는 화가 울컥 올라온다.

"아니 기본이 안 되어 있으니까 그렇지."

"기본이 뭔데?"

웅이는 세상의 이치를 말하듯 슬아에게 설명한다.

"장사하는 사람이 손님한테 친절한 거. 그거는 기본이야."

둘은 반말과 존댓말을 섞어 쓴다. 직원 회식과 가족 외식의 경계에서 식사는 흘러간다.

"국밥 한 그릇 사 먹으면서 얼마나 대단하게 대접받길 원하는데?"

슬아가 까칠하게 굴자 복희가 분위기를 부드럽게 바꾸려 한다.

"아무래도 친절하면 훨씬 좋긴 하지. 서로 기분이 좋잖아~"

웅이와 슬아는 복희의 치아 사이에 잔뜩 껴 있는 콩나물과 김가루를 본다. 웃음이 터지지 않도록 애쓰며 슬아가 말한다.

"나도 친절한 사람이 좋아. 하지만 친절은 덤 같은 거예요. 당연하게 요구할 수는 없어."

웅이는 조금 억울하다.

"내가 언제 강요했다고 그래요?"

잡혀 산다고 놀렸던 동창들 말도 생각나고, 어쩐지 부당한 대우를 받는 것만 같다.

손이 델 것처럼 뜨거웠던 국밥 그릇이 미지근하게 식어간다. 슬아는 싸우고 싶어서 이 얘기를 시작한 게 아니란 것을 기억해낸다.

"맞아. 아빠가 강요한 건 아니에요. 나는 그냥 궁금할 뿐이야."

복희와 웅이가 슬아를 본다. 슬아는 머릿속에 떠오르는 생각들을 늘어놓기 시작한다.

"아빠가 처음에 저분을 이모라고 불렀잖아. 되게 익숙하긴 한데, 언제부터 식당 아주머니들은 이모로 불린 걸까? 좀 이상하지 않아?"

웅이가 대꾸한다.

"그럼 뭐라고 불러? 사장님?"

복희가 끼어든다.

"저분 사장님 아닌 것 같은데."

슬아도 고개를 끄덕인다. "아마 직원이나 알바이실 거야."

"이모라고 부르는 게 뭐 어때서?"

웅이는 의문스럽다. 슬아는 자기 생각을 전개해본다.

"'엄마 손맛'이란 말은 있어도 '아빠 손맛'이란 말은 없어요. 집밥에 대한 향수도 대부분 '아빠 밥'이 아닌 '엄마 밥'에 국한되어 있고요. 한편 식당 종업원을 '이모'라고는 불러도 '고모'라고는 절대 안 부르죠. 밥하거나 살림하거나 돌보는 여자들의 호칭은 모계 쪽 여자들과 더 유관한 느낌이야. 무의식중에 고모를 이모의 우위에 두는 건 아닐까?"

복희는 슬아가 지나치게 복잡하게 생각하는 것 같다.

"고모보다 이모가 더 친숙한 느낌이라 그렇지~"

웅이도 맞장구친다.

"이모가 왠지 더 정이 가잖아. 대학 술집에서도 다 이모라고 불렀어."

슬아도 고개를 끄덕인다. 확실히 이모가 더 정감 있는 느낌이다. 하지만 이모라고 부르면서 가족처럼 아껴주는 것도 아닌데, 이모가 과연 그들에게도 좋을까 싶은 것이다. 이모는 직책이 아니기 때문이다. 식당일도 엄연한 노동인데 왜 그 직업에 대한 정확한 호칭이 없을까?

"나는 작가님이고, 택시 운전자는 기사님이고 인쇄소 기술자는 기장님인데, 왜 식당 종업원들은 다 이모지?"

슬아는 계속해서 골똘해진다.

"친근함과 만만함은 깻잎 한 장 차이일 수도 있어."

가만히 듣던 웅이가 묻는다.

"너는 뭐라고 부르고 싶은데?"

슬아는 자신이 몸담은 출판계 사람들의 대화를 떠올린다.

"편집자나 작가들은 서로를 선생님이라고 불러요."

복희가 "엥?" 하고 갸우뚱한다.

웅이도 동조한다.

"웬 선생님? 너무 극존대 아니야?"

슬아 역시 처음엔 그렇게 느꼈다. 하지만 쓰면 쓸수록 장점이 많은 호칭이었다.

"선생님은 먼저 선先에 날 생生이 합쳐진 말이잖아요. 먼저 태어나서 살아가고 있는 사람이라는 뜻이죠. 제가 좋아하는 작가가 이런 말을 했어요. '내가 살아보지 못한 어떤 삶을 먼저 살아가고 있는 사람'은 모두 선생님이 될 수 있다고요."*

웅이가 복잡한 표정이 된다.

"그렇게 치면 다들 선생님이겠네?"

물론이라고, 슬아가 대답한다.

그래도 그렇지, 웅이 입장에서 선생님은 조금 과한 호칭 같다.

듣고 있던 복희가 제안한다.

"그냥 이름을 부르면 어때? '웅이님, 깍두기 좀 더 주시겠어요?' 이렇게."

슬아가 끄덕인다.

"그것도 좋은 것 같아."

웅이가 대꾸한다.

"근데 우린 저 아줌마 이름 모르잖아."

웅이의 말이 사실이다. 셋 중 아무도 종업원의 이름을 알지 못한다. 종업원들은 대부분 명찰이 없다.

친절과 이모에 대해 열띤 토론을 하는 사이 국밥 그릇은 다 비워졌다. 이름 없이 일하는 종업원이 빈 그릇을 치우러 온다.

"다 드셨지요?"

슬아와 웅이와 복희가 고개를 끄덕인다. 셋 다 망설이느라 입을 쉬이 떼지 못하는 채로 빈 그릇을 건넨다. 논쟁적인 식탁이 싹 치워진다.

⁂ 신형철 칼럼 「누구나 누구에게 선생님」(경향신문 2021년 1월 25일)에서 인용.

슬아가 태어나서 가장 먼저 배운 말은 할아버지였다. 할아버지는 슬아에게 이 세상 사람들을 부르는 다양한 호칭을 교육시켰다. 언어란 세계의 질서였다. 그러나 할아버지는 식당에서 일하는 여자들을 뭐라고 부르는지에 대해 알려준 바가 없다. 가녀장이 된 슬아는 밥을 먹다 말고 불균형한 세계의 한구석을 본다.

자리에서 일어나 계산을 하며 슬아는 처음으로 이렇게 인사한다.

"선생님, 잘 먹었습니다."

그러자 중년의 여자 종업원이 어색하게 카드를 받아들고 인사를 돌려준다.

"예, 감사합니다."

아직 마음을 정하지 못한 복희와 웅이는 호칭을 얼버무리며 식당을 나선다.

"저기…… 잘 먹었습니다."

"안녕히 계세요."

남이 차려준 밥을 얻어먹은 가녀장의 식솔들이 정답을 모르는 채로 식당을 빠져나간다.

누가 여자 역할이에요?

복희에게 흔들리지 않는 진리 중 하나는 자신이 여자라는 사실이다. 태어나 보니 세상이 복희더러 여자라고 일러주었고 스스로 보기에도 여자이길래 여자로 살았다. 그렇게 산 지 오십오 년째다. 다음 생에도 여자로 태어나고 싶은지는 모르겠으나 이번 생은 별수 없다. 바꿀 수 없는 일에 관해서 복희는 오래 생각하지 않는 편이다.

오늘 저녁엔 두 명의 여자가 놀러 올 것이다. 낮잠 출판사에는 종종 슬아의 초대손님들이 드나든다. 동료 작가, 편집자, 뮤지션, 사진가, 의사, 국회의원 등 직업군도 다양하다. 그들과 식탁에 둘러앉아 슬아가 나누는 대화는 회의와 친목 사이에 있다. 손님의 방문은 한 달에 한두 번 꼴인데 그럴 때마다 복희는 추가 수당을 받는다. 평소보다 2~3인분쯤 넉넉하게 밥을 차려야 하기 때문이다. 손님상을 차리는 수고는 퇴근 이후 추가 근무에 해당한다. 가녀장이 월급 이외의 보너스를 지급하므로, 복희는 콧노래를 부르며 손님용 식탁을 차린다.

부엌에서 고사리 파스타와 버섯 초밥과 유부 미역국의 재료를 손질하며 복희가 묻는다.

"뭐하는 여자들이에요?"

슬아는 거실에서 글을 쓰다가 대답한다.

"둘 다 회사 다녀요."

슬아의 목표는 친구들이 오기 전에 원고를 마감하는 것이다. 복희가 손님맞이 준비를 담당해주는 덕분에 슬아는 자신의 노동에 집중할 수 있다. 그는 모니터에서 시선을 떼지 않은 채로 덧붙인다.

"둘이 부부예요."

고사리를 다듬던 복희의 손이 멈칫한다.

"여자들이라며?"

"네. 동성 부부인 거죠."

복희가 중얼거린다.

"혹시 그런 걸…… 게이라고 하는 건가?"

슬아가 정정한다. "레즈비언이요."

고사리를 마저 다듬으며 복희는 골똘해진다. 여자들끼리 하는 결혼이라니 역시 낯설다. 하지만 생각해보니 텔레비전에서 본 적 있는 것 같다. 여자 둘이 드레스 입고 나란히 입장하는 장면이었다.

"뉴스에서 봤어!"

복희가 기억을 더듬으며 외치자 슬아는 키보드를 두드리며 대꾸한다.

"맞아요. 한국은 진짜 갈 길이 멀어."

"왜?"

슬아의 설명이 다다다다 이어진다.

"여자끼리 결혼한다고 뉴스에 나오는 걸 봐. 이성애자들이 당연하게 누리는 걸 퀴어는 못 누리는 거지. 동성혼은 도대체 언제 법제화될지 모르겠어. 내 친구들도 미국 가서 혼인신고하고 왔잖아. 우리나라는 혼인을 인정하지 않거든. 결혼식을 해도 아무런 법적 효력이 없는 거야. 그런데도 내 친구들이 존나게 멋진 결혼식을 해버렸지 뭐야. 덕분에 동성혼에 관한 논의가 확산된 건 정말 잘된 일이고."

슬아가 너무 빠르게 말한 탓에 복희는 내용이 소화가 안 된다. 듣고 보니 대충 사회가 잘못되었다는 얘기 같다.

"난 정말 모르는 게 많어~"

명랑하게 말하고서 고사리를 마저 다듬는다. 슬아는 웅이에게 집안의 청결 상태를 체크하게 한다.

"청소기 다 돌리셨죠? 와인잔도 가져다주시면 감사하겠습니다."

"알겠습니다."

웅이는 성실히 손님맞이를 돕는다.

해 질 무렵, 여자들이 등장한다. 늠름하게 생긴 자와 야무지게 생긴 자가 나란히 낮잠 출판사에 입장한다. 슬아가 그들을 반갑게 맞이하며 복희와 웅이를 소개시킨다.

"우리 직원들이셔."

초면인 동성 부부와 이성 부부가 서로 인사한다. 동성 부부는 마음이 편해 보이지만 이성 부부는 뭔가 어색하다. 웅이는 조신히 안방에 들어가고 복희는 부엌으로 들어간다. 식탁에 내어줄 음식이 있다는 것이 복희에게 안도감을 준다. 레즈비언에 대해서는 알지 못하지만 파스타와 초밥과 미역국에 대해서는 잘 알기 때문이다. 맛있는 음식을 원하지 않는 사람이 없다는 것 역시 복희의 흔들리지 않는 진리 중 하나다.

슬아와 친구들은 복희가 차린 밥을 먹으며 수다를 떨기 시작한다. 늠름한 여자는 달변가다. 그가 이야기를 전개하면 옆에서 야무진 여자가 중간중간 후추 같은 양념을 친다. 그들의 신혼여행 썰, 회사에서 유급휴가와 경조금을 받는 것에 성공한 썰, 회사는 설득했는데 모부를 설득하는 일엔 실패한 썰, 결혼식이 뉴스에 보도된 뒤 달린 수백 개의 악플 썰…… 그들에게는 이야기가 한 보따리다. 웃기고 화나고 안타까운, 그러나 역시 생각할수록 웃긴 이야기가 아닐 수 없다. 부부는 콤비처럼 재담을 늘어놓으며 슬아를 웃긴다.

한편 복희는 부엌에서 모든 것을 주워듣고 있다. 모두 처음 듣는 얘기들이다. 복희로선 흥미진진해 죽겠다.

복희가 호기심에 이끌려 식탁 근처로 다가간다. 복희를 본 여자들이 감사를 듬뿍 건넨다.

"음식이 너무 맛있어요!"

"올해 먹은 것 중 최고예요."

그때 복희가 조심스레 말문을 연다.

"저기…… 궁금한 게 있는데……"

여자들이 흔쾌히 대답한다.

"네, 물어보세요."

복희는 망설인다.

"이런 질문 하면 실례일지 모르겠는데……"

슬아가 약간 걱정하며 복희의 어깨를 잡는다.

"실례일 것 같으면 안 물어보는 게 어떠세요?"

그러자 여자들이 만류한다.

"아니야. 괜찮아."

"물어보셔도 돼요."

여자들의 격려에 복희가 드디어 질문을 한다.

"둘 중…… 누가 여자 역할이고 남자 역할이세요?"

그러자 여자들이 고개를 젖히며 꺄르르 웃는다. 그들이 왜 웃는지 모르겠어서 부끄럽지만 복희도 따라 웃는다. 상대가 웃는 게 일단 좋은 것이다. 민망해하는 복희의 팔뚝을 매만지며 슬아가 묻는다.

"꼭 누가 남자 역할을 해야 해?"

복희가 우물쭈물한다.

"꼭 그런 건 아니지만……"

복희의 상식에 의하면 여자 역할이 없는 부부는 망할 수밖에 없다. 여자는 너무 많은 일을 하기 때문이다.

"그냥 역할이 어떻게 나누어져 있는지 궁금했어~"

복희가 호소하자 늠름한 여자가 친절하게 대답한다.

"머리는 제가 더 짧고요. 힘은 언니가 더 세요."

야무진 여자도 말한다.

"옷장을 보면 얘는 바지가 많고 저는 원피스가 많아요."

늠름한 여자가 다시 덧붙인다.

"근데 출산은 제가 할 거고, 돈은 언니가 더 잘 벌어요. 이렇게 되면 누가 여자 역할이고 남자 역할이죠?"

복희의 동공이 흔들린다. 일종의 인지부조화다.

슬아가 복희를 껴안으며 웃는다.

"우리 엄마 성 고정관념 붕괴되네~"

복희가 미안한 얼굴로 외친다.

"내가 너무…… 고정됐었나봐!"

여자들이 깔깔댄다.

"다들 그래요~"

"맞아, 엄마. 나도 그래."

복희는 젊은 여자애들에게 둘러싸인 채 헷갈려하며 웃고 있다. 슬아는 이 자리에 복희가 앉은 것이 좋다.

"근데 흔들리니까 좋지, 엄마?"

"응. 뭔가 막 배우는 기분."

막힘 없이 수정되는 복희를 보자 야무진 여자는 신이 난다.

"우리끼리는 그런 농담도 해요. 각자 모부님한테 일단 자기가 남자 역할이라고 우긴 다음, 둘 다 집을 해오자고요. 엄마 아빠들은 아들한테만 집을 줄 생각을 하고 있으니까."

복희가 책상을 치며 항변한다.

"너무하다! 왜 아들한테만 집을 줘?"

하지만 생각해보면 복희네 집안 역시 아들만 대학을 보냈다. 결혼할 때도 복희는 몸만 가서 시댁 며느리로 일했지만 남동생은 이런저런 혼수를 많이 챙겨 받았다. 복희도 모르는 얘기가 아닌 것이다.

복희가 와인을 꿀꺽꿀꺽 들이켠 뒤에 제안한다.

"여자 남자 역할 섞어버리면 되겠네. 헷갈리게~"

우리가 하려는 게 그거라고 여자들이 대답한다.

바꿀 수 없는 일에 관해서 오래 생각하지 않는 복희도 이따금 생각한다. 그게 진짜로 못 바꿀 일인가? 손님이 올 때마다 복희에게 벌어지는 일이다.

어느 오후의 부녀

모름지기 아침은 머리칼을 헤어젤로 싹 넘기면서 시작해야 한다. 쉰다섯 살 웅이의 지론에 따르면 그렇다. 그렇게 해야 잔머리가 흘러내리지 않아서 일하기가 좋다. 거울을 보며 웅이는 흰머리가 얼마나 있는지 확인한다. 아직 몇 가닥 없지만 생기는 대로 족족 기를 생각이다. 어쩌면 제러미 아이언스 같은 미중년이 될 수도 있지 않을까? 혹은 최백호처럼 멋지게 나이들 수도 있을 것이다. 그는 백발의 자신을 조심스레 상상한다.

복희에게 부엌이 있고 슬아에게 서재가 있듯 웅이에게도 자기만의 공간이 있다. 그곳은 출판사 맨 아래층 구석에 위치한 공구실이다. 겨우 두 평 남짓한 공간이지만 작은 철물점이라 해도 손색이 없을 정도다. 공구실 문을 열면 체계적으로 정리된 온갖 도구들이 보인다. 가구 제작 및 수리를 위한 도구뿐 아니라 청소를 위한 도구도 충분히 갖춰놓았다. 웅이가 매일같이 쓰는 도구는 유선청소기다. 오늘은 새로운 것을 시도해볼 생각이다. 아래층부터 위층까지 청소기를 이리저리 끌고 다니며 밀기가 여간 불편하지 않았던가. 그러므로 웅이는 백팩을 꺼낸다. 백팩 안에 청소기 본체를 넣는다.

복희는 커피 물을 올리며 위이이잉 소리를 듣는다. 남편이 가까워지는 소리다. 커피잔에 위스키를 섞을 즈음 백팩을 멘 남편이 모습을 드러낸다. 지퍼가 조금 열린 백팩 입구 사이로 굵은 호스가 삐져나와 있다. 그는 청소기를 가방에 지고 열렬히 바닥을 미는 중이다. 소음 속에서 복희가 외친다.

"자기야, 닌자 거북이 같아."

웅이의 청소기는 부엌과 거실을 지나 맨 위층인 서재에 다다른다. 책상에 앉은 슬아가 웅이를 돌아보더니 흠칫 놀란다.

"아니 왜 가방에 청소기를……"

웅이가 담담히 대답한다.

"이래야 이동이 편해요."

슬아는 가장으로서 권유한다.

"무선청소기 쓰시면 어때요? 제가 사드린다고 했잖아요."

웅이는 고개를 절레절레 젓는다.

"흡입력이 달라요. 유선청소기가 훨씬 강력해."

그는 딱히 바라는 것 없이 바닥 청소를 완료한다.

한숨 돌리려던 차에 웅이의 핸드폰이 울린다. 슬아 친구 미란이다. 웅이는 익숙하게 전화를 받는다.

"또 무슨 일이냐."

화장실이 막히거나 정전되거나 수도가 터졌을 때 미란이가 자문을 구하는 상대는 언제나 웅이다. 웅이는 귀찮은 기색을 숨기지 않으면서 매번 해결법을 알려준다.

"근데 이런 걸 왜 나한테 물어보냐?"

그럼 전화기 너머에서 미란이가 대답한다.

"저는 애비가 없잖아요."

미란이네 아빠는 돌아가시진 않았지만 몇 년 전 출가하여 스님이 되었다. 절에 들어가버린 가족은 없는 것과 마찬가지로 생각해야 한다고 미란이는 설명했다. 웅이가 다시 묻는다.

"그럼 애인은 얻다 두고 나한테 물어봐?"

미란이가 성을 낸다.

"헤어졌잖아요. 참나, 저번에 한참 설명했구만!"

웅이는 자기가 죄다 흘려들었다는 것을 알아차린다. 그러나 만약 미란이에게 애인이 생긴다고 해도 그가 웅이 몸에 밴 기술을 숙지하고 있을 확률은 희박하다. 웅이가 도와야 할 일은 언제나 남아 있을 것이다.

미란이뿐 아니라 슬아도 웅이의 손길을 기다리고 있다. 오늘은 슬아의 서재를 보완하는 날이다. 작가의 삶은 책더미와 함께 굴러간다. 읽은 책과 읽어야 할 책과 읽으라고 선물 받은 책과 쓰고 있는 책 속에서 길을 잃기 십상이다. 머릿속이 단정해지기 위해서는 새로 쌓여가는 책을 잘 분류하고 정리해야 한다. 그러려면 여분의 책장이 더 필요하다.

슬아는 필요한 형태의 책꽂이 설계도를 미리 그려놓았다. 웅이에게 보여주며 괜찮은 설계인지를 묻는다. 그가 구상하는 사람이라면 웅이는 구현하는 사람이다. 준비된 기획자를 만날 때마다 그의 능력은 십분 발휘된다. 설계도에 표시해둔 규격을 짚어가며 슬아가 설명한다.

"책은 장르마다 판형과 길이가 달라요. 사진집과 그림책 코너는 키가 크니까 책장도 높게, 시집은 키가 작으니까 책장도 낮게, 소설과 에세이는 그 중간 높이로 제작해야 돼요. 자주 다시 읽고 싶은 작가들의 책은 눈높이에 있어야 하니까 여섯 칸 정도로 제작하면 딱 좋겠어요."

웅이 입장에서 슬아는 괜찮은 보스다. 피고용인이 무엇을 해야 하는지 전혀 모호하지 않게끔 요청한다. 웅이는 언제나 원하는 것이 분명한 상사를 선호해왔다. 그런 상사만이 정확한 지시를 할 줄 안다.

"저번에 책상 만들다 남은 나무를 재활용하면 좋겠는데, 충분할까요?"

자재를 알뜰하게 쓰고 싶은 슬아가 묻는다. 웅이가 공구실의 재고를 떠올리며 대답한다.

"살짝 모자랄 수도 있는데 최대한 맞춰봅시다."

부녀는 바지런히 작업을 시작한다. 마당의 작업대에서 웅이가 나무를 썰고 다듬는 동안 슬아도 거든다. 어려서부터 웅이의 일을 어깨너머로 봐왔지만 슬아는 아직 모르는 게 많다. 전동 드릴을 서툴게 다루는 슬아에게 웅이가 조언한다.

"무작정 힘으로 하는 게 아니야. 표면에 정확히 수직으로 조준한 다음에 부드럽게 꾸욱 작동시켜봐. 그래야 나사도 헛돌지 않지."

한편 웅이 손 아래에서는 나무가 모난 데 없이 매끄럽게 다듬어지고 있다. 담배 피우면서 편안하게 샌딩 기계를 다루는 웅이에게 슬아가 묻는다.

"언제부터 이런 걸 다 할 줄 알게 됐어?"

"살다보니까 그냥 알게 됐지, 뭐."

"그런 걸 재능이라고 하는 거잖아."

웅이는 특별한 대꾸 없이 넘어간다. 웅이에게 재능은 너무 오래전의 관심사다.

중천에 뜬 해가 그들의 정수리를 데운다.

"참, 맨 아래칸에는 종이를 수납할 서랍이 필요해요."

"뭐에 쓰려고?"

"학생들이 쓴 글을 모아놨거든요. 어린이들이라 자기 원고지를 잃어버리는 경우가 허다해. 그날 뭘 썼는지도 까먹는 거지."

"하긴. 나도 옛날에 그랬어."

"애들 가고 나면 내가 교실에 남아서 원고지를 주워 모아. 얼마나 귀한 자료인지 걔네는 아직 모르니까. 아는 사람이 챙겨놔야 해."

웅이는 슬아의 어린 제자들을 위한 수납장도 뚝딱뚝딱 만든다. 그것은 딸이 쓰는 역사에 가담하는 일이다.

오후가 되자 책꽂이는 금세 꼴을 갖춰간다. 숙련되지 않은 작업자였으면 꼬박 이틀은 걸릴 노동이다. 슬아는 웅이의 솜씨에 연신 감탄하며 말한다.

"나는 참 직원 복도 많지."

웅이는 대수롭지 않게 흘려듣는다.

슬아가 다시 한번 덧붙인다.

"가족이라서 아빠랑 일하는 거 아니야. 아빠 같은 일꾼이 희귀한 거 알고 있어요."

웅이가 잠자코 들으며 못을 박는다. 그는 문득 호시절을 지나고 있음을 느낀다. 딸에겐 젊음과 능력이 따르고 자신에겐 체력과 연륜이 따르는 이 시절. 별다른 슬픔 없이 서로를 도울 수 있는 이 시절이 언제까지 계속될까? 영원할 리 없다. 딸과 함께 흘러온 삼십 년이 웅이 머릿속에 파노라마처럼 스쳐간다. 찰나 같은 과거와 도통 모르겠는 미래를 생각하다가 웅이가 입을 연다.

"남자를 만날 거면,"

나사를 조이며 덧붙인다.

"너를 존경할 줄 아는 애를 만나."

그렇게 말해놓고 웅이는 생각에 잠긴다. 방금 자신이 한 말을 자기도 들었기 때문이다. 웅이가 알기로 여자를 존경할 줄 아는 남자는 잘 없다. 웅이 자신을 포함해서 그렇다. 웅이는 불현듯 지난 동창회를 떠올린다. 사실 그가 하고 싶었던 말은 내가 다 맞춰준다는 말 같은 게 아니었다.

슬아가 대꾸한다.

"보통은 나보고 존경하라고 하던데. 남자를요."

"너는 누구든 잘 존경하잖아."

웅이는 그런 식으로 에둘러서 표현한다. 실은 내가 너를 존경하고 있다는 것을.

책꽂이가 완성된다. 검소하고도 단정한 모양이다. 웅이는 공구상자를 정리한다.

"더 필요한 거 있나요?"

"당장은 없어요. 그치만 내일 또 생기겠죠."

머리가 검은 남자가 곧은 자세로 서재를 빠져나간다. 그와 닮은 눈매를 가진 여자가 서재에 남아 글을 쓴다. 그들은 아직 서로를 잃지 않았다. 슬아의 책꽂이는 상실을 모른다는 듯이 차곡차곡 채워질 것이다. 웅이의 공구실 문도 몇백 번은 더 열렸다가 닫힐 것이다.

우리들의 신을 찾아서

누군가 당신을 위해 두 손 모아 기도해준 적이 있는가? 눈을 감고 오직 당신을 위한 염원을 속삭이는 사람 말이다. 복희 삶엔 그런 타인이 없었다. 어느 독실한 크리스천 손님이 낮잠 출판사에 방문하기 전까지는……

"하나님, 복희님께서 저희를 위해 식사 준비해주셨습니다. 일용할 양식 허락해주셔서 감사합니다. 음식 차려주신 복희님을 축복해주시고, 복희님께 영광이 따르게 해주시고……"

경건하게 기도중인 이 사람은 슬아의 친구다. 맑은 눈동자와 긴 속눈썹과 아름다운 손을 지녔다. 다른 사람들과 식사할 때 그는 몇 초간 눈을 감고 아주 짧게 기도를 올린 뒤 밥을 먹곤 한다.

하지만 이곳에서는 원 없이 양껏 기도해도 될 것 같다. 슬아라면 놀라지 않을 테니까. 한편 복희는 밥상 앞에서 난데없이 기도가 시작되자 숟가락을 입에 넣으려다 말고 눈치를 본다. 그는 식전 기도에 익숙하지 않다. 자신이 차린 밥상이 평소와 다르게 느껴진다. 기도의 언어가 낯설어서다. 어색하게 손을 모은 채 눈을 감았다가 다시 실눈을 떠본다. 그런 복희를 보며 웅이는 깍두기를 아그작아그작 씹던 턱을 엉거주춤 멈춘다. 기도는 계속되고 있다.

"늘 과로하는 슬아가 건강 잃지 않게 도와주시고…… 슬아의 글이 여러 사람에게 가닿게 해주세요. 함께 일하는 웅이님의 건강도 살펴주시고……"

입안에 밥을 머금은 채 듣고 있던 웅이가 움찔한다. 그 역시 기도와는 거리가 먼 삶을 살았다. 친구의 기도는 마무리를 향해 간다.

"낮잠 출판사에 넉넉한 사랑이 흐르게 해주세요. 감사드리며 예수님의 이름으로 기도드립니다."

슬아와 친구가 "아멘" 한다. 복희도 어색하게 "아멘" 하고 읊조린다. 웅이는 드디어 깍두기를 마저 씹는다. 모두의 식사가 시작된다. 복희는 방금 지나간 기도가 낯설었지만 어쩐지 감동적이라고 느낀다. 어떤 부끄러움도 없이 기도를 올리던 슬아 친구를 보면서 그는 오랜만에 신에 관해 생각한다.

신을 생각할 때 복희가 가장 먼저 떠올리는 것은 제사였다. 결혼하고 시집살이를 시작하면서 시아버지가 믿는 신을 함께 모시게 되었기 때문이다. 시아버지가 믿는 신이란 조상이었다. 경주 이씨의 시조인 알평공을 비롯하여, 시아버지의 아버지와 할아버지와 증조할아버지와 고조할아버지와 그들의 아내까지 기리는 제사를 한 달에 한 번 꼴로 지냈다. 그의 종교란 말하자면 유교였다. 유교적 제사는 종일 전 부치고 나물 무치고 국 끓이고 과일 깎고 고기 졸이고 생선 찌고 다시 모든 것을 싹 치우는 며느리들의 노동 위에서 이루어졌다.

할아버지 집에 살던 시절 슬아는 살림노동으로부터 자유로운 어린 손녀였다. 슬아는 제삿날의 향 냄새를 좋아했다. 두루마기를 꺼내입는 할아버지의 모습도 좋았고 조상님들 들어오시라고 문을 활짝 열어놓은 집안의 상쾌한 공기도 좋았다. 그러나 병풍을 향해 절하는 시간이 오면 슬아 역시 복희처럼 제사의 하이라이트에서는 제외되었다. 대나무 돗자리에 납작 엎드린 남자들 뒤에 서서 공손히 손을 모으는 것이 슬아의 역할이었다. 슬아에게 제사란 남자들의 등짝과 엉덩이와 해진 양말 같은 이미지로 남아 있다.

이제 복희는 그런 일을 하지 않는다. 가녀장이 통치하는 집안에서 제사는 더이상 유통되지 않는 카세트 플레이어쯤으로 취급된다. 옛 생각에 잠긴 복희 앞에서 슬아와 친구가 대화를 나눈다.

퀭한 얼굴의 슬아에게 친구는 요새 일이 많냐고 묻는다.

"마감할 글이 쌓여 있어."

"그걸 어떻게 맨날 해?"

친구의 물음에 슬아가 대답한다.

"마감과 나 자신의 사이가 나쁘지 않도록 조율해야 돼. 마감이 있고 내가 있으면 나는 둘 사이의 주선자야. 주선자로서…… 나에게 마감을 소개하고, 마감에게 나를 소개하는 거지."

"잠깐. 왜 네가 두 명이야?"

"한 명은 글을 쓰고, 다른 한 명은 글쓰는 나를 감시해야 하거든."

글을 쓰지 않는 친구는 거참 이상하다는 투로 묻는다.

"그렇게까지 해야 돼?"

슬아가 어깨를 으쓱한다.

"난 상사가 없잖아."

상사가 있는 복희와 웅이는 잠자코 밥을 먹는다. 슬아는 분리된 자신을 재연하고 있다.

"마감 선생님, 이쪽은 이슬아 작가예요. 실력과 체력이 부족하지만 열심히 노력하는 애니까 잘 봐주세요…… 이슬아 작가님, 이쪽은 마감 선생님이십니다. 굉장히 엄격한 분이시니까 시간

엄수 부탁드려요. 그럼 두 분…… 오늘 자정까지 좋은 시간 보내시면 좋겠습니다."

친구는 작가라는 직업에 대해 점점 회의감을 가지게 된다.

"뭐랄까, 굉장히…… 분열적이네."

웅이도 중얼거린다.

"괜찮은 걸까?"

복희는 익숙하고도 낯선 딸의 얼굴을 골똘히 바라본다.

식사를 마친 친구가 돌아가고 오후가 깊어간다. 복희는 설거지를 하다가 문득 자문한다. 나도 기도하면서 살아야 하지 않을까? 삶에는 이런저런 시련이 닥치니 말이다.

기도해주고 싶은 대상이 복희에겐 많다. 여러 얼굴들이 복희 마음속에 보름달처럼 떠오른다. 그중에서도 슬아를 위한 기도가 절실해 보인다. 시도 때도 없이 평가받는 직업이니까. 이런 시대에 얼굴과 이름을 공개하며 활동하는 건 만만치 않은 일이다. 때때로 복희는 슬아에 관한 악플을 읽는다. 그럼 꼭 자기 일처럼 동공이 흔들리고 가슴이 탁 막히는 느낌이 든다. 막상 본인은 크게 신경쓰지 않는 듯하지만 말이다.

"엄마, 오해는 필연이야. 괜찮아."

슬아가 그렇게 말해도 복희는 안심이 되질 않는다. 딸이 무사히 작가 생활을 이어가려면 아무래도 신이 도와주셔야 할 것 같다.

설거지를 마친 뒤 복희는 슬아의 책상에 가서 작은 선언을 한다.

"이제 나도 기도하려고."

슬아가 키보드를 두드리며 묻는다.

"누구한테 하게?"

복희는 그것을 아직 정하지 못했다는 걸 알아차린다. 자기만의 신을 택해야 할 시점인 것이다. 그는 가장 유명한 신인 예수님과 부처님의 모습을 그려본다. 수염이 많은 남자도 대머리인 남자도 멀게만 느껴진다.

"부처님 믿으면 어때? 집 앞에 절이 있잖아."

헬스장도 가까운 곳에 다니고 애인도 가까운 애랑 사귀는 것을 선호하는 슬아가 조언한다. 복희가 고개를 끄덕인다. 가까운 건 역시 편하기 때문이다. 그러나 조금 긴장이 된다.

"절에 혼자 가본 적이 없어서 좀 떨리는데…… 같이 갈래?"

슬아는 딸을 학원에 처음 등록해주는 엄마처럼 복희를 따라나선다. 웅이는 마당에서 담배를 피우며 두 여자의 외출을 심드렁히 지켜본다.

집 앞에 있는 절은 겉보기엔 수수하지만 안으로 들어서니 꽤나 호화롭다. 사찰을 둘러싼 고가구들을 구경하던 복희가 슬아에게 속삭인다.

"이런 거 은근 되게 비싸더라구."

그때 회색 승려복을 입은 여자가 나타나 모녀를 맞이한다. 나이 지긋하신 비구니 스님이다. 스님 앞에서 복희는 어색하게 손을 모아 인사한다. 그러고선 조심스레 감탄의 말을 건넨다.

"스님 정말…… 머리통이 너무 예쁘시네요!"

스님이 당황하며 자신의 정수리와 뒤통수를 쓰다듬는다. 복희가 스님을 유심히 보며 덧붙인다.

"스님이 안 되셨으면 진짜 어쨌을까 싶을 정도로…… 두상이 완벽하세요!"

슬아가 복희의 어깨에 손을 얹으며 조용히 말한다.

"엄마, 스님께 얼평은 자제해주세요."

슬아는 새 시대의 기본예절을 주지시키지만 복희나 스님이나 별문제 없다는 표정이다.

"어떻게 오셨어?"

스님이 반존대로 모녀에게 묻는다. 복희가 두 손을 모으며 대답한다.

"기도 좀 드리려고요."

"잘 오셨어. 이리 와 앉아요."

그는 법당 옆 작은 방으로 모녀를 안내한다. 스님이 가부좌를 틀고 앉자 복희는 무릎을 꿇고 스님 앞에 앉는다. 그렇게 앉으면 금방 다리 저릴 텐데. 복희를 걱정하며 슬아는 반가부좌로 앉는다. 공손한 복희와 덤덤한 슬아와 편안한 스님. 세 사람이 마주 본다.

스님 뒤로는 불상을 비롯한 불교 장식품들이 빽빽하게 늘어서 있다. 복희가 무구하게 중얼거린다.

"뭔가 여기 되게…… 그런 걸 뭐라고 하더라? 신비하고 막 영혼이 드나드는 것 같은 느낌……"

"영적이라는 말을 하고 싶은 거지?"

"응, 그거."

한편 플라스틱으로 된 여러 신들의 얼굴이 슬아의 눈엔 조금 무서워 보인다. 그는 컬러 불상들을 바라보며 포토샵으로 미세하게 채도를 보정하는 잡념에 빠져들고 있다.

"아무때나 오셔서 절하고 기도하시면 돼."

스님이 편하게 설명한다. 언제든 들러서 무언가를 빌 수 있는 곳이라니, 역시 절은 좋은 곳 같다고 복희는 생각한다. 설거지할 때마다 창문 너머로 탁탁탁탁 들려오던 소리도 좋았다.

"목탁 소리가 저를 부르는 것 같더라고요."

"그게 마음에 평안을 드리지."

목탁의 대가이신 스님이 덧붙인다.

"근데 이제 더 확실하게 기도를 올리려면 연등을 하나 켜셔야 돼. 연등에다가 이름을 적어서 등록해놔요. 우리 절에서 등불 환하게 밝혀줄게."

복희의 눈이 초롱초롱해진다. 누가 자신을 위해 불을 밝혀준다니 고마운 일인 것 같다.

스님 말에 고개를 끄덕이는 복희 옆에서 슬아가 묻는다.

"연등 하나 켜는 데 얼마 정도 들까요?"

가정의 경제를 책임지는 자의 질문이다. 그는 세상만사 공짜가 없음을 안다. 스님이 시원하게 금액을 말한다.

"오만 원만 내셔."

아주 흔쾌하진 않지만 그럭저럭 낼 수 있는 돈이라고 슬아는 생각한다.

"근데 이제 그거는 한 달 치니까 더 원하시면 다음달에 새로 결제하시고."

슬아가 주춤한다.

"아, 매달 결제하는 방식인가요?"

"그렇죠. 우리도 그냥은 해드릴 수 없으니까."

오만 원씩 일 년이면 육십만 원이다. 절까지 멤버십 제도로 운영된다니…… 슬아는 피로감을 느낀다.

"연등을 한 달만 밝히면 어떨까요?"

가녀장이 복희에게 제안한다. 애초에 연등이 꼭 필요한지도 모르겠지만, 그게 복희의 기도 입문에 도움이 된다면 한 달쯤은 결제해줄 의향이 있는 것이다. 한편 복희는 눈알을 또르르 굴리며 생각에 잠긴다. 환하게 밝혀놓은 연등을 한 달 뒤에 끈다고 생각하니 왠지 그러면 안 될 것 같은 느낌이 든다. 사랑하는 사람들의 이름을 연등에 적어놓으려고 했는데 말이다.

스님이 은근한 설득을 이어간다.

"여기 기도발이 조금 세요. 우리 신도들도 바라는 거 다 이루어졌잖아. 터가 좋거든. 한번은 불당 지붕 위에 둥그런 회오리바람이 부는 거야. 구름 한 점 없는 날인데 오직 우리 절 위에만 용오름이 쳐. 기가 막힐 노릇이지. 방송국에서 촬영 오고 난리도 아녔어. 그렇게 어떤 기운이 우리 절에 모여요."

진기한 회오리 구름이 복희 머릿속에 그려진다. 시골 출신이라 온갖 구름을 보면서 자랐어도 새로운 구름에 관한 이야기는 질리지가 않는다.

한편 슬아는 초월적인 이야기에 큰 감흥이 없다. 슬아의 관심 대상은 주로 설명 가능하며 만질 수 있는 것들이 대부분이다. 집과 몸, 책상과 밥상, 키보드와 화면 속 문장들, 그리고 직육면체의 책, 책, 책…… 그에게 스님의 이야기는 마치 어제 꾼 꿈에 관한 일기처럼 느껴진다. 신문에 기고할 수도 없고 책으로 만들기도 애매한, 믿거나 말거나인 이야기.

귀가 얇아 경청이 특기인 복희는 그런 이야기에 금방 솔깃해지고 만다. 젊었을 땐 길에서 만난 행인이 '도를 아십니까?' 하고 달라붙자 따라간 적도 몇 번 있다.

"그럼 오늘부터 연등을 등록할 수 있을까요? 저희 집 식구들 이름은……"

복희가 가족들의 이름을 냅다 적으려고 하자 슬아가 제지하며 스님께 설명한다.

"저희 엄마가 아직 종교가 처음이시라, 돈이 들어가는 부분에 관해서는 조금 상의가 필요할 것 같아요."

그렇게 말한 뒤에 슬아는 옆에 앉은 복희를 설득한다.

"신중하셔야 해요. 월정액은 쉽게 결정할 일이 아니에요. 넷플릭스랑 왓챠플레이, 유튜브 프리미엄, 애플TV 구독료만 해도 오만 원이 넘어."

그것은 사실이다. 복희와 웅이를 위한 OTT 서비스 결제도 회사 복지 차원에서 슬아가 지출하고 있다. 그뿐만 아니라 전기세, 가스비, 상하수도비, 의료보험료, 클라우드 이용료 등 통장에서 정기적으로 빠져나가는 항목도 한두 가지가 아니다. 절에 쓰는 돈까지 뚝딱 추가할 수는 없다. 슬아는 정기적인 지출에 몹시 민감하다. 오랫동안 월세 생활을 해와서 그렇다.

복희를 따박따박 설득하는 슬아의 얘기를 듣던 스님이 진중한 목소리로 대화에 끼어든다.

"근데 이제 믿음이라는 거는…… 그 모든 것을 지탱하는 행위지. 마음이 바로 서야 경제 활동도 잘하고 살림도 잘 꾸려나가니까. 어떻게 보면 넷플릭스를 보는 것보다 훨씬 중요한 부분일 수 있어요."

슬아는 육십대 후반으로 보이는 스님이 넷플릭스를 안다는 사실에 놀란다.

"혹시 넷플릭스 보세요?"

스님은 겸연쩍게 대답한다.

"가끔 봐요."

"넷플릭스에서 뭐 보세요?"

스님의 머릿속에 여러 편의 드라마가 스쳐간다.

"나는 이제…… 해방일지랑 블루스 봤었고…… 요새는 우영우 보지."

스님의 애청 목록은 정확히 복희와 겹친다. 복희가 반가운 기색을 숨기지 못한다. 복희와 스님은 갑자기 드라마 얘기를 꽃피우기 시작한다. 얼마나 재밌고 슬펐는지 종일 떠들 기세다.

"보다가 몇 번을 울었는지 몰라."

"배우들이 너무 좋았죠."

"작가들도 대단해. 대사를 어쩜 그렇게 쓰는지."

스님이 감탄하자 복희는 신이 나서 슬아를 가리킨다.

"사실 저희 딸도 작가거든요."

스님은 솔깃한 얼굴이 된다.

"그래요? 어떤 글을 써?"

슬아는 넷플릭스에 진출하고 싶은 소망을 가득 담아 야심차

게 대답한다.

"저도 재밌는 드라마를 써요."

"앞집에 작가가 사는 줄 몰랐네. 무슨 얘긴데?"

슬아는 스님에게 이야기를 들려주려다 말고 이렇게 말한다.

"진짜 재밌는데…… 완성되면 말씀드릴게요. 완성되기 전에 말하는 건 천기누설이라서요."

스님은 조금 약이 오른다.

"거참 궁금하게 하네."

슬아가 미소 짓는다.

미소 짓는 슬아의 가슴속에 하나의 문장이 조용히 떠오른다. 여전히 사람들은 좋은 이야기가 나오기를 기다리고 있다.[✽] 슬아에게 그것은 흔들리지 않는 진리 중 하나다. 사람들이 좋은 이야기를 기다리고 있다는 걸 믿지 않았다면 어떻게 계속 쓸 수 있겠는가.

슬아는 자신에게도 신앙이 있었음을 알아차린다.

좋은 이야기에 대한 추앙과 문학에 관한 믿음으로 슬아는 움직여왔다. 신의 입을 빌려 기도하고 몸을 낮추듯, 슬아 역시 자기보다 먼저 살아간 작가들의 힘을 빌려 글을 쓴다. 작가들이 평생에 걸쳐 얻고자 하는 건 전지적인 시점일 것이다. 불가능한 목

✽ 이랑의 노래 〈신의 놀이〉에서 인용.

표지만 연습을 포기할 수가 없다. 그건 어쩌면 신의 시선을 상상하는 일일지도 모른다. 다른 이가 무엇을 느끼는지 헤아리는 일을 어떻게 멈출 수 있을까. 나는 고작 미물일 뿐인데 말이다. 슬아는 처음으로 스님과 자신이 조금 비슷한 것을 하고 있다고 느낀다.

"스님, 드라마를 좋아하신다면 분명 제 책도 좋아하실 거예요. 그러니까 이렇게 하면 어떨까요?"

스님이 슬아를 바라본다.

"저한테 열 권의 저서가 있어요."

"많이도 썼네."

"그쵸. 모두 다 명작인데요. 열 달 동안 저희 엄마를 위한 연등을 밝혀주시면 매월 한 권씩 제 책을 바칠게요."

스님이 잠시 생각한다. 그로서도 난생처음 해보는 거래다. 복희는 흥미로운 얼굴로 슬아와 스님의 협상을 지켜보고 있다.

"그렇게 하셔요."

스님의 대답은 흔쾌하다. 불교인과 문학인 사이의 작은 통합이 이루어진다. 연등값은 스님이 슬아 책을 구독하는 대가로 대신 지불할 것이다.

절에서 나오는 길, 복희는 법당 앞에 늘어선 연등의 물결을 본다. 환하게 켜진 연등들은 염원의 파도처럼 보인다.

“다들 바라는 게 많구나……”

복희가 중얼거린다. 한편 슬아는 법당 한구석에 쌓여 있는 직사각형 쿠션들을 본다.

“저게 뭐예요?”

스님이 대답한다.

“절할 때 쓰는 방석. 이거 깔고 절하셔야 무릎이 덜 상해. 절은 아주 좋은 전신운동이에요. 하루에 108배씩만 해봐요. 심신 수양에는 이만한 게 없어.”

슬아가 잠시 생각하더니 그것을 두 장 산다. 그는 반복에 일가견이 있다.

마당에서 새로운 담배를 피우고 있던 웅이는 절 방석 두 장을 들고 귀가하는 모녀를 본다.

또다시 해가 저문다. 복희가 안방으로 절 방석을 가져가더니 반으로 접어 통통한 베개로 만든다. 그걸 베고 편안히 누워 테레비를 보는 것이 복희의 저녁 일과가 된다. 집 앞 절에는 복희가 사랑하는 이들의 이름을 적어 쏘아올린 연등이 환하게 밝혀져 있다.

슬아는 서재로 절 방석을 들고 간다. 책상 옆에 방석을 깔고 숨을 한 번 고른다. 그러고선 절을 하기 시작한다. 무릎을 꿇고 바닥에 양손을 짚고 허리를 숙이고 고개를 조아린다. 납작 엎드릴 때마다 슬아는 알지 못하는 누군가를 향해 속으로 기도한다. 좋은 이야기를 쓰게 해주세요. 이 일을 계속 사랑하게 해주세요. 어딘가에 독자들이 있음을 믿게 해주세요. 용기 잃지 않게 도와주세요. 절은 계속해서 이어진다. 108배는 슬아가 글을 쓰기 전마다 반복하는 의식이 된다.

한편 웅이는 매주 구매하는 로또 번호를 맞춰보고 있다. 이번에도 운은 따르지 않았다. 그치만 다음주에도 또 복권을 살 것이다. 언젠가는 당첨될 수 있을지도 모르기 때문이다. 그런 행운이 자신에게도 일어날 수 있다고 믿기 때문이다.

밤이 깊어간다. 서로가 서로의 수호신임을 알지 못하는 채로 그들은 종교의 근처를 배회한다.

출판사 지붕 위로 구름이 지나간다

트럭이 도로를 달린다. 새 책을 잔뜩 실은 트럭이다. 담배를 문 웅이가 운전석에, 빡빡머리 철이가 조수석에 앉아 있다. 그들은 오늘 이천 권의 책을 여러 서점에 나누어 배송할 것이다. 슬아의 손을 떠난 신작이 남자들의 손을 거쳐 서점으로 간다.

웅이는 핸들을 쥔 채 옆을 흘끗 쳐다본다.

"너 좀 탄 것 같다."

철이가 자신의 밤색 팔뚝을 매만진다.

"요새 계속 물가에서 일했어요."

철이의 이십대는 계절마다 다른 알바를 하며 굴러가고 있다. 슬아는 사계절 내내 글을 써왔고 앞으로도 그럴 예정이지만, 철이나 웅이는 평생직장과는 거리가 멀다. 당장 내년에도 직업이 달라질 수 있다는 점에서 둘은 비슷하다.

웅이 역시 한때 수상안전요원이었다. 산업잠수사나 프리다이버나 수영 강사일 때도 있었다. 물에서는 담배 피우는 일 빼고 다 해봤다는 말은 웅이의 오래된 농담이다.

"한번은 장애인 수강생한테 수영을 가르칠 기회가 있었어. 휠체어 타는 분이었는데, 내가 할 수 있을지 걱정되더라고. 그땐 경험이 없었으니까."

웅이가 지난날을 회상하자 철이가 묻는다.

"다리를 못 쓰는데 수영이 가능해요?"

"나도 첨엔 그렇게 생각했지. 이걸 어떻게 가르쳐야 하나 고민하다가…… 내 다리를 밧줄로 칭칭 묶고 수영을 해봤어. 그랬더니 당연히 불편한데, 팔을 어떻게 요령껏 쓰면 수영이 되는 거야. 그 영법을 열심히 연습해서 가르쳤지. 또 한번은 오른팔이 절단된 분이 오셨어. 그분한테 딱 맞는 수영을 내가 할 줄 알아야 하니까 이번엔 오른팔을 꽁꽁 묶고 왼팔로만 연습해봤어. 다 방법이 있더라고."

웅이는 그런 식으로 타자 되기를 수련한 적이 있다. 다른 몸을 따라 해보면서 겨우 이해하게 된 낯선 감각이 그의 몸 곳곳에 남았다.

모두가 자기 삶을 책으로 쓰는 건 아니다. 작가들은 겪은 일을 총동원하여 글의 재료를 모으고 때로는 겪지 않은 것까지 끌어다 써가며 자신보다 커다란 이야기를 완성하지만, 그렇게 하지 않는 사람만이 가질 수 있는 자유와 품위도 있다. 웅이 삶의 드라마틱한 순간들은 달리는 트럭 안에서 한 번쯤 말해진 뒤 기억 속으로 멀어진다. 웅이의 이야기는 언제나 경험보다 작다. 그가 장애인에게 수영을 가르쳤던 시절의 이야기를 들은 사람은 철이 한 사람뿐일지도 모른다. 철이는 웅이의 경험이 신기하게 느껴진다.

"그래서 그분들은 어떻게 됐어요?"

"수영? 존나 잘하게 됐지."

웅이는 한 손으로 라디오 소리를 조금 높인다. 좋아하는 노래가 재생되고 있기 때문이다. 노래를 들으며 철이는 팔이나 다리가 없는 채로 헤엄치는 상상을 한다. 다 방법이 있다는 말도 곱씹는다. 만약 도저히 방법이 없는 것 같은 일을 맞닥뜨린다면 웅이 사장님한테 전화해봐도 좋을 것이다. 혹시 방법을 아시느냐고 물어볼 아저씨가 철이에겐 있다. 오십대 남자와 이십대 남자 사이로 애절한 발라드가 흐른다. 차 안을 꽉 채우는 음악 소리다.

"하긴 저도 라이프가드 딸 때 한 팔로는 사람을 잡고 한 팔로만 자유형하는 거 배웠……"

철이가 말하며 웅이를 돌아보다가 흠칫 놀란다. 웅이의 눈가가 촉촉해서다.

"괜찮으세요?"

웅이는 회색 티셔츠 소매를 급히 끌어당겨서 눈물을 닦아낸다. 철이로선 도무지 영문을 모르겠다.

"뭔 일 있으세요?"

"아니…… 난 이 노래만 들으면 마음이 좀 그렇더라고."

웅이가 음악 볼륨을 조금 줄인다. 철이는 그제야 지금 흐르고 있는 발라드를 인지한다. 여자는 거부할 수 없는 인연에 대해 노래하고 있다. 이 사랑이 녹슬지 않도록 늘 닦아 비추겠다고도 노래한다.

"이 노래 옛날 거죠?"

"응. 나 이선희 좋아해."

구슬픈 현악기 반주 속에서 웅이는 굳은살 박인 손으로 젖은 눈가를 마저 비빈다. 철이는 생각한다. '이게 슬픈가……?' 그는 우는 남자 어른을 너무 오랜만에 봤다. 아버지도 할아버지도 형들도 철이 앞에서 우는 모습을 보인 적이 거의 없었다. 웅이는 목을 가다듬고 태연하게 말한다.

"눈물을 참을 때는 있잖아. 국기에 대한 경례 같은 거 떠올려 봐라. 그럼 짜게 식으면서 눈물이 쏙 들어간다."

자기는 정작 못 참아놓고 그런 소리를 한다. 철이는 잠시 할말을 잃었다가 웅이가 민망할까봐 딴 얘기를 꺼낸다.

"이번에 나온 거 무슨 책이에요?"

슬아의 신작 얘기다. 그건 웅이도 아직 모른다.

"아직 안 읽어봤어. 가족 얘기라고 그랬던 것 같은데."

"그럼 웅이 사장님도 나와요?"

"글쎄."

나오든 말든 소설이니까 상관없다고 웅이는 생각한다. 어떻게 등장하든 그것은 자신이 아니기 때문이다. 웅이에게 소설은 거짓말 모음집 같은 것이다. 거짓말들을 모아 진실을 가리키는 장르가 소설이니 말이다.

"한 권 챙겨가. 슬아가 너 주라고 따로 빼놓은 거 뒷자리에 있어."

철이가 예상치 못한 얼굴로 책을 받아든다.

"와, 책 같은 거 진짜 안 읽는데……"

탈탈거리며 달리는 트럭 안에서 철이는 생전 처음으로 선물받은 소설책의 첫 장을 편다. 맨 앞 장에는 휘날리는 글씨로 이렇게 적혀 있다.

나에게 팔씨름을 알려준 철이에게.

힘의 축적과 재분배를 탐구하는 슬아가.

철이는 낯선 그 문장들을 한참 본다. 책날개에 인쇄된 슬아의 프로필 사진도 본다. 사진 속 슬아는 혈색이 좋아 보인다. 철이가 알기론 평소엔 전혀 그렇지 않은데 말이다. 철이는 생전 처음으로 어느 작가에 관해 약간 증언할 수 있다고 느낀다. 이 책을 쓴 작가는 가운을 자주 입는다고. 어떨 땐 말이 너무 없다가 어떨 땐 너무 많아진다고. 마감이 끝나면 근본 없는 춤을 춘다고…… 어쨌거나 그 책은 이제 철이의 인생과 조금 유관해졌다. 누구에게나 그런 책이 찾아오기 마련이다. 알아보는 자에게는 다음 책과 또 다음 책이 초롱불처럼 나타난다.

새 책이 전국으로 배송되는 사이 슬아는 초등학생들에게 글쓰기를 가르치는 중이다. 수업은 슬아의 또다른 직업 중 하나. 가계를 책임지는 자에게 쓰리잡은 익숙하다. 출판사 거실 테이블에 어린이들 여덟 명이 옹기종기 모여앉았다. 어떤 어린이는 슬아가 입은 옷을 뚫어져라 쳐다보고, 어떤 어린이는 초가을 햇살을 받으며 꾸벅꾸벅 졸고, 어떤 어린이는 서비스를 받으러 온 고객처럼 팔짱을 낀 채 수업을 제대로 들을지 말지 간을 본다. 슬아는 아이에게 부드럽게 말한다.

"이 수업은 우리가 같이 만드는 거야. 모두가 책임을 나눠가지는 만남이거든. 그러니까 손님 말고 주인처럼 앉아 있어줄 수 있어?"

손님 같던 아이가 팔짱을 푼다. 주인이란 달콤하고도 피곤한 것. 하지만 손님으로만 지내는 자는 결코 다다를 수 없는 세계가 글쓰기에는 있다.

그때 슬아보다 더 주인처럼 앉아 있던 열 살 여자아이 이와가 질문한다.

"선생님, 새 책에 제 얘기 썼어요?"

슬아는 당황하며 대꾸한다.

"아니. 안 썼는데."

이와는 실망감을 전혀 숨기지 않은 채로 중얼거린다.

"쓰지……"

그는 슬아의 신작이 나올 때마다 자기 얘기가 적혀 있기를 기다리는 초등학생이다. 슬아는 어쩐지 조금 실수한 기분이 든다.

"언젠가는 꼭 쓸게."

그렇게 말해놓고 잠시 생각한 뒤 이와에게 말한다.

"하지만 네가 쓰는 게 더 멋진 버전일 것 같은데?"

슬아가 칠판에 오늘의 글감을 적는다.

'나에게 이름을 지어준 사람'

아이들이 자신의 엄마나 아빠나 할머니나 할아버지를 떠올리기 시작한다.

"우리가 태어나기 전에 어른들은 아주 열띤 토론을 했을 거야. 그중 어떤 어른의 의견이 채택되었을까? 무슨 생각으로 그 이름을 지었을까? 다른 사람은 왜 그 어른의 의견에 동의했을까? 아는 대로 써보자. 살면서 내 이름이 마음에 들었는지도 궁금해. 혹시 자기한테 이름을 다시 지어주고 싶다면 새로운 이름을 떠올려봐도 좋아."

추분을 막 지난 어느 날의 오후, 어린이들은 자신의 탄생 신화를 쓰기 시작한다. 그러다보면 가족을 둘러싼 역사의 작은 편찬자가 될 것이다.

출판사 지붕 위로 풍성한 구름이 지나가고 바람이 분다.

복희는 이런 날을 '무슨 일이 일어날 것만 같은 날씨'라고 부른다. 그는 강판에 감자를 갈면서 고양이 자매들에게 말을 걸어본다.

"숙희야, 남희야, 날씨 되게 좋아."

자매들이 하품을 하며 복희를 본다. 그들이 듣고 있다는 걸 복희는 안다.

"너희들도 계절을 느끼지? 가을이 다가오면 나는 기분이 이상해져. 왠지 어떤 이야기를 만들어야만 할 것 같거든. 삶의 중요한 이야기 같은 거 있잖아. 막 내가 새로워지는 그런 이야기 말이야…… 그래서인지 계절이 바뀔 때마다 마음이 울렁거리고 조금 슬퍼지고 그렇더라, 나는."

고양이들은 복희를 뚫어져라 응시하다가 창밖으로 고개를 돌린다. 그들은 언제나 현재에 머무는 것 같다. 현재 말고 다른 것은 생각하지 않는 듯한 고양이들을 보면 복희 마음속에 작은 존경심이 피어난다.

"너희는 진짜 멋있다니까."

복희의 감탄사가 거실로도 전해진다. 낭랑한 목소리다. 사는 내내 슬아의 이름을 가장 많이 불러준 사람의 음성. 제자들이 글을 다 쓰기를 기다리는 사이 슬아는 복희의 단단한 상냥함에 대해 생각한다. 그 상냥함은 살아 있는 것들을 잘 살아 있게끔 만들어왔다. 살림이란 바로 그런 것임을 복희 때문에 알아차릴 수 있었다. 부엌에서 복희는 콧노래를 부르며 아이들에게 나눠줄 감자전을 지글지글 부친다. 아이들 손 아래에서는 원고지에 연필이 사각사각 닿는 소리가 난다. 시간이 흐르고 있다.

슬아는 문득 복희가 없는 미래를 생각한다. 복희를 그리워하며 멈춰 있을 자신의 모습이 꼭 기억나듯 그려진다. 이미 겪어본 것처럼, 마치 오래전에 살아본 인생처럼 그 슬픔을 안다. 그는 지금 이 시절을 꽉 쥐고 싶다. 그러나 현재는 언제나 손아귀에서 쏙 빠져나가버린다.

가장 먼저 글을 다 쓴 아이가 원고지를 들고 온다. 슬아와 아이가 나란히 앉아 그것을 읽는다.

"내 이름은 진아다. 참 진 자에 예쁠 아 자를 쓴다. 진짜로 예쁜 사람이 되라고 엄마가 지어줬다."

첫 문단을 읽은 슬아가 아이에게 말한다.

"우리는 같은 한자를 쓰네."

예쁠 아娥는 계집 녀女와 나 아我로 구성되어 있다. 슬아의 할아버지가 '부생아신 모국아신' 다음으로 힘주어 가르쳤던 한자다.

할아버지는 그 한자가 여자애의 이름으로 적합하다고 생각했다. 아름다움은 계집다움이기도 하다고 어린 슬아에게 말했었다. 슬아는 사랑하는 할아버지를, 그러나 이제는 너무 나이들어버린 할아버지를 떠올리며 이야기한다.

"아름다움은 중요한 가치야. 나는 아름다운 것이 좋아. 그치만……"

아이가 슬아를 본다.

"무엇이 아름다운 건지는 우리가 직접 정할 수 있어. 너는 너의 아름다움을 스스로 발명하게 될 거야."

슬아와 아이는 글을 마저 읽는다. 가족의 유산 중 좋은 것만을 물려받을 수 있을까. 가족을 사랑하면서도 그들로부터 멀리 갈 수 있을까. 혹은 가까이 머물면서도 미워하지 않을 수 있을까. 서로에게 정중한 타인인 채로 말이다. 슬아가 아직 탐구중인 그 일을 미래의 아이는 좀더 수월히 해냈으면 좋겠다고 소망한다.

앞자리에 앉은 남자아이가 하품을 하며 슬아에게 질문한다.

"선생님, 월화수목금토일은 왜 있어요?"

갑자기 그게 무슨 소리냐고 슬아가 묻는다.

"왜 월요일은 계속 돌아오는 거예요?"

슬아는 그런 질문을 처음 들어봤다.

"그러게. 왜 월요일은 어김없이 계속 돌아올까…… 나도 모르겠네."

늦은 오후. 책 배송을 마친 웅이가 집에 들어선다. 슬아는 아이들을 모두 보내놓고 마당에서 웅이와 맞담배를 피운다. 부엌을 치운 복희도 마당으로 내려온다.

"무화과가 다 익었네. 우리 대표님은 글쓰느라 마당에 무슨 열매가 열렸는지도 모르시겠죠?"

복희가 기쁜 마음으로 무화과를 딴다. 복희에게 아름다움이란 계절의 흐름, 맑은 날에나 궂은날에나 자라기를 포기하지 않는 존재들. 웅이에게 아름다움이란 슬픔과 기쁨의 극치를 다 아는 가수의 목소리. 밥하고 글쓰는 두 여자. 슬아에게 아름다움이란 단정하고 힘있는 언어, 그리고 동료가 된 모부의 뒷모습.

지구에서 우연히 만난 그들은 무엇보다 좋은 팀이 되고자 한다. 가족일수록 그래야 한다는 걸 잊지 않으면서.

슬아는 집으로 돌아가버린 어린 제자에게 이렇게 대답하고 싫어진다. 월화수목금토일이 반복되는 이유는 월요일부터 다시 잘해보기 위해서라고. 다시 잘해볼 기회를 주려고 월요일이 어김없이 돌아오는 거라고. 그러느라 복희는 창틀을 닦고, 웅이는 바닥을 밀고, 슬아는 썼던 글을 고치고 또 새 글을 쓴다고.

월요일은 또 돌아올 것이다. 시간의 흐름과 함께 세계의 아름다움 역시 달라질 것이다.

＼작가의 말＼

TV 앞에 둘러앉은 식구들 사이에서 어린 시절을 보냈습니다. 화면에서는 언제나 가족드라마가 방영되고 있었어요. 남의 집안 굴러가는 꼴을 보며 우리 집안 사람들은 참 많이도 울고 웃었습니다. 울고 웃는 어른들 옆에서 가족이라는 작은 단위의 사회를 눈치껏 학습했지요. 답습하고 싶은지는 확실치 않았습니다. 그때 본 드라마들에게 시원섭섭한 작별을 고하며 『가녀장의 시대』를 썼습니다. 이것은 제가 아직 본 적 없는 모양의 가족드라마입니다.

돌봄과 살림을 공짜로 제공하던 엄마들의 시대를 지나, 사랑과 폭력을 구분하지 못하던 아빠들의 시대를 지나, 권위를 쥐어 본 적 없는 딸들의 시대를 지나, 새 시대가 도래하기를 바랐습니다. 아비 부父의 자리에 계집 녀女를 적자 흥미로운 질서들이 생겨났습니다. 이 질서를 겪어볼 기회를 소설에게 주고 싶었어요. 늠름한 아가씨와 아름다운 아저씨와 경이로운 아줌마가 서로에게 무엇을 배울지 궁금했습니다. 실수와 만회 속에서 좋은 팀으로 거듭나기를 희망했습니다.

이런 이야기를 TV에서 보고 싶다고 생각하며 썼습니다.

작은 책 한 권이 가부장제의 대안이 될 수는 없을 것입니다. 그저 무수한 저항 중 하나의 사례가 되면 좋겠습니다. 길고 뿌리 깊은 역사의 흐름을 명랑하게 거스르는 인물들을 앞으로도 쓰고 싶습니다. 새로운 방식으로 관계 맺는 가족 이야기만큼이나 가족으로부터 훌훌 해방되는 이야기 또한 꿈꾸고 있습니다. 사랑과 권력과 노동과 평등과 일상에 대한 공부는 끝이 없을 듯합니다. 이 공부를 오래할 수 있도록 길고 긴 세월이 제게 허락되기를 소망합니다.

저의 영원한 뮤즈일 장복희와 이상웅에게 큰절 올립니다. 두 사람이 자신들을 얼마든지 왜곡하고 변형해도 좋다고 허락하지 않았다면 이 책은 첫 문장조차 쓰이지 못했을 것입니다. 현실의 둘은 책 속 캐릭터들과 사뭇 다른 모습으로 살아가고 있습니다. 제가 시도하는 픽션을 다소 무심히 존중해주는 모부에게 늘 감사드립니다.

모부 덕분에 첫 문장을 썼다면 마지막 문장은 이연실 편집자님 덕분에 썼습니다. 편집자님이 아니었다면 완성할 수 없었을 글들이 수두룩합니다. 그가 기다리고 있다는 사실은 늘 저에게 행복한 압박감을 줍니다. 그걸 견디며 어떻게든 전보다 나은 글을 완성하는 게 제 숙명이겠습니다. 편집자님이 제 이름을 부르면 저는 그에게로 가서 미더운 원고 납품인이 됩니다. 최고의 이야기장수이자 대체 불가능한 출판인인 그와 계속해서 책을 만들고 싶습니다.

집필의 처음과 끝 사이에는 최고의 동료인 이훤 작가가 있습니다. 그의 눈에 비친 제 가족의 모습이 어떤지 듣곤 했습니다. 그러자 가족에게 툭하면 정중함을 잃고 마는 제 모습이 보였습니다. 섬세하게 제 삶을 증언해주고 맹렬히 응원해주는 이훤 덕분에 많은 문장을 고쳤습니다.

대니 사피로의 책 『계속 쓰기』에는 랠프 월도 에머슨의 문장이 인용되어 있습니다. 저를 붙잡은 그 문장은 다음과 같습니다. “좋은 작가는 자기 자신에 대해 쓰는 것처럼 보이지만 그의 눈은 언제나 자신과 만물을 관통하는 우주의 실을 향하고 있다.” 평생 이 문장을 가슴에 품고 글을 쓰려 합니다. 열한 권째 책을 소설 매대에 올릴 수 있어서 기쁩니다. 이제 겨우 첫 소설입니다. 이 책의 멋과 한계를 기억하면서 훨씬 더 재미있는 두번째 소설을 쓸 계획입니다. 그동안 가녀장과 식구들이 멀리멀리 가기를 바랍니다.

대가족의 고명딸로 태어난 저를 기지배라고 부르며 놀리던 남자들. 기지배라고 부르며 팔짱을 끼고 옷을 입히던 여자들. 자기 안의 남자와 여자를 번갈아 보여줌으로써 기지배라는 말을 무색하게 해준 지혜로운 친구들. 그 모두를 복잡하게 사랑하며 이 책을 바칩니다.

2022년 가을

이슬아 드림

가녀장의 시대

1판 1쇄 2022년 10월 7일 | 1판 11쇄 2024년 4월 15일
2판 1쇄 2024년 6월 3일
2판 3쇄 2024년 11월 19일

지은이 이슬아

기획 · 책임편집 이연실
편집 염현숙
디자인 윤종윤
마케팅 김도윤 김예은
브랜딩 함유지 함근아 박민재 김희숙 이송이 박다솔 조다현 배진성 김하연 이서진
저작권 박지영 최은진 오서영
제작 강신은 김동욱 이순호 제작처 영신사

펴낸곳 (주)이야기장수
펴낸이 이연실
출판등록 2024년 4월 9일 제2024-000061호
주소 10881 경기도 파주시 회동길 455-3 3층
문의전화 031) 8071-8681(마케팅) 031) 8071-8684(편집)
팩스 031) 955-8855
전자우편 pro@munhak.com
인스타그램 @promunhak

ISBN 979-11-987444-5-6 03810

* 이야기장수는 (주)문학동네의 계열사입니다.

* 잘못된 책은 구입하신 서점에서 교환해드립니다.
기타 교환 문의: 031) 955-2661, 3580